W0084971

Meer Mord

MANFRED ERTEL (HRSG.)

MEER MORD

KUTTER KÜSTEN UND KANAILLEN

ELLERT & RICHTER VERLAG

Inhalt

Nis Randers

Krachen und Heulen und berstende Nacht
Dunkel und Flammen in rasender Jagd
Ein Schrei durch die Brandung!

Und brennt der Himmel, so sieht man's gut!
Ein Wrack auf der Sandbank! Noch wiegt es die Flut
Gleich holt sich's der Abgrund!

Nis Randers lugt – und ohne Hast
Spricht er: „Da hängt noch ein Mann im Mast
Wir müssen ihn holen!"

Da fasst ihn die Mutter: „Du steigst mir nicht ein!
Dich will ich behalten, du bliebst mir allein
Ich will's, deine Mutter!

Dein Vater ging unter und Momme, mein Sohn –
Drei Jahre verschollen ist Uwe schon!
Mein Uwe, mein Uwe!"

Nis tritt auf die Brücke. Die Mutter ihm nach!
Er weist nach dem Wrack und spricht gemach:
„Und seine Mutter?"

Nun springt er ins Boot und mit ihm noch sechs –
Hohes, hartes Friesengewächs
Schon sausen die Ruder!

Boot oben, Boot unten, oh, ein Höllentanz!
Nun muss es zerschmettern! – Nein, es blieb ganz!
Wie lange, wie lange?

Mit feurigen Geißeln peitscht das Meer
Die menschenfressenden Rosse daher –
Sie schnauben und schäumen!

Wie hechelnde Hast sie zusammenzwingt!
Eins auf den Nacken des andern springt
Mit stampfenden Hufen!

Drei Wetter zusammen! Nun brennt die Welt!
Was da? – Ein Boot, das landwärts hält
Sie sind es! Sie kommen!

Und Auge und Ohr ins Dunkel gespannt –
Still – ruft da nicht einer? – Er schreit's durch die Hand:
„Sagt Mutter, 's ist Uwe!"

Rock-Ballade von Achim Reichel,
Botschafter der Seenotretter seit 2005
Text: Otto Ernst, 1901

Das Gedicht „Nis Randers" spitzt den menschlichen Grund-
konflikt bei der Lebensrettung dramatisch zu – Hilfe um
jeden Preis? Die Deutsche Gesellschaft zur Rettung Schiffbrüchiger (DGzRS) würdigte diese Verse, indem sie zuerst 1990
einen Seenotrettungskreuzer auf den Namen *Nis Randers* taufte und 2021 durch einen gleichnamigen Neubau ersetzte, der
mit dem Tochterboot *Uwe* im Inselhafen Darßer Ort/Prerow
stationiert ist.

Vorwort

Nordsee ist Mordsee? Im gleichnamigen Kultfilm des Hamburger Regisseurs Hark Bohm von 1976 suchen zwei Jugendliche in einem geklauten Segelboot die Freiheit. Die Elbe runter Richtung Meer. Ausgerechnet auf jener Nordsee, die Detlev von Liliencron bereits vor gut 140 Jahren in seiner Ballade „Trutz Blanke Hans" wegen seiner gefürchteten Sturmfluten beschrieben hat. Als Mordsee! Die im 14. Jahrhundert das sagenumwobene Städtchen Rungholt untergehen ließ.

Ozeane und Meere, Monsterwellen und Sturmfluten, die ganze Küstenstriche überschwemmen und große Ströme über die Ufer treten lassen, beschäftigen uns seit Jahrhunderten. Sie sind Katastrophenschauplätze und Kulturräume, Forschungsziele und Wirtschaftsstandorte. Vor allem aber sind sie Sehnsuchtsorte. Kleine und große Gewässer, selbst Binnenmeere, stehen für die meisten Menschen ganz besonders für Glück und Entspannung. Angetörnt von tollen Farben, klarer Luft, ewigem Wellenrauschen. Und für Freiheit. Gefühle der Unendlichkeit bis zum Horizont. Ungestört und unverbaut. Wenn nicht grad Windanlagen im Weg stehen.

„Das Wesen des Meeres ist aus dem Tropfen nicht ersichtlich" hat Kurt Tucholsky einst geschrieben. Und damit an das Unergründliche der See erinnert. Die gefühlte Freiheit kann uns zum Verhängnis werden. Oder sie beflügelt uns. „Wellen erwecken Erinnerungen, Sehnsüchte, beflügeln die Fantasie", schreibt die französische Publizistin Florence Herve. Die Fantasie von uns Krimi-Autorinnen und Autoren. Und erst recht die von wahren Kriminellen. Menschen stürzen von Kreuzfahrtschiffen, sie treiben als Leichen in der Elbe oder in der Karibik neben führerlosen Segelbooten. Rauschgiftkartelle nutzen die Meere und ihre Häfen für ihre todbringende Frachten, Piraten kapern kleine Schiffe und große Pötte. Ein dänischer Tüftler bringt in einem selbstgebauten U-Boot eine Journalistin um und versenkt die Leichenteile verstreut auf dem Grund der Ostsee. Immer Meer Mord.

Nirgendwo ist das perfekte Verbrechen so einfach wie auf hoher See. Zwei Drittel der Erdoberfläche bestehen aus Wasser. Der allergrößte Teil der internationalen Gewässer ist weitgehend rechtsfreier Raum. In vielen Fällen keiner nationalen Strafjustiz unterworfen. Und wenn doch, gibt es nachts auf menschenleeren Decks keine Zeugen oder die Wellen verschlucken Opfer und Beweise. Lagern sie in unendlicher Tiefe. Oder erweichen jede Beweiskraft. Geplant werden die Verbrechen meist an Land. In Häfen, an romantischen Stränden, in menschenleeren Buchten. Was lag also näher, als eine Anthologie mit maritimen Kurzgeschichten – rund um Kutter, Küsten und Kanaillen.

Und was lag näher, als die Honorare für die Texte jenen zukommen zu lassen, die Menschen auf hoher See zu Hilfe kommen. Bei Wind und Wetter. Jahrein und Jahraus. Ob verunglückt oder Opfer einer Gewalttat. Rund 2000 mal im Jahr fahren Männer und Frauen der Deutschen Gesellschaft zur Rettung Schiffbrüchiger raus auf Nord- und Ostsee, um Leben zu retten – längst nicht mehr nur die von Schiffbrüchigen. Auch die von verunglückten Seeleuten, Fischern oder Wassersportlern, von Kranken, Verletzten oder Opfern, wodurch auch immer. Freiwillig, unabhängig und finanziert nur durch Spenden. Die Autoren dieses Buches unterstützen dies gemeinsam mit dem Verlag aus großer Überzeugung.

Hamburg, im Mai 2024
Manfred Ertel

Einmal in 400 Jahren

Manfred Ertel

Heftiger Wind reißt an den Europa-Flaggen, die blauen Banner mit gelben Sternen knattern im Wind. Zu ihren Füßen haben sich im Schatten gläserner Bürotürme ein paar Politiker zum Gruppenbild mit Dame formiert. Ein Dutzend Verteidigungsminister habe Wichtiges zu verkünden, sagt ein Reporter zur Einleitung der Live-Übertragung. Genau elf Minister und eine Frau. Da kann politisch korrektes Gendern wohl schon mal auf der Strecke bleiben. Scheinwerfer tauchen die Szene in warmes Licht.

Die Kameraleute müssen sich noch einen Moment gedulden. Ein Windstoß hat der baltischen Amtschefin die Haare ins Gesicht geblasen. Ihre Kollegen geben sich galant und warten. Sie haben solche Probleme nicht. Zu viele Haare sind bei den meisten der Mittsechziger nicht das Problem. „Wir sind auf alle Szenarien vorbereitet", verkündet dann der Sprecher der Gruppe das Ergebnis eines Sicherheitsgipfels in die Kameras: „Unsere Offshore-Windparks unterliegen einer engmaschigen Kontrolle."

Die demonstrative Einigkeit der Gruppe steht in seltsamem Widerspruch zu einigen noch ganz frischen Schlagzeilen. Eine niederländische Spezialeinheit auf See hatte erst wenige Tage zuvor zum wiederholten Mal ein russisches U-Boot verfolgt, das offenbar verschiedene Windparks vor der Nordseeküste ausspähte. Die öffentliche Meinung reagierte hysterisch. Zumindest die veröffentlichte. Immer neue Vermutungen. Immerhin gelten die Offshore-Anlagen als Herzstück der europäischen Klimawende. Weg von fossilen Brennstoffen hin zu erneuerbaren Energien. Gegner waren bislang nur die Anhänger von Gas, Öl und Kohle. Nun auch die Russen?

Dass die Windfelder zur kritischen Infrastruktur Europas gehören und Ziel für strategisch motivierte Sabotageakte sein könnten, war nie ein Thema gewesen. Jedenfalls kein öffentliches. Bis zu den Anschlägen auf die Nord-Stream-Pipelines in der Ostsee. Und nun die russischen Späher vor Holland. Der Gipfel in Brüssel zeigt Züge eines Krisentreffens. „Die Sicherheit unserer Zukunftsindustrien steht für uns an erster Stelle", sagt der Minister in die Kameras. Er trägt antrainierte Gelassenheit zur Schau. Die Botschaft ist eindeutig: Niemand muss sich Sorgen machen. „Es gibt keinen Grund zur Besorgnis, wir geben dem Terror keine Chance", sagt seine Kollegin, während sie mit einer Hand ihre Haare bändigt: „Wir haben den russischen Botschafter einbestellt und ihm unmissverständlich …" Ihre Worte verwehen im Wind.

Er hat genug gehört. Der Internet-Empfang wird Seemeile für Seemeile schlechter, seit sie Borkum hinter sich gelassen haben. Das Bild bricht ständig ab, die Qualität ist dürftig. Immerhin der Ton war lang genug klar rübergekommen. „Solche Treffen braucht doch kein Mensch", brummt er. „Alles Wichtigtuer, Hauptsache auf Sendung." Hauke Stein-Volkert, von Freunden oft nur „HSV" wie sein Lieblingsverein gerufen, spricht mit sich selbst. Der Kapitän steht auf der Brücke seines Versorgungsschiffes *Wind Explorer* und legt das Tablet beiseite. Die Nordsee ist kabbelig, aber vergleichsweise ruhig. Der Katamaran pflügt zielstrebig durch die kurzen Wellen. Der Funk schweigt, die Verkehrszentrale der Deutschen Bucht hat nichts zu melden. Keine seemännischen Herausforderungen für ihn. Er greift zu einem Kaffeebecher mit der Raute seines Herzensklubs.

„Was soll der ganze Aufriss?" Die Frage ist rhetorisch gemeint. Fällt aber seinem Ersten Offizier und Steuermann direkt vor die Füße. Sönke betritt grad die Brücke und schüttelt sich den Fahrtwind aus den Haaren. Sie fahren schon lange zusammen, sind auf See praktisch zu Freunden geworden. Und vertrauen sich. „Wieder mal eine einzige Medienshow?" Haukes Nachtrag klingt etwas vorsichtiger. Und verrät nun doch leichte Unsicherheit. „Von denen in Brüssel", fügt er hinzu, als er Sönkes fragenden Blick registriert.

„Naja, vergiss nicht die Havarie im benachbarten Windpark neulich." Sönke sucht nach dem Ordner mit den Monatsberichten über Seeunfälle. „Mit voller Fahrt und ohne Not gegen das Fundament einer Windmühle auf offener See zu brettern, das ist schon sehr speziell. Schlimm genug, wenn es nur pure Doofheit war. Du erinnerst dich?" Er reicht Hauke sicherheitshalber den Untersuchungsbericht. Aber der lässt ihn liegen. Er erinnert sich. Vor allem an das Video. Die Überwachungskamera auf der Brücke eines Ankerlegers hatte alles aufgezeichnet. Ein Hit im Netz, tausendfach geklickt.

Durch die Scheiben sieht die Kamera die Offshore-Windanlage mit hohem Tempo seitlich von vorn auf das Schiff zurasen. Der Versorger *Northfolk* läuft offenbar auf Autopilot. Der Kapitän sitzt jedenfalls an einem Tisch über irgendwelche Karten oder Dokumente gebeugt. Ganz allein. Merkt nichts. Auch nicht, wie das gelb gestrichene Fundament der Anlage vor dem Bug schnell größer wird. Als er kapiert, ist es zu spät.

Ein heftiger Rums erschüttert das hochseetüchtige Boot. Der Ruck katapultiert den Käpt'n in hohem Bogen von seinem Stuhl quer durch die Brücke. Alles fliegt durcheinander. Papiere, Karten, Ordner. Sein Schiff wird wie von Geisterhand nach links geworfen. Legt sich in Schieflage, kommt aber schnell wieder auf die Beine. Und dann zur Ruhe. Später ist ein riesiges Loch in der Bugwand zu sehen. Trotzdem hatte die *Northfolk* aus eigener Kraft den Hafen erreicht.

„Der hat doch gepennt, so was passiert normal nicht." Hauke schiebt den Bericht zurück. „Wieso haben wir offiziell eigentlich noch nichts über die Ursachen gehört? Das Video spricht doch Bände." Er schaut seinen Kumpel an, als warte er auf Antwort. „Auch die Untersuchungsbehörde für Seeunfälle sagt nix, stattdessen meldet sich Brüssel? Ist das normal? Oder Politik?"

Sönke zuckt mit den Schultern. „Es war immerhin die zweite Havarie dieser Art, die es eigentlich gar nicht geben darf. Und die offiziell auch nicht passieren kann." Hauke blickt ihn verständnislos an. „Naja, dass ein Schiff auf hoher See, gut fünfzig Kilometer vor der deutschen Küste, mit Karacho in einen kilometerweit sichtbaren Windpark brettert. Und eine der Windanlagen rammt. Das passiert bestenfalls ein Mal in gut vierhundert Jahren. So haben es jedenfalls die amtlichen Schifffahrtsstellen errechnet." Sönke schenkt sich ebenfalls einen Kaffee ein. „Wer's glaubt. Das hier war schon das zweite Mal. Und wir reden nicht von einem Sportboot. Der Kahn ist bestimmt satte dreißig Meter lang. Nicht auszudenken, was bei einem größeren Schiff hätte passieren können."

Er macht eine Pause und gibt seinen Worten damit eine besondere Bedeutung. „Dann passiert Nord-Stream, danach kommen die Russen." Wieder Pause. „Mein Journalistenfreund vom Magazin spricht in solchen Fällen von einer alten Medienweisheit: Zwei Mal ist Zufall, drei Mal ist eine Serie oder ein Trend. Dann wird es zum Thema."

Hauke sagt nix. Der Kaffee in seinem Becher wird kalt.

Sein Blick wandert raus aufs Vordeck, wo ein paar Techniker ihre Arbeit unterbrochen haben. Eigentlich sollten sie ihre Ausrüstung klar machen für den bevorstehenden Arbeitseinsatz. Jetzt scheinen sie in einen heftigen Streit vertieft. Zwei Besatzungsmitglieder sind mittendrin, auch sein Zwei-

ter ist dabei. Arme gestikulieren wild durch die Luft. Wüten-
de Stimmfetzen fliegen bis zu ihm rauf. Ein wilder Sprachen-
mix mit ganz viel Englisch garniert. Was ist da los?

Die *Wind Explorer* soll ein Dutzend Monteure zu War-
tungsarbeiten auf die Offshore-Anlage *Windfall* bringen. In
die Hoheitsgewässer querab der ostfriesischen Inselkette. Reine Routine. Er würde draußen driften oder an einer Boje fest-
machen und sie irgendwann wieder einsammeln. Ein Job wie
so oft, nichts Besonderes. Nur der erste Teil des Arbeitstages
war etwas mühsam gewesen. Das ist manchmal so, wenn sie
zur Überholung in Leer Station machen müssen. Dann ist der
Weg zurück lang und eintönig. Die Ems hinab zur Dollart-
Bucht, durchs Wattenmeer und dann vorbei an Borkum endlich raus aufs offene Wasser, das zieht sich. Erst recht, wenn
das Tempo beschränkt ist. Jetzt können sie endlich volle Kraft
laufen, fast zwanzig Knoten. Und *Windfall* mit seinen zwei-
undfünfzig Rotoren ist nicht mehr weit.

Sie hatten früh am Morgen abgelegt, da war alles noch in
bester Ordnung. Auch an Bord. Es ist nicht der erste Einsatz
in dieser Besetzung. Hauke kennt sie alle, jeden einzelnen
Monteur. Sie sind fest gelistet. Keine Fluktuation, das gehört
zur Sicherheit. Eine besondere Überprüfung braucht es nicht.
Er war anfangs skeptisch gewesen. Drei Ukrainer, ein Pole
und zwei Russen gehörten dazu. Konnte das gut gehen? In diesen komplizierten Zeiten? Außerdem noch ein paar Deutsche,
zwei Türken und die Filipinos der Deckscrew. Auch wenn alle
bereits lange in Deutschland sind. Er hatte seine Bedenken
gehabt. Aber für sich behalten. Bislang zurecht. Die ersten
Touren verliefen reibungslos. Große Harmonie. Die Weltpo-
litik blieb an Land.

An Deck wird es lauter. Was ist jetzt anders? Eine Messer-
klinge blitzt im schalen Sonnenlicht, als die Wolkendecke
kurz aufreißt. Einer der ukrainischen Techniker hält sich den

Arm. Zwischen seinen Fingern wird es rot. Offenbar sickert Blut aus seiner Montur. Hauke schaltet den Kahn auf Autopilot und springt die Treppe runter zum Vordeck. Sönke hinterher. „Master, schnell", am Aufgang prallt er auf einen philippinischen Maschinisten. „Einer der Russen spinnt! Gefährlich." Seine Augen signalisieren Panik. Auf dem Vordeck haben die Ukrainer und sein Zweiter Offizier den Russen fest im Griff. Der zappelt mit den Beinen und versucht um sich zu treten, hat gegen die kräftigen Kerle aber keine Chance.

„Was ist hier los? Was ist mit dem Mann?" Hauke versucht, sich einen Überblick über die Situation zu verschaffen.

„Er hat sich am technischen Gerät der anderen zu schaffen gemacht." Sein Zweiter zeigt mit einem Kopfnicken auf den russischen Monteur. „Und offenbar versucht, die Sicherheitsausrüstung zu manipulieren."

„Beweise?" Hauke weiß, dass er Torben eigentlich vertrauen kann. Der Zweite kommt aus Husum und ist auf dem Wasser zu Hause, seit er auf eigenen Beinen stehen kann. War selbst schon oft als Schiffsführer unterwegs. Trotzdem muss er auf Nummer sicher gehen. So ein Fall kommt in keinem Bordhandbuch vor. Und kann trotzdem einen Rattenschwanz von Problemen nach sich ziehen. „Was sagt der Mann zu seiner Verteidigung?"

„Nichts!" Der Zweite Offizier lockert etwas seinen Griff. Einer der Ukrainer hat dem Russen die Hände auf dem Rücken mit einem Tau fixiert. Und Weglaufen is' an Bord schließlich nicht. „Er redet nicht. Seine Kollegen haben ihn aber beobachtet, wie er sich an ihren Utensilien zu schaffen gemacht hat. Quasi auf frischer Tat. Und unabhängig voneinander." Sönke schnappt sich den Verbandskasten, den ihm ein Crewmitglied reicht. Er ist dem Käpt'n gefolgt. „Als er zur Rede gestellt wurde, hat er sofort ein Messer gezogen." Torben zeigt auf den Verletzten. „Gott sei Dank wohl nichts Ernstes."

„Und der andere Russe?" Hauke sucht nach dem Landsmann des Messerstechers. Der ist auf dem Vordeck nicht zu sehen. Torben zuckt mit den Schultern.

„Was hast du zu den Vorwürfen zu sagen?" Hauke spricht den Russen jetzt direkt an. Versucht es vorsichtshalber auch gleich noch auf Englisch. Keine Antwort. Nur seine Augen funkeln wütend. Er reißt an den Handfesseln. Wenn der könnte, wie er wollte.

„Nehmt ihn in Arrest." Er wendet sich an die Männer seiner Crew. „Ab in die Kühlkammer. Die brauchen wir sowieso nicht. Die Fesseln bleiben. Erstmal zumindest."

Zwei seiner Matrosen haken den Übeltäter rechts und links unter. „Aye, Käpt'n." Sie zerren den sich windenden Gefangenen Richtung Niedergang zum Unterdeck. Besonders glimpflich ist die Behandlung nicht grad. Warum jetzt, überlegt Hauke. Warum nicht gestern oder vorgestern? An beiden Tagen waren sie draußen gewesen und alles war wie immer. Der Russe hatte seinen Job gemacht. Keine Auffälligkeiten.

Sollte alles nur Tarnung gewesen sein? Für einen Sabotage-Akt auf die europäische Infrastruktur? Er mochte sich das kaum vorstellen. Wie sollte man die Windparks vor solchem Irrsinn schützen? Andererseits traute er den Russen seit dem Angriff auf die Ukraine und den rücksichtslosen Bombardements ziviler Einrichtungen so ziemlich alles zu. Auch in der Nordsee? So etwas wäre ja eine ganz neue Dimension.

Hauke geht zurück auf die Brücke und checkt den Funk. Nur noch wenige Seemeilen, dann haben sie die Sicherheitszone um den Windpark erreicht. In der sollen besondere Vorkommnisse eigentlich der Verkehrszentrale gemeldet werden. Was soll er machen? So kurz davor. Er drosselt die Maschine, um Zeit zu gewinnen. Wenn er jetzt schon Kontakt mit der Leitstelle aufnimmt, müsste er womöglich beidrehen und unverrichteter Dinge wieder zurückfahren. Und passiert war ja eigentlich nichts. Zumindest nichts, was er nicht unter Kontrolle hatte.

Sönke kommt auf die Brücke. „Was machen wir, Chef? Bereiten wir das Absetzen der Monteure vor?" Der Funk schweigt. Ein kurzer Blick aufs Radar sagt ihm, dass sie die Entscheidung unter sich ausmachen werden. Hauke drosselt die Fahrt noch mehr. Er braucht Zeit zum Nachdenken. Am liebsten würde er sich treiben lassen. Aber dann würde die *Explorer* zum Spielball von Wellen und Strömung werden. Und das konnte bei den vielen Unterwasserkabeln und Umspannstationen schnell schiefgehen.

„Sollen wir Meldung machen, was meinst du?" Es kommt nicht oft vor, dass Hauke seinen Steuermann um Rat fragt. Der zuckt mit den Schultern. Torben kommt auf die Brücke und schenkt sich Kaffee ein. Er hatte noch kurz die Maschinen gecheckt. Besser ist besser. „Was machen wir? Meldung?" Er schaut die beiden gespannt an.

„Erst mal schauen wir uns seine Kabine an", sagt Hauke, „dann lass uns unseren Job machen und unsere Aufgabe erledigen". Er hat für sich eine Entscheidung getroffen. „Meldung können wir immer noch machen. An Land, wenn wir zurück sind." Er schaut seine beiden Stellvertreter an und wartet auf eine Reaktion. „Wir haben schließlich alles unter Kontrolle."

Torben lacht. „Du willst doch nur pünktlich wieder im Hafen sein. Damit du noch rechtzeitig zum Spiel heute Abend nach Hamburg kommst. Als wenn du deinen Rothosen im Kampf um den Aufstieg helfen könntest." Torben hat mit Fußball nichts am Hut. Aber ein paar Spitzen gegen seinen Kumpel kann er sich oft nicht verkneifen, auch wenn der an Bord der Chief ist. „Du bestimmst das Spiel." Er grinst. Wie man fanatischer Anhänger eines Fußballklubs sein kann, würde er nie begreifen. Schon gar nicht, wenn die großen

Erfolge des Lieblingsklubs vierzig Jahre zurück liegen. Und die Erste Liga weit weg war.

Hauke lässt die Motoren mit langsamem Vorschub laufen und beordert einen erfahrenen Decksmann ans Ruder. Er braucht Sönke und Torben als Zeugen, wenn er sich zur Kabine des Russen Zutritt verschafft. An Bord hat er uneingeschränkt die Verantwortung. Aber die will er in diesem Fall nur unter Zeugen ausüben.

Die Kabine ist klein. Ein Bett, ein Stuhl, ein paar Haken an der Wand, ein kleiner Wandtisch neben dem Kabuff mit Dusche und WC. Auf dem Stuhl unordentlich ein paar Klamotten, auf dem Tisch, der eher einer brettähnlichen Arbeitsplatte gleicht, liegt unter einem Fernsehschirm an der Wand ein Rucksack mit Tablet und einem Dokumentenordner. „Was ist da drin?" Haukes Frage ist eher eine Aufforderung an einen seiner Begleiter. Er zeigt unmissverständlich auf die Tasche.

Sönke nimmt die Mappe aus dem Rucksack und kramt noch kurz nach anderen interessanten Details. „Das Tablet ist mit Passwort gesichert, war ja klar", sagt er nach kurzem Versuch und legt es zur Seite. Er schlägt den Ordner auf. Blättert ein paar Seiten durch. Und erschrickt. „Boah ey", sagt er, was er sonst nie tut. „Das glaub ich jetzt nicht." Er sinkt auf den Stuhl und fasst sich an den Kopf. „Was zum Teufel soll das denn?"

Die beiden anderen machen buchstäblich große Augen. „Was? Rück schon raus!" Hauke greift nach seiner Schulter. Sönke schüttelt fragend den Kopf. „Schaut es euch selbst an. Ich fass' es nicht. Und verstehe gar nichts mehr."

Er schiebt den aufgeschlagenen Ordner zu ihnen rüber. Die Seite zeigt eine Großaufnahme einer der Windkraftanlagen. „Nummer 7" steht drüber, drunter ein paar technische Details. Skizzen auf den folgen Seiten markieren Montageanleitungen. Technische Problemstellen sind rot markiert,

Materialermüdungen einzelner Bauteile fein säuberlich protokolliert und mit Kreuzen gekennzeichnet. Daneben steht in Handschrift: „Angriffspunkte". Warum bloß auf Englisch?

Hauke blättert weiter. Anlage Nummer 8, 9, 10 und so fort. Knapp zwei Dutzend Windanlagen und ihre Problemskizzen sind da abgeheftet, offenbar die meisten von den beiden Russen inspiziert. Nur müssten die Berichte eigentlich beim Betreiber liegen und nicht in dem Rucksack. Egal, ob im Original oder als Kopie. Es sind geheime Verschlusssachen. „Was hat das zu bedeuten?" Der Kapitän schaut seine Vizes an. Erst Sönke. Dann Torben. Dann noch mal das gleiche Spiel. „Was soll der Scheiß? Was hat das zu bedeuten?"

Ihm fällt auf einmal die Havarie in einem Nachbarfeld ein. *Windfall II*, nur ein paar Kilometer weiter. Es war erst wenige Wochen her, dass dort im laufenden Betrieb eine Turbine in Flammen aufging. Die drei Flügel krachten klatschend ins Meer. Einer flog fast zweihundert Meter weit. Fünfundsiebzig Meter lang, fast fünfzehn Tonnen schwer. Einfach so. Ein Beleg, welche Power die Rotoren auf die Flügel brachten. Die Anlage war erst wenige Tage vor dem Unglück inspiziert worden. Von seinen Monteur-Teams. Wie immer zu dritt. Aber unter Leitung des Russen. Er kann es mit eigenen Augen in den Protokollen nachlesen.

Hauke guckt seine beiden Offiziere an und sieht, dass die das Gleiche denken. „Denkt ihr, was ich denke?", fragt er. „*Windfall II* vor vierzehn Tagen oder so?" Er blättert weiter. Anlage 23, er stoppt. Die Unglücksanlage. Die in Flammen aufging. Und ihre Flügel verlor. Mit Bauplänen, Skizzen, ein paar Fotos, von allen Seiten, und handschriftlichen Anmerkungen. Diesmal allerdings in Kyrillisch. Wer kann das schon entziffern? Oder ist genau das der Plan?

Sie sind zurück auf der Brücke. Torben fängt sich als erster. „Und nu', HSV?" Was locker klingen soll, kommt todernst über seine Lippen. Keine Spur mehr von Scherz und Provokation. Er versucht abzulenken. „Liegt für den Unfall der Anlage eigentlich schon ein Abschlussbericht vor?" Torben greift zu ihren Borddokumenten, sucht die amtlichen Berichte über die aktuellen Seeunfälle von der Aufsichtsbehörde. Blättert vor und zurück. „Was is' …?" Hauke wird ungeduldig. „Findest du was?"

Torben schüttelt den Kopf. Sönke schaut sicherheitshalber noch mal im Posteingang ihrer Mails nach. Ebenfalls Fehlanzeige. „Nichts! Nada, niente", sagt er und hockt sich auf einen Schemel. „Und nu'?"

Hauke gibt sich einen Ruck. „Wir brechen ab!" Er hat sich entschieden. „Wir drehen bei und machen Meldung. Auch über die Dokumente und unseren Verdacht. Dann geht's mit voller Kraft nach Emden, sollen die sich doch kümmern."

„Und der Russe?" Wie eine echte Frage hört sich Sönkes Frage eigentlich nicht an. Eher wie die Suche nach Bestätigung. „Bleibt in Gewahrsam. Was sonst!" Hauke legt im Kopf schon den Kurs fest. Sönke nickt zufrieden. „Ich kümmer' mich um die Meldung."

Als die *Wind Explorer* grad volle Fahrt aufnehmen will, hebt Torben die Hand. „Moment mal, was ist das?" Er steht am Ausguck mit Fernglas vor den Augen und zeigt zum nördlichen Rand des Windparks. Im flimmernden Dunst ist etwas zu erkennen, was dort eigentlich nicht hingehört. „Sieht aus wie ein kleiner Frachter", sagt er, „so'n Schlickrutscher. So weit draußen?" Er versucht, den Feldstecher schärfer zu stellen. „Stückgut, schätze ich. Auf jeden Fall gehört der da nicht hin. Nicht mitten in die Sicherheitszone."

Ein Navigationsfehler? Zu den äußeren Bedingungen passt das ganz und gar nicht. Die Nordsee liegt hier spiegelglatt auf Kurs. Kaum Wind von vorn. Die Sicht ist gut, kein Hindernis weit und breit. Was soll das Problem sein?

Hauke entschließt sich schnell. „Planänderung. Wir fahren dahin. Nachsehen, was da schiefläuft. Vielleicht können wir was bewegen." Die Motoren röhren. Der Schub kommt so plötzlich, dass alle drei etwas mühsam nach festem Stand suchen. Torben checkt das Radar. „Was sagt das AIS", Hauke wirkt besorgt. „Kein Hinweis im automatischen Identifizierungssystem. Kein Schiff auf einer Route in die Sicherheitszone." Torben bedient ein paar Knöpfe. „Offenbar abgeschaltet." Er klickt weiter. „Auch keine Meldung der Verkehrszentrale Deutsche Bucht. Oder der Koordinierungsstelle für die Windparks. Die komplette Meldekette ist außer Kraft. Pennen denn da alle?"

„Nu' ma' sutje." Hauke versucht, die Wogen zu glätten. Und vom Ende her zu denken. Seine Stellvertreter wissen natürlich warum. Sie sind auf einer der verkehrsreichsten Wasserstraßen der Welt unterwegs. Ein Blick auf die Bildschirme genügt. Die vielen Schiffsbewegungen vereinen sich dort zu dicken dunklen Strichen. Dicht an dicht. Kaum eine Identifizierung möglich. Klabautermanns Highway. Torben zeigt auf die Desktops. „Wenn da jemand Böses im Sinn hat, ist das eh von niemandem zu verhindern." Recht hat er, Hauke nickt. „Im Leben nicht!"

Das unbekannte Schiff kommt näher. Ist jetzt mit bloßen Augen gut zu erkennen. Es trennen sie nur noch wenige hundert Meter. Sieht aus wie ein Cargo-Frachter. Vielleicht Getreide? Bis zur ersten Windanlage querab hat der es aber auch nicht mehr weit. Dreihundert Meter vielleicht. „Wie weit?" Hauke wird nervös. „Das kann doch nicht sein Ernst sein. Der muss doch die Rotoren sehen." Er fällt leicht nach Westen ab und versucht, den Weg abzukürzen. Im besten Fall den Kurs des anderen zu kreuzen. Ihn auf seine Irrfahrt aufmerksam zu machen. Als sie fast da sind, stoppt sie ein lauter Krach. Sie trauen ihren Augen nicht. Maschinen stopp.

Ein wuchtiger Stoß schüttelt den ganzen Frachter vor ihnen durch. Metall kreischt, der Dampfer taumelt, fast hundert Meter Stahl kommen ins Wanken. Das Fundament der Windanlage mit seiner Anlegeplattform hat sich in den Bug des vollbeladenen Schiffs gebohrt und bringt es mit hartem Ruck zum Stehen. Die Bordwand an Steuerbord ist bis zur Wasserfläche aufgeschlitzt wie eine störrische Konservendose. Wie es unter dem Meeresspiegel aussehen mag, kann man nur hoffen. Offenbar immerhin kein Wassereinbruch. Schreie von verletzten Besatzungsmitgliedern klingen zu ihnen rüber.

„Mann über Bord?" Es ist eher eine Routinefrage von Hauke. Um überhaupt was zu tun. Zu sehen ist nichts. Sein Vize sucht die Wasseroberfläche mit dem Feldstecher ab, der Zweite mit bloßen Augen. „Kein Funkkontakt möglich", meldet Torben. „Null Reaktion!" Einfach längsseits zu gehen, ist zu riskant. Hauke überlegt fieberhaft.

Als sie grad Verbindung zur Verkehrsüberwachung aufnehmen wollen, setzt der Frachter seine Fahrt fort. Als wäre nichts gewesen. Maschinen zurück, dann vorwärts raus aus der Sicherheitszone. Kurs Emden. Oder so. Die Windanlage schaut unbewegt zu. Drei Beine in knapp vierzig Meter Tiefe fest in den Meeresgrund gerammt. Offenbar unerschütterlich. Nur die Flügel haben den Betrieb eingestellt.

„Name *Beluga*, Flagge Panama, noch aus eigener Kraft fahrtüchtig", hört Hauke seinen Steuermann die Verkehrszentrale informieren. „Sieht nach einem Cargo-Vessel aus. Will offenbar in den nächsten Hafen. Emden oder so." Er macht eine Pause und hört dem schnarrenden Funk zu. „Sonst nichts? Nur Kursänderung? Ohne jede Meldung? So lange kann bei denen doch niemand gepennt haben?" Er hört wieder zu. Nickt mehrfach, als wenn der Teilnehmer auf der anderen Seite das sehen könnte. „Over." Er trennt die Verbindung.

Hauke schaut ihn erwartungsvoll an. „Nichts", sagt sein Steuermann. „Sie haben absolut nichts." Küstenwache und Wasserschutz würden übernehmen, der Windpark-Betreiber kümmere sich. „Aber der Grund der Havarie liegt völlig im Dunkeln." Der Kapitän und sein Zweiter Offizier schütteln ratlos den Kopf.

„Nur eines ist merkwürdig." Sönke holt Luft, als wolle er sich der Relevanz seiner Aussage noch mal kurz versichern. „Der Kapitän des Unglücksfrachters ..." Er stockt. Hauke reicht es jetzt. „Was ist mit ihm? Spuck es schon aus." Er baut sich vor seinem Steuermann auf. Breitet leicht verzweifelt die Arme aus. „Also?!"

Sönke schluckt. „Er ist Russe!"

Tanz mit dem Schicksal

Alex Roller

Das Meer formt Worte. Spuckt sie, schreit gegen das rhythmische Hämmern des Schiffsmotors an, als leide es an schlechter Laune. Ich lausche in die Dunkelheit. Buchstaben, Sätze, ganze Passagen werden von den Maschinen der Fähre verschluckt.

Seit einer Dreiviertelstunde sind wir auf der Nordsee unterwegs zu dem Ort meiner Kindheit, wo ich jedes Haus kenne, jeden Grashalm. Sie blind finde, wenn es sein muss. Die Füße eingepackt in dicke Strumpfhosen und Stiefel, breitbeinig für einen sicheren Stand halte ich mich am kalten Eisen der Reling fest. Die andere Hand umklammert den langen gummierten Griff meiner Gehhilfe. Die Finger schmerzen. Wie ich den Stock hasse.

Welle für Welle, jede mündend in einem kaum wahrnehmbaren Schwanken, ziehe ich die kalte Luft in die Lunge, den Geruch der aufgeschäumten, öligen See. Mein Zopf, der die knotige Narbe verbirgt, weht mir über die Wange. Atme, beschwöre ich mich. Du musst lernen, durchzuatmen, wenn du dich ändern willst. Ein, aus. Ein, aus, zwei weitere Male. Mühsam gelingt es – für den Augenblick.

Nichts auf der Welt berührt so tief wie der Ozean, sagen die Leute, meinen damit seinen Anblick: nachtblau von flaschengrünen oder türkisfarbenen Schichten durchzogen. In mir rühren nicht die Farben des Meeres mein Herz an, es ist seine Stimme. Ein Hörspiel, in das die Seele eintaucht, badet – loslässt.

Seit einem heißen August vor fünf Jahren wandelte sich jedes Molekül meines Lebens, nur diese Empfindung nicht.

„Jahrelang bekommst du den Hintern nicht hoch", blafftest du. „Und jetzt soll mit dieser Reise auf einmal alles gut werden? Dass ich nicht lache." Deine letzten Worte. Die feuchte Luft hat sie davongetragen wie ein Stück Treibholz in den Fluten. Mit ihnen: unsere prall gefüllte Reisetasche. Und dich.

Aus alter Gewohnheit schließe ich die Augen, sauge die Weite ein, den salzigen Geruch des Windes, der mir eine Gischtperle über das Gesicht treibt. Der Druck im Kehlkopf zerrinnt. Die Last, die mir seit dem Morgen im August wie ein Pfropfen im Schlund steckt, gleich dem Verschluss einer Flasche mein altes Leben versiegelt. Ein Leben, in dem ich glaubte, dass wir uns lieben.

Böen zerren wie Krakenarme an meinen Haaren, bauschen den Mantel auf. Gestrandet allein auf dem Außendeck des Stahlkolosses, der Briefe, Postpakete, Waren des Einzelhandels und vereinzelte Passagiere an Bord genommen hat – hier bin ich. Nicht bemitleidenswert, nicht hoffnungslos, nicht ungerecht. Ich *bin* – kann nicht genug davon bekommen.

In unregelmäßigen Stößen peitschen die Wassermassen gegen den Schiffsrumpf, die Reling vibriert. Kälte kriecht in meine Finger, durch die Kleidung, selbst in die Schuhe. Ich klemme den Stock zwischen die Beine, fische nach dem kleinen Thermobecher, der in der Manteltasche steckt. Salbei. Am Morgen aufgebrüht, zusammengedampft seit Stunden. Ich hasse Salbei. Nicht so wie den Stock, aber ich hasse ihn. Du weißt das.

Die Schwester im Krankenhaus, die ich im Stillen Wilhelmine taufte, nach der Staatsanwältin aus einem Fernsehkrimi, weil ihre Stimme rau von Whiskey und Zigarren klang, hatte die Pflanze angeordnet gegen die Schluckbeschwerden nach der Operation. Literweise brühte sie mir das Gesöff. Zumindest wärmt es, denke ich jetzt, und dass ich nie zuvor in meinem Leben so viel Tee in mich hineingeschüttet habe wie in den letzten fünf Jahren.

Die ersten Wochen in der Reha zwang mich die Temperatur des Gebräus, nicht zu schnell zu trinken, schluckweise, und damit weniger. Normalerweise brachte ich kaum die empfohlene Menge Flüssigkeit herunter. In der Klinik hatte ich wie eine Verrückte gesoffen, als versuchte ich, gegen die Finsternis anzuschlucken. Vier, manchmal fünf Liter Wasser am Tag. Der Durst hatte in mir gewütet. Das hatte etwas mit dem Gehirn zu tun. Die Chirurgin hatte erklärt, die Areale um den Tumor herum seien irritiert und müssten sich erholen, genau wie ich. Erholen. Als könnte man sich von einem Schicksalsschlag wie einer bleibenden Behinderung erholen. Sie wusste nicht, wovon sie redete.

Ich öffne den Verschluss des Thermobehälters, einhändig, umklammere mit der anderen Hand weiter das Geländer. Dampf schlägt mir ins Gesicht beim Versuch, an der Flüssigkeit zu nippen. Ich zucke zusammen.

Ein, aus.

Wie ein Mantra verfolgen die stummen Anweisungen mein Leben. Das Leben danach.

Hagebuttentee servierten sie mir in der Reha oder Gartenkräuter. Die Schwestern ließen mich das aussuchen. Es war etwas übrig von mir. Es reichte nicht für eine Wurzelbehandlung bei einem meiner eigenen Patienten, aber für eine Teeauswahl.

Wenn du anfangs mehrmals die Woche, später an ausgewählten Wochenenden zu Besuch erschienst, setzten wir uns mit den klobigen Porzellantassen, die in hohen Türmen in der Cafeteria lagerten, raus auf die Wiese in eine der Sitzgruppen. „Schöne Bänke", sagtest du, „sehen massiv aus, das magst du doch."

Immerhin, dachte ich, wo hier sonst alles schedderig wirkt, was ich in die Hände bekomme. Dazu der Krach. Früh um sechs das Geklapper auf dem Flur, um sieben die Putzkolonne, die weder Deutsch noch Englisch sprach, jedenfalls nicht so, dass ich ohne Mimik und Gestik daraus hätte schlau werden können. Kaum war man eingenickt, der Wirklichkeit entflohen: Frühstück, Mittag, Abendessen, Tabletten und Verbandwechsel. Montags und dienstags die Rasenmäher. Der Gestank des Benzins wehte bis in die Zimmer. Sechzehn Wochen habe ich das ertragen.

„Du bist ungerecht", sagtest du damals, „wütend" und dass du das verstehen könntest. *Ich* verstehe es nicht. Nicht mehr nach fünf Jahren. So bin ich nicht! Ich bin jemand, der lacht, wenn ihm das Brötchen runterfällt, selbst mit dem Käsebelag nach unten. Ich jogge, um mich fit zu halten, gehe in die Praxis, ins Theater, einkaufen, in Ämter und auf Weihnachtsmärkte, manage mein Leben gleichermaßen, wie ich es genieße.

Erneut atme ich ein, langsam wieder aus.

Korrekt wäre die Vergangenheitsform. Auf diese Erkenntnis trinke ich vorsichtig einen Schluck. Der Tee schmeckt wie erwartet. Ich hebe den Becher ein weiteres Mal.

„Guten Tag."

Himmelherrje! Ich verschlucke mich derart, dass ich die Salbeibrühe über die Reling pruste. Um ein Haar hätte ich den Becher fallen lassen. Wo kommt der Kerl her hinter mir? Und wie lange ist er schon da?

Der Mann, der zu der sympathischen Stimme gehört, fragt, ob er helfen könne. „Nein, nein, schon gut, der Tee hat sich nur in meine Luftröhre verirrt. Alles wieder gut, wirklich", verneine ich reflexartig. So souverän wie möglich verschließe ich den Teebecher, verstaue ihn in der Manteltasche, wende mich ab. Mit dem Handrücken wische ich mir die Lippen trocken. Hilfe. Bloß das nicht. Die klapperige, bedürftige Mittvierzigerin – die Arme. Er soll sich um seinen eigenen Kram scheren.

„Du schaffst das", hast du gesagt. „Du bist stark." Das war in den ersten Tagen im Krankenhaus, als nicht klar war, was mit mir werden würde. „Du schaffst das." *Du* hast du gesagt. Nicht *wir*. Ich habe das zur Kenntnis genommen.

Jedes Wort würde ich dir negativ auslegen, hast du gemeint, pessimistisch, wie ich an alles heranginge seit der Operation. Nicht auszuhalten sei ich. Vier volle Jahre hast du gebraucht, bis dir die Formulierung rausrutschte: nicht auszuhalten.

„Siehst du denn nicht, dass ich dir helfen will", hattest du gefragt. „Wie denn", hatte ich geantwortet, sarkastisch, bitter.

Wie denn, denke ich auch jetzt, angle nach dem Stock. Dabei verstand ich genau, worauf du abzieltest. Ich agiere ungerecht, aufbrausend. Der Tumor hat mir die ganze Scheiße eingebrockt. Wer liebt jemanden wie mich. Kein Mensch. Am wenigsten ich selbst. Eine unnütze Frau, die ihrem früheren Ich so wenig ähnelt, dass sie niemand wiedererkennt. Mit dunklen Augenringen, dunklen Gedanken. Du wurdest nicht müde, mich an beides zu erinnern. Hilfe sollte ich mir holen. Mein Magen rebelliert, wenn ich das Wort höre.

Dich hätte ich gebraucht.

Du bist zu der kleinen Französin gerannt drei Häuser weiter. Die mit der Audrey-Hepburn-Frisur und dem kitschigen Akzent. Die Attraktion eines jeden Sommerfestes: sie und ihr überdimensionales Puppentheater. Angeblich halfst du ihr bei der Herstellung ihrer rotschopfigen Figuren. Du und Basteln … Nicht einmal Mühe gegeben hast du dir, etwas Glaubhaftes zu erfinden.

Das Meer redet weiter auf mich ein. Mit dem Stock in der Faust schlage ich den Mantelkragen hoch. Das lange Ding stößt an die Reling, gibt wie eine Anmerkung zu den Worten der See ein lautes *Klonk* von sich. Der Mann hinter mir, der sich mit einer Frau unterhält, ignoriert es – zum Glück.

Ich hätte den Umgang mit dem sperrigen Monster besser üben sollen, genau wie den mit dir. Hätte meinen Zorn in den Griff bekommen müssen. Für dich, für uns.

Hätte, hätte. Hätte der Tumor sich ein anderes Gehirn ausgesucht, um sich aufzuplustern, hätte ich mich wie jede Frau in den besten Jahren weiter an den Freuden des Lebens ergötzen können. So viel zu *hätte*. Oder hätte die Chirurgin ein My weiter links ihr Messer angesetzt, nur einen Mikrometer. Hat sie nicht. Ich habe den Zorn nicht im Griff, das Aufbegehren meiner nutzlosen Hülle. Wie eben, als du mir ins Gesicht lachtest, die eigene Wut aufgetürmt wie die Lagen einer Kompositfüllung eines Backenzahnes. Resignation, Verbitterung – Entschlossenheit. Schicht um Schicht, ausgehärtet. Ich habe dich infiziert. Meine hässlichen Eigenschaften wie einen tückischen Virus auf dich übertragen, jahrelang, ausgehend von jenem schicksalhaften Tag.

Den Anblick der Sonne am Morgen vor der Operation werde ich nicht vergessen. Schäfchenwolken hingen am strahlend blauen Himmel, wie von einem Kind mit breitem Pinsel über die Baumkronen getupft. Ich blieb stehen auf dem Granitweg zwischen unserem Walmdachbungalow und meinem Mini: British Racing Green mit Schiebedach und weiß geränderter Lederausstattung. Nicht ein einziges Mal habe ich seither das hölzerne Lenkrad des Oldtimers berührt.

Die Kraft, mit welcher der August seine Schönheit an jenem schicksalhaften Morgen über unser Zuhause ergoss, hat sich eingebrannt in meine Netzhaut. Vor dem Bild: du. Sportlich, schlank, das blonde Haar aus der Stirn geföhnt, wie geschaffen für eine Modelkarriere, hätten deine Gene dir zwanzig Zentimeter mehr Körpergröße gegönnt.

Ein normaler Morgen, redete ich mir ein. Einer, wie ich unzählige weitere erleben würde. Du griffst nach meiner Tasche, warfst sie in den Kofferraum des asketischen Zweisitzers, den ich zu großen Teilen selbst zusammengeschraubt hatte. In ihr tummelten sich Zahnbürste, Handtuch, alles Mögliche, von dem ich mutmaßte, ich bräuchte es. Sogar ein Buch hatte ich dabei, aber nichts gegen das Loch, in dem ich neun Stunden später erwachte.

Die müssen das äußern, machte ich mir glauben, seit der Termin für den Krankenhausaufenthalt stand – von Rechts wegen, nicht weil ich damit rechnen soll. Sie sind verpflichtet, mich aufzuklären über Eventualitäten, selbst wenn sie noch so unwahrscheinlich auftreten. Ich kenne die Flut an Unterschriften, die meine Patienten leisten, setze ich ihnen nur ein Zahnimplantat. Ich bin selbst Ärztin – war Ärztin.

Hör auf! Hör auf damit! Sieh nach vorn … Wie denn? Wie, Herrgott? Es ist zum verrückt werden. Hätte ich einen der großen Pappmascheeschädel deiner Hepburn-Flamme zur Hand, ich würde ihm das Lachen aus dem Gesicht prügeln.

Während die Frau und der Mann neben mir darüber diskutieren, ob sie später lieber in das Fischrestaurant mit den französischen Nachspeisen oder zum Italiener spazieren, stelle ich mir dein Gesicht vor, als sie dir auf der Intensivstation die Nachricht überbrachten: Entsetzen, Panik, die Kraft, die es dich kostete, dir nichts anmerken zu lassen, während du meine Hand hieltest. „Das wird schon wieder", sagtest du über das Piepen der Geräte hinweg, klammertest dich an die Hoffnung meiner Genesung.

Der Wind bläst mir eine Strähne auf die Wange, lässt sie tanzen, krabbeln wie einen Käfer auf der Haut. Ich wische sie fort, schlage dabei erneut gegen das Geländer. *Gleich schmeiße ich den beschissenen Stock über die Reling!* Zuhause habe ich damit so viele Dellen in die Möbel geschlagen: Sie muten an, als seien sie Schauplatz einer Kneipenschlägerei geworden. Deine Worte. Eigene finde ich nicht.

Über das Heulen des Windes hinweg lausche ich dem Brabbeln des Meeres. Der Sopran der Frau, die offenbar ebenfalls eine Abneigung gegen das Französische hegt und sich für den Italiener ausgesprochen hat, schneidet dem Meer das Wort ab, lässt mich zusammenzucken.

„Dort! Sven!"

„Was denn, Feechen?" Sven teilt die Aufregung seiner Begleitung nicht.

„Siehst du das? Dahinten, da ist doch was im Wasser."

„Wo? Ich sehe gar nichts."

Ich sehe auch nichts, denke ich.

„Dort. Ist das ein Kopf?"

„Ein Seehund?" Eine dritte Stimme. Hinter uns. Mit wummernden Schritten eilt der dazugehörige Mann an die Reling, quetscht sich zwischen mich und Sven mit seinem Feechen. Offenbar sieht er ebenfalls nichts. Er fragt: „Sind Sie sicher?"

„Es sah aus wie der Kopf eines Mannes."

„Mira, bist du sicher? Wir müssen das melden. Die müssen stoppen."

Wenn die das Schiff stoppen, denke ich, wie viele Meter braucht es, bis es zum Stillstand kommt? Wie viele Minuten, bis das Rettungsboot im Wasser ist? Gibt es überhaupt eins? Mira-Feechen scheint ähnliche Gedanken zu haben.

„Können die das überhaupt? Ein Mann-über-Bord-Manöver mit einer Fähre?"

„Klar", gibt sich Sven überzeugt. „Die haben Notfallpläne, die üben sowas. Wenn du also sicher bist …"

„Na ja …"

„Scheiße. Da!", unterbricht Sven sie.

Der Typ neben mir rennt los. Ich rühre mich nicht vom Fleck, mein Lieblingsvorgehen seit fünf Jahren. Aus einem

Impuls heraus möchte ich dich fragen, ob du etwas gesehen hast. Du bist nicht hier.

Ich schwanke. Nicht vom Seegang, sondern von der Wucht des Bildes, das sich in mir auftut. Die Tasche dümpelt auf den Wellen. Daneben dein Hinterkopf, das blonde Haar. Es wankt im Wasser wie Meerespflanzen, schwappt um deine Ohren.

Unter lautem Getöse des Stocks am Geländer reiße ich den Mantelkragen auf, ziehe Luft in meine Lunge. Das Hämmern der Maschinen erstirbt. Menschen trampeln zurück aufs Deck, rufen durcheinander. Ich sollte dich suchen. Bestimmt sollte ich das. Wie sieht es sonst aus, jetzt wo sie da draußen etwas erspäht haben. Einen Mann.

Eingehüllt in das Geschrei des Meeres löse ich die Hand vom Geländer. Sie schmerzt, zittert. Für die Länge eines Atemzuges presse ich sie mir an die Stirn, atme ein, aus, ein weiteres Mal. Entschlossen setze ich den Stock auf den Boden. Mit der Kugel am unteren Ende ist er denkbar ungeeignet, mir Halt zu geben. In einem weiten Kreis ziehe ich sie über den Boden. Bei jeder Erhebung fährt ein Ruck in meine Hand. Angestrengt horche ich ins Dunkel. Beim Lärm, den das Meer und die Leute veranstalten, höre ich vermutlich nur Bruchteile von dem, was um mich herum passiert. Begleitet von immerwährenden Halbkreisen setze ich einen Fuß vor den anderen, in die Richtung, in der ich mich der Tür entsinne. Kaum in Bewegung halte ich an. Schritte, hart mit den Hacken aufgesetzt. Sie steuern auf mich zu, verstummen vor mir.

„Wo willst du hin?", fragst du.

Für einen Moment kommt es mir unwirklich vor, dass du nicht im Wasser dümpelst, dass du nicht irgendwo vom Schiff gestürzt bist, obwohl ich das Bild deines meerumspülten Kopfes so plastisch vor Augen habe.

„Dich suchen", antworte ich wahrheitsgemäß.

„Ich habe gesagt, ich komme dich holen."

Sie haben einen Mann im Wasser entdeckt, will ich erwidern, ich habe mir Sorgen gemacht.

„Wo warst du so lange", frage ich stattdessen, bekomme keine Antwort, lasse mich von dir führen, fort von hier, zur Tür, die du mir aufhältst.

„Was für ein leuchtend rotes Haar", ruft Feechen hinter uns, „sonst hätte ich ihn gar nicht …" Die Tür knallt zu. Es riecht metallisch und nach feuchten Schuhen. Die Außenwelt verstummt. Allein das Quietschen unserer Gummisohlen auf dem Untergrund schlägt in Reflexionen von der Decke auf uns nieder. Feechens letzte Worte mäandern durch meinen Kopf. Leuchten rote Haare nach einem Sturz ins Wasser?

Stufe für Stufe steigen wir eine Treppe hinauf. Oft genug bin ich mit Fähren gereist, um zu wissen, dass wir Richtung Oberdeck wandern. Stumm durchqueren wir einen langen Raum. Nicht ein Mensch ist zu hören. Die Tische, die ich am Rande unseres Weges in Erinnerung wähne, sind verwaist. Kein Wunder. Die wenigen Passagiere an Bord sind aufgesprungen, als das Schiff stoppte. Die Attraktion der Überfahrt findet unten statt.

Attraktion? Während wir eine Bodenschwelle passieren, flutet Hitze meinen Brustkorb. Der Körper ahnt, was der Verstand nicht begreift. Noch nicht. Etwas stimmt nicht.

Im Versuch, der Intuition Herr zu werden, verlasse ich mich weiter auf deine Führung. Ohne dass ich recht weiß wie, stehen wir einige Sekunden später draußen. Der Wind rüttelt an mir, als schaukle er die Gedankenfetzen in mir zurecht: Attraktion? – Attraktion des Sommerfestes!

So plötzlich, wie der Satz der Frau abbrach, weiß ich, was mich an ihm gestört hat. Köpfe aus Pappmaschee, eingekleistert, mit Bootslack versiegelt für die Ewigkeit springen wie

Knallfrösche aus dem Dunkel der Erinnerungen. Waren die Puppenhäupter der Französin nicht mit Perücken gekrönt? Angetackert? Knallrot!

Die Erkenntnis explodiert hinter meinen Schläfen, raubt mir den Atem wie ein Faustschlag, den du mir in den Magen treibst. Zeitgleich denke ich: Wo bist du?

Als sei ich gegen eine Wand gekracht, bleibe ich stehen, strecke die Arme aus, taste ins Leere. Ein Ablenkungsmanöver! Der Puppenkopf von dir ins Wasser geworfen, um Mannschaft und Passagiere vom Oberdeck abzulenken. Schweiß perlt meinen Nacken hinunter.

„Komm", rufe ich, versuche, Wind und Wellen zu übertönen. „Das ist nicht witzig."

Von den Geräuschen der Natur abgesehen: Stille. Betäubende, zerfressende Stille. Ich horche in die Finsternis. Wo verflucht bist du? Du bringst das nicht zustande, versuche ich mich zu beruhigen. Du wirfst keine blinde Frau über Bord, nicht deine Frau.

Der Stoß kommt aus dem Nichts, katapultiert mich vorwärts. Rabiat, gefühllos, zu unerbittlich für ein Versehen. Panik. Aufgestaut, explosiv. Brutal wird sie im Takt des Herzschlages in meinen Körper gepumpt, raubt mir den Verstand. Im Affekt trete ich um mich, lasse den Stock fallen, greife nach den Händen, die sich in den Stoff meines Mantelkragens krallen. Deine Hände, ich weiß es, höre dein Keuchen. Sie treiben mich weiter.

„Du bist schuld", fauchst du, „Du!"

Die Worte schlagen wie Wellen über mir zusammen, begraben mich unter ihrer Last. Ich öffne den Mund, will etwas erwidern, stolpere, donnere mit dem Bauch gegen die Reling. Der Aufprall schnürt mir die Luft ab. Statt eines Aufschreis quillt ein Gurgeln aus meiner Lunge. Nicht sterben. Nicht aufgeben!

Endlich bekomme ich hinter mir etwas zu fassen, deinen Anorak, gleite ab. Mit einem weiteren Ruck verliere ich den Boden unter den Füßen, packe das Geländer. Blut rauscht durch meine Ohren, übertönt das Meer. Verzweifelt schlage ich um mich. Den Schwerpunkt mehr auf der Reling als an Deck greife ich erneut nach dir. Ein Umschlag, wie von einer deiner Jackentaschen: Ich kralle die Finger darum, zerre, lasse nicht los. Nicht, als ich mit dem Oberschenkel bis zu den Knien über das Geländer rutsche, nicht, als etwas Hartes auf meine Finger trifft, sie von der Reling schliddern. Ich hänge am Leben, meinem dunklen, verfluchten Scheißleben. Will mich doch ändern!

Mit Gewalt ziehe ich mich hoch, den Hinterkopf an den Anorak gepresst umschlinge ich mit dem freien Arm deine Taille. Du schubst, fluchst, drückst mich mit deinem Gewicht nach unten, tief, weiter. Blut sackt mir in den Kopf. Meine Hand rutscht, sucht Halt. Nein! Nicht! Mir wird schwindelig. Wo ist das verfluchte Geländer? Dein Gürtel! Ich schlinge die Finger darum, packe ihn mit einem eisernen Griff – ziehe – falle. Das Dröhnen des einsetzenden Schiffsmotors überlagert deinen Aufschrei.

Man sagt, in den letzten Sekunden, bevor die Finsternis des Todes einen verschlingt, fliegt die Vergangenheit in Bildern an einem vorbei: Erinnerungen an Eltern, Geschwister, Ehemann, Kinder, Menschen, deren Seelen mit der eigenen verbunden sind – verbunden in Liebe.

Während ich in einem wilden Tanz mit dem Schicksal gemeinsam mit dir die Bordwand der Fähre hinabsegle, sehe ich nichts. Nicht dich, nicht mich, niemanden. Ich höre das Meer.

Nie habe ich etwas so geliebt wie seine Stimme.

Wie ein Sturm vor Helgoland
Karl May rettete

Christoph Elbern

Albert Ballin ist persönlich an den Anleger im Hamburger Hafen gekommen. Der Generaldirektor der „Ballins Dampf-schiff-Rhederei" will Karl May auf seinem nagelneuen Schnellraddampfer *Prinzessin Heinrich* willkommen heißen. Es ist ein etwas wolkenverhangener Tag im Mai 1897. Eine kleine Kapelle spielt »Heil Dir im Siegerkranz« und irgend-ein fröhliches Seemannslied. An der Hafenstraße drängen sich die Schaulustigen und recken die Hälse, um einen Blick auf den berühmten Schriftsteller zu erhaschen. Gerne wür-den sie bis auf die Pontons und den Steg strömen, doch der ist den 500 Passagieren des ausgebuchten Schiffes vorbehal-ten.

Ludwig ist einer dieser Passagiere. Er drängt Richtung Gangway, es geht aber nichts vorwärts. Die Menschen bleiben einfach stehen, um zu sehen, wie Ballin für Karl May eine huldvolle Rede hält, die bei dem Lärm des Dampfers aller-dings niemand versteht.

Karl May steht dort zusammen mit seiner Frau Emma und seinem Freund Carl Felber und dessen Gattin Elisabeth. Felber, ein Hamburger Konditor und Kaffeehausbesitzer, ist vom Ver-ehrer zum Freund des Schriftstellers geworden und hat damit ein Ziel erreicht, das für Ludwig stets unerreichbar war. Die Fel-bers werden die Mays in den nächsten Tagen begleiten. Sie wer-den mit ihnen speisen, Wein trinken, über das Deck und später über die Insel spazieren. Sie werden May jede nur erdenkliche Frage stellen und werden sie auch beantwortet bekommen.

Ludwig hätte auch viele Fragen. Zu Winnetou, zu Old Shatterhand und natürlich zu Kara Ben Nemsi. Hat May einen Henrystutzen im Gepäck? Was soll er damit? Auf seiner Reise durchs Deutsche Reich wird er kaum auf Bären oder feindliche Indianerstämme treffen. Papier, Tinte und Feder hat er sicher dabei, um neue Geschichten zu Papier zu bringen, während er auf die Nordsee schaut. Kann sich etwas von den Prärien des Wilden Westens mehr unterscheiden als die kalte, blanke Nordsee?

Ludwig war noch nie auf hoher See. In den 22 Jahren seines Lebens hat er es ein paar Mal auf Elb-Barkassen geschafft und einmal in ein Ruderboot auf der Alster. Das war, als er die Schreibkraft Luise aus dem Großhandel Lohmeyer & Sohn, in dem er als Buchhalter arbeitet, zu einem Ausflug eingeladen hatte. Nie zuvor hatte er ein Mädchen ausgeführt und es wurde zur Tragödie. Nächtelang hat er sich vorher Notizen gemacht, worüber er mit der sommersprossigen Luise sprechen könnte, während sie im Sonnenschein über die Alster ruderten. Er trug neue Kleidung, war gut vorbereitet, sein dünner Bart frisch gestutzt, ein Herrenparfüm seines Kollegen Malte sollte ihm weltmännisches Flair verleihen.

Doch dann kam alles anders. »Kannst du das überhaupt?«, hatte der Bootsverleiher mit einem zahnlosen Grinsen gefragt, als er das Boot vom Steg abstieß und Ludwig sich etwas ungeschickt mit den Rudern anstellte. Natürlich war er ungeschickt, er hatte noch nie gerudert. In der Schule war er wegen seiner Kurzatmigkeit von den Leibesübungen befreit gewesen. Er schaute einem anderen Bootfahrer seine Bewegungen ab und kam schließlich einigermaßen gut voran. Die Anstrengung trieb ihm den Schweiß auf die Stirn und die gut sortierten Gesprächsthemen aus dem Kopf. Er redete erst gar nicht und dann zu viel, zu schnell und zu wirr. »Du musst ihr Fragen stellen«, hatte Malte gesagt, der mit Mädchen schon recht viel Erfahrung hatte. »Sie muss wissen, dass du dich für sie interessierst.«

Und so hatte er Luise gefragt: Welcher Winnetou-Band ihr am besten gefalle, ob sie Old Shatterhand oder Kara Ben Nemsi für verehrungswürdiger halte und was sie glaube, wie es Winnetou in Hamburg gefallen würde. Luise hatte Ludwig nur irritiert angelächelt und schließlich gesagt, dass sie zuletzt »Effi Briest« von Theodor Fontane gelesen habe, was ein außerordentlich kluges und inspirierendes Buch sei.

Mit dem Sonnenschein war dann auch bald Schluss. Als sie mitten auf der Alster waren und Ludwig Pastete, Käse, Brot und Wein auspacken wollte, ging ein fürchterliches Gewitter los. Der Bootsverleiher musste mit einer Barkasse kommen und sie abschleppen, weil Ludwig plötzlich überhaupt nicht mehr vom Fleck kam. Völlig durchnässt gingen sie an Land. Luise sah ihn in den folgenden Monaten kaum noch an. Ludwig hatte seitdem ein ambivalentes Verhältnis zu Frauen. Und zu allem, was schwimmt.

Karl Mays Reise, so hatte es Ludwig in der Zeitung gelesen, hatte eine Woche zuvor in Radebeul begonnen und über den Harz nach Hamburg geführt. Nun sollte es weitergehen nach Helgoland. Anschließend waren Stationen in Hessen, dem Rheinland, Bayern und Böhmen geplant. Der Autor war unterwegs zu seinen Verehrern und davon gibt es Hunderttausende.

Aber Helgoland? Was May auf dem vor wenigen Jahren von den Briten gegen Sansibar eingetauschten Felsen mitten in der Nordsee will, ist Ludwig nicht bekannt. Dort leben kaum mehr als tausend Menschen. Im Sommer kommen freilich viele Sommerfrischler. Aber es ist erst Mai. Was erwartet der Autor dort?

Ludwig hat diese Schiffspassage für sein Vorhaben gewählt, weil er selbst in Hamburg lebt und er auf dem Weg nach Helgoland mit Zwischenhalt in Cuxhaven vier bis fünf Stunden Zeit hat, dem berühmten Geschichtenerzähler nahezukommen.

Ballin ist fertig mit seinen Huldigungen, die Musiker räumen den Anleger und Karl May und seine Begleiter betreten, eskortiert von gleich vier uniformierten Stewards, über eine separate Gangway das Schiff.

Ludwig ist bereits an Bord. Sein Rucksack, den er sich vor Jahren mal für eine Heidewanderung mit Freunden gekauft hat die nie stattfand, weil die Freunde ihn schlichtweg vergaßen, enthält das Nötigste. Socken, ein zweites Paar Hosen, ein Pullover, eine Regenjacke, eine zweite Mütze. Außerdem Waschzeug und eine Büchse mit Broten. Ludwig hatte gehört, dass die Verpflegung an Bord sehr teuer sei. Ebenfalls hatte er gehört, dass Gepäck der Passagiere nicht überprüft würde, da es sich um keine für Schmuggel interessante Route handelt. Das ist gut so.

Ein Steward weist Ludwig und den anderen Passagieren, die mit ihm aufs Schiff drängen, den Weg nach Achtern, so wird das Heck des Schiffes doch wohl genannt. In einem großen Salon sind Tische und Stühle zu Vierer- und Sechsergruppen angeordnet. Hier kann er Platz nehmen, sagt man ihm, oder auch auf dem Oberdeck, wo das Kaiserwetter zu genießen ist. Das Gepäck könne er aufgeben, sagt ihm ein freundlicher Steward, das würde nicht extra kosten. Aber Ludwig braucht seinen Rucksack und den Inhalt für später.

Auf dem Sonnendeck drängten sich die Passagiere. Männer und Frauen in sommerlicher Garderobe, helle Anzüge, farbenfrohe Kleider. Junge Mädchen mit ihren Eltern, junge Frauen mit ihren Freundinnen. Ludwig hat es sich abgewöhnt, ihnen mit Blicken zu folgen, er hat die Hoffnung aufgegeben, irgendwann beachtet zu werden. Das ist sein Schicksal. Jedenfalls in dieser Welt, in die er zufällig reingeboren ist.

Schon vor Jahren, als er die ersten Nächte mit Winnetou und seinen roten Brüdern durchlebte, wurde ihm klar, dass er eigentlich für die Welt der Apachen bestimmt ist.

Wen Ludwig nicht mehr sieht, so sehr er auch den Hals reckt, ist Karl May und seine Entourage. Sie haben über ihren Sondersteg die vordere Seite des Schiffes betreten, wo die Stühle sicher Polster haben und die Getränke an den Tisch gebracht werden. Nach dem Ablegen wird sich dann bestimmt der Kapitän zu seinem berühmten Passagier setzen und mit ihm über die große weite Welt parlieren.

Große weite Welt? Pah. Der Kapitän fährt tagaus tagein Cuxhaven, Helgoland, Norderney, Sylt und was der nahen Inseln mehr sind. Und Karl May? Wo war der schon überall? Hatte er Old Shatterhand und Winnetou überhaupt getroffen? Vor nicht langer Zeit war Ludwig noch absolut überzeugt, dass May und Shatterhand eine Person sind. Lautstark hat er den Schriftsteller gegen alle Verdächtigungen und Anfeindungen verteidigt. Ludwig fühlte sich als Karl Mays Blutsbruder im Geiste und damit auch als Blutsbruder von Winnetou und Old Shatterhand. Immer wieder träumt er nachts von Winnetous wunderschöner Schwester Nscho-tschi. Das will er auch in Zukunft tun und deshalb muss er handeln.

Ludwig schreckt aus seinen Gedanken auf, als die Signalhörner der *Prinzessin Heinrich* ertönen und sich das Schiff kraftvoll in Bewegung setzt. Es geht los. Ludwig ist aufgeregt. Ängstlich? Nein! Hegt er Zweifel an seinem Plan? Auf keinen Fall!

Ludwig verlässt das Sonnendeck und begibt sich in den Salon. Am Tresen kauft er einen Kaffee und setzt sich an einen freien Vierertisch. Beobachten ihn die Leute? Hat er etwas Merkwürdiges an sich? Nein. Niemand beachtet ihn, wo er auch ist. Bei der Arbeit, auf dem Weg durch die Stadt. Seine Zimmerwirtin Frau Weizmann spricht ihn nur an, wenn er vergessen hat, die Miete zu zahlen. Dann sagt sie Sachen wie: »Wollen Sie denn ewig allein bleiben, Herr Schröter? Das ist doch nichts für einen jungen Mann.« Was geht die Alte das überhaupt an.

An einem Tisch ganz in der Nähe sitzen drei Mädchen. Sie sind ungefähr in Ludwigs Alter. Sehen sie ihn an? Nein. Sie glotzen nur in die Gegend, flüstern mit ihren Schwestern oder Freundinnen. Dann lachen sie. Ihn nehmen sie nicht zur Kenntnis. Gut, er ist nicht besonders schön. Aber auch nicht hässlich. Er ist nicht zu groß, nicht zu klein, nicht zu dick, nicht zu dünn. Er trägt seinen besten Sommeranzug. Also seinen einzigen. Trägt man im Mai schon Sommeranzüge? Gibt es Frühlingsanzüge? Egal. Die dummen Gänse sollen ihm gestohlen bleiben. Sie sind auch keine Schönheiten. Die eine hat Pausbacken, die andere rote Haare, oh Gott, und die Dritte so helles Haar, als käme sie aus Schweden. Nscho-tschi hat tiefschwarzes, seidenglänzendes Haar. Es fällt lang herunter bis auf den wohlgeformten Busen. Ihre Haut schimmert wie Bronze. Die drei Mädchen dort würden weinen vor Scham, wenn sie Nscho-tschi gegenüberstünden.

Als das Schiff in Cuxhaven anlegt und weitere Passagiere aufnimmt, hat Ludwig schon alle seine Brote gegessen. Er holt sich eine Flasche Bier für eine Mark fünfzig. Unverschämt! Aber das Bier ist schön kühl und schmeckt herrlich.

Mit der Flasche in der Hand schlendert er über das Schiff. Seinen Rucksack trägt er weiterhin auf dem Rücken. Er darf ihn keine Minute aus den Augen lassen.

Der Salon im vorderen Teil des Schiffes ist den Passagieren der 1. Klasse vorbehalten. Man kann allerdings außen, an der Reling entlang, am Salon vorbeigehen bis zum Bug des Schiffes. Durch die großen Scheiben sieht Ludwig die Passagiere. Der Salon ist nicht besonders voll, die meisten Passagiere sind wohl auf dem Sonnendeck.

Vom Bug aus kann Ludwig ein paar von ihnen über sich an der Reling stehen sehen. Und da ist er: Karl May. Ludwig erkennt ihn sofort. Das wellige, weißgraue Haar, die hohe Stirn, der eher nachlässig gepflegte Schnauzbart, die wachen, neugierigen Augen. Er ist 55 Jahre alt und sieht älter aus als auf den Fotografien, die Ludwig in seinem Rucksack bei sich trägt, und auch dicker. May schaut nachdenklich lächelnd auf die Elbe. Neben ihm stehen seine Begleiter, die Felbers. Nun bildet sich eine kleine Menschentraube hinter dem Schriftsteller, der sich wie auf Kommando zu den Menschen umdreht. Fast scheint es, als habe er auf dieses Publikum gewartet.

Die Leute sprechen ihn an, bedrängen ihn förmlich. Im Lärm der Maschine und des Windes kann Ludwig nicht verstehen, was sie fragen. Aber er kann es sich denken. Herr May, wie haben Sie sich gefühlt, als sie den Wilden zum ersten Mal gegenüberstanden? Hatten Sie Angst? Was isst man, wenn man wochenlang durch die Wildnis reitet, fernab jeder Zivilisation? Stimmt es, dass es auch Indianer gibt, die Menschen opfern? Sind Sie selbst Old Shatterhand oder ist er nur ein Freund von Ihnen?

Fragt auch jemand: Haben Sie das alles wirklich erlebt, was Sie in Ihren Büchern beschreiben? Oder sogar: Haben Sie überhaupt irgendeine Reise unternommen, die aus dem Deutschen Reich hinausführte, Herr May? Eine Frage, die Ludwig vor ein paar Monaten noch völlig unerhört vorgekommen wäre, geradezu blasphemisch.

Die *Prinzessin Heinrich* hat die Elbmündung verlassen. Schon bald wird man kein Land mehr sehen. Ludwig sitzt im Salon seiner Klasse und plant seine nächsten Schritte. Er weiß jetzt, wo May ist. Aber wie soll er an ihn herankommen? Man wird ihn nicht in den Salon der ersten Klasse lassen. Soll er einfach hineinstürmen, vorbei an dem wachestehenden

Steward und sich vor Karl May aufbauen und ihn zur Rede stellen? Würde man ihm überhaupt die Zeit lassen für seine Fragen? Sicher nicht. Man würde ihn sofort überwältigen. Wieso soll er May überhaupt irgendwelche Fragen stellen? Hat er nicht längst alle Antworten? Er würde dem Mann nur Gelegenheit geben, weiter zu lügen.

Ludwig hat den Rucksack nun auf dem Schoß und umfängt ihn mit beiden Armen. Unter dem linken Ellenbogen spürt er die Härte des Metalls, das auf seinen Einsatz wartet.

Den ersten Verdacht gegen den von Ludwig einst als Reiseschriftsteller und Abenteurer über alles verehrten Karl May hatte sein Kollege Malte im Herbst letzten Jahres an ihn herangetragen. Er brachte Ludwig eine Zeitung mit, in der ein Journalist behauptete, dass May nie in Amerika gewesen sei und stattdessen immer wieder wegen Betrugs und Diebstahls im Gefängnis gesessen habe. Dort hätte er sich die Geschichten um Ludwigs große Helden ausgedacht und durch Angelesenes aus der Gefängnisbibliothek angereichert.

Natürlich hatte Ludwig zunächst kein Wort geglaubt. Wie konnte sich jemand die vielen Schilderungen der unendlichen Weiten des Westens und des indianischen Lebens einfach nur ausdenken? Doch der Zweifel war gesät und in den folgenden Monaten fand Ludwig immer mehr Hinweise darauf, dass die Vorwürfe gegenüber Karl May keine Lügen waren. Der Schriftsteller wehrte sich dagegen. Doch längst verbreitete sich das Gerücht, May habe die Fähigkeit verloren, Dichtung und Wahrheit zu unterscheiden und halte sich selbst für Old Shatterhand.

Für Ludwig, der als Elfjähriger die erste Erzählung über die edle Rothaut Winnetou gelesen hatte, brach eine Welt zusammen. Der bewunderte Häuptling Winnetou war nur ein Hirngespinst eines sächsischen Ganoven? Das fühlt sich für Ludwig immer noch an, als hätte jemand auf einen Streich seine gesamte Familie ausgerottet. Und der, der dafür verantwortlich ist, reist hier nun 1. Klasse und trinkt Champagner.

Ludwig tritt wieder aus dem Salon heraus ins Freie. Es ist nun kein Land mehr zu sehen. Nirgends. Ein merkwürdiges Gefühl, vollständig von Wasser umgeben zu sein, getragen von einer 80 Meter langen Stahlwanne, vorangetrieben von zwei großen, seitlich angebrachten Schaufelrädern. Der Himmel hat nun eine hellgraue Färbung angenommen und wird in Fahrtrichtung merklich dunkler. Ist es kühler geworden? Hat der Wind aufgefrischt? Bald ist es dunkel.

Die Mädchen, die vor Kurzem noch in leichten Blusen an Deck saßen, tragen nun dicke Strickjacken. Blöd kichern tun sie nach wie vor. Ein Steward, den Ludwig fragt, gibt an, dass es noch gut zwei Stunden bis Helgoland seien und dass ein Sturm aufziehe, der dem großartigen Schiff aber nichts anhaben könne.

Wenig Zeit und keine günstigen Bedingungen. Karl May, so vermutet Ludwig, sitzt nun im Salon und lässt es sich gut gehen. Sehen kann er ihn zwischen den Menschen im Salon der 1. Klasse nicht. Gänseleberpastete wird er essen, Räucherlachs, Eiersalat, Austern vielleicht. Unter dem Sattel weich gerittenes Büffelfleisch sicher nicht. Und Champagner wird er trinken und Cognac. Feuerwasser.

Ludwig setzt sich auf eine Bank, die etwas ab vom stärker werdenden Wind liegt und greift in den Rucksack. Obwohl er seit Stunden zwischen seiner Kleidung steckt, fühlt sich der Revolver M/79 immer noch kühl an. Metallisch. Die sechsschüssige Standardwaffe der kaiserlichen Marine ist das einzig Brauchbare, das sein Vater ihm nach seinem Tod vor drei Jahren hinterlassen hat. Wozu er die Waffe mal benötigen sollte, konnte er sich damals noch nicht vorstellen. Jetzt weiß er es.

Karl May muss sterben, damit Winnetou, Old Shatterhand, Sam Hawkins und Nscho-tschi leben können, unsterblich werden. Mit dem Lügner wird die Lüge verschwinden. Wenn May nicht selbst bestätigen kann, dass er sich die Berichte aus dem Wilden Westen und dem Morgenland nur ausgedacht hat, ist es nicht mehr als ein Gerücht, eine haltlose Behauptung. So wird auch Ludwig wieder Frieden finden.

Aber wie soll er nun an den Mann herankommen? Bei Unwetter wird er sicher im warmen Salon bleiben. Also muss Ludwig hineinstürmen, auf ihn zulaufen und so viele Schüsse wie nötig auf den verhassten Lügner abgeben. Und dann? Für die Zeit nach dem Schuss hat Ludwig noch keinen Plan. Ursprünglich hatte er vor, sich einen Hinterhalt zu suchen und von dort zu schießen. Doch wenn das nicht möglich ist, muss er improvisieren. Sicher sind im Moment des Schusses alle so verschreckt, dass sie ihn nicht fassen, nicht mal richtig ansehen. Er könnte weglaufen, die Regenjacke und die Ersatzmütze anziehen, den Revolver über Bord werfen und sich unter die Reisenden der zweiten Klasse mischen. Sein Leben ist davon bestimmt, dass ihn niemand bemerkt, sich niemand an ihn erinnert. Er ist unsichtbar. Warum sollte das jetzt anders sein?

Das Schiff ist nun stark in Bewegung und der Sturm pfeift bedrohlich um den Schornstein. Ein Steward geht den Außengang entlang und weist alle Passagiere an, sich in die Salons zu begeben. Es klatschen die ersten Wellen aufs Deck. Ludwig muss sich auf dem Weg in den Salon gut festhalten. Die Türen zum Salon werden geschlossen und die Bar stellt den Getränkeverkauf ein. Wird es nun ernst mit dem Sturm? Stößt die großartige *Prinzessin Heinrich* an ihre Grenzen? Ludwigs Plan ist auf jeden Fall fürs Erste durchkreuzt. Muss er nun warten, bis sie an Land sind? Auf Helgoland würden Karl May und seine Gesellschaft doch sicher mit einer Kutsche abgeholt und sich schnell fortbewegen, wohin auch immer. Nein, es muss an Bord passieren.

Im Salon der zweiten Klasse riecht es nach Erbrochenem. Nun fällt auch das Licht aus. Nur ein paar Notleuchten brennen noch. Ludwig kann erkennen, wie sich das Schiff um seine Längsachse windet. Abwechselnd scheint eines der seitlichen Schaufelräder in der Luft zu schweben und leerzulaufen. Gleichzeitig steigt der Bug an gigantischen Wellenbergen hoch und stürzt hinter dem Wellenkamm ins schäumende Tal. Die Mädchen haben aufgehört zu kichern. Sie klammern sich aneinander und heulen. Die meisten Passagiere sagen kein Wort, starren ins Dunkel. Ludwig hat keine Angst. Er ist wütend. Wütend darüber, dass dieser Sturm seinen Plan zunichtemacht.

Er blickt aus dem Fenster und sieht: Karl May. Direkt vor seiner Nase torkelt er an der Reling entlang. Offenbar allein und völlig orientierungslos. Nun beugt er sich über die Reling und versucht, etwas von sich zu geben, was vermutlich schon lange nicht mehr in ihm ist.

Das ist die Gelegenheit! Hat der große Manitu seine Finger im Spiel? Will auch er, dass der Verräter an Winnetous Volk gerichtet wird? Der Steward, der eben noch die Tür nach draußen bewachte, ist verschwunden. Ludwig entriegelt die Tür und tritt hinaus in den Sturm. Er fasst in den Rucksack, den er nun vor dem Bauch trägt, und greift den Revolver. Karl May sieht kurz zu ihm herüber, mustert ihn aus glasigen Augen, würgt dann aber gleich wieder über die Reling.

»Elender Lügner«, brüllt Ludwig gegen den Sturm an und richtet den Revolver gegen May, der nun gut zehn Meter entfernt steht. Das Schiff taucht in ein besonders tiefes Wellental. May rutscht aus und gleitet auf dem Gesäß ein paar Meter in Ludwigs Richtung, genau in die Schusslinie. Ludwig drückt ab, der Schuss ist im Lärm des Sturms kaum zu hören. Doch er verfehlt sein Ziel.

Nun neigt sich die *Prinzessin Heinrich* stark nach Steuerbord, liegt fast seitlich auf dem Wasser, während die nächste Welle den Bug wieder nach oben schleudert. Ludwig schießt, einmal, zweimal. Er weiß nicht wohin, er weiß nicht, wo er ist. Oben? Unten? Himmel? Meer? Es wird kalt. Ludwig schmeckt Salz. Plötzlich ist es dunkel.

Als Ludwig die Augen wieder öffnet, erblickt er die *Prinzessin Heinrich*, die sich schlingernd aber zügig von ihm entfernt. Er sieht dem Schiff nach, als ginge ihn das gar nichts an. Im Licht der Positionslampen glaubt er, an der Reling Karl May auszumachen. Kopfschüttelnd. Weit hinter dem Schiff kann Ludwig zwischen den Wellen Lichter blitzen sehen. Ist das Helgoland? Er denkt an Nscho-tschi. Nur noch an Nscho-tschi.

Der Sturm hat nachgelassen. Karl May sitzt im Salon, sein nasser Gehrock hängt über der Stuhllehne. Seine Frau Emma tupft ihm mit einer Damast-Serviette die nassen Haare ab. May spült den widerlichen Kotzgeschmack mit Champagner runter. Er hat nie zuvor Matjes-Hering gegessen und er wird es sicher auch nie wieder tun. Was für ein merkwürdiger Fisch. Wird haltbar, indem man ihn in seiner eigenen Magensäure einlegt. Ekelhaft.

Anmerkung des Autors: Karl Mays Reise nach Helgoland im Mai 1897 mit dem »Schnellraddampfer Prinzessin Heinrich« ist belegt. Über Mays verzweifelten Bewunderer Ludwig Schröter kann nur die Nordsee Auskunft geben. Und die schweigt beharrlich.

Der Club, die Alster und der Tod

Peter Wenig

Als die Neonröhren an der Decke die Bootshalle in gleißendes Licht tauchten, zuckte Tim Jansen zusammen. Er kam sich vor wie ein Einbrecher. Das war natürlich Unsinn, seit fünfzehn Jahren war er Mitglied beim *Ruderclub Alsterlauf*. Als Jugendlicher hatte er hier mehr Zeit verbracht als in der Schule. Aber er sollte nicht hier sein, erst recht nicht in dieser kalten Winternacht. „Tim, du hast einen heftigen Infekt. Du riskierst eine Herzmuskelentzündung, wenn du weiter so hart trainierst. Leg dich auf die Couch oder ins Bett", hatte der Doc ihm ausdrücklich befohlen.

Doch was verstand ein Vereinsarzt schon von seinem olympischen Traum. Mitten im Kampf um einen Platz im Deutschland-Achter gar nichts machen? Sechs Monate vor den Spielen? Was für ein grotesker Gedanke. Also trainierte er eben mitten in der Nacht, wenn ihn keiner sehen konnte.

Jansen strich fast zärtlich über die Carbon-Haut des pechschwarzen Renn-Einers, vierzehn Kilo leicht, 8,32 Meter lang. Er drückte den Knopf neben dem Rolltor, knarzend schoben sich die Lamellen nach oben. Einen Moment spürte er wieder den Impuls, den vergilbten Abendblatt-Bericht mit der Überschrift „Tim und Andreas – zwei Freunde wollen Weltmeister werden" von der Wand zu reißen. Stattdessen trug er behutsam das Boot zum Steg und ließ es ins Wasser gleiten. Als er die Skulls einlegte, tauchte er kurz die Hand ins Wasser. Man, war das kalt, noch kälter als bei seinen Einheiten in den beiden letzten Nächten. Trotz Thermo-Unterwäsche fror er jämmerlich. „Reiß dich zusammen", sagte Jansen zu sich. Er war doch „die Maschine".

Nach fünfzig Ruderschlägen sah er schon die Kontur des klotzigen Luxushotels am anderen Alsterufer. Jansen sammelte sich einen Moment. Er dachte zurück an den Eklat eine Woche zuvor im Ruderleistungszentrum des Deutschland-Achters in Dortmund. Verzweifelt hatte er beim Test auf dem Ruder-Ergometer gekämpft, um die Konkurrenz mit einer neuen Bestzeit zu schocken. Am Ende war er so kaputt, dass er beinah vom Rollsitz gekippt wäre. Genau in dem Moment hatte sich Andreas über sein Display gebeugt. „Du bist ja eine Sekunde schlechter als letzte Woche. Brauchst du mal wieder einen Ölwechsel, Maschine?" Jansen hatte rotgesehen, war trotz seiner totalen Erschöpfung aufgesprungen und hatte sich Andreas geschnappt. Der Steuermann des Achters, ausgerechnet der Kleinste der Crew, hatte sich zwischen die beiden geworfen: „Seid ihr jetzt total verrückt geworden?" Die Quittung folgte am Abend durch den Bundestrainer: „Ihr seid suspendiert. Ich will euch hier für zehn Tage nicht mehr sehen."

Jansen legte die Ruderblätter aufs Wasser, stabilisierte das Boot und atmete tief ein und wieder aus. „Du musst lernen, in Stresssituationen runterzukommen, Maschine", hatte ihm sein Mentaltrainer eingeschärft. Mit ruhigen, aber intensiven Schlägen trieb er den Einer Richtung Norden. Am Fähranleger steuerte er ihn so dicht ans Ufer, dass sein rechter Skull fast die Böschung touchierte.

Hundertfünfzig Meter weiter westlich war das Drama vor nunmehr sechs Jahren passiert. Mit seinem damaligen Zweier-Partner und besten Freund Andreas hatte er das Begleitboot beim Schnuppercamp des *RC Alsterlauf* gesteuert, als ein Zehnjähriger bei seiner allerersten Fahrt im Einer kenterte und wie ein Stein in der Alster versank. Verzweifelt hatten sie nach ihm getaucht: vergebens. Die Staatsanwaltschaft sprach die beiden Teenager am Ende von jeder Schuld frei. Der Schüler hatte die Unterschrift seiner Eltern auf der Einverständniserklärung gefälscht. Er konnte nicht mal schwimmen, er wollte einfach nur seinem Bruder, der schon für den RC ruderte, nacheifern. Tim und Andreas hatten dem Kleinen zudem eine der nagelneuen Rettungswesten angezogen. Eine Weste, die sich bei Wasserkontakt automatisch über eine CO2-Patrone in Sekundenbruchteilen aufbläst. Doch die Technik hatte versagt, der Hersteller musste eine Millionen-Entschädigung an die Eltern zahlen.

Gemeinsam hatten sie die Tragödie durchgestanden, sich gegenseitig Halt gegeben. Doch nur zwei Monate später hatte Andreas den Verein verlassen: „Tut mir sehr leid, Tim, aber ich will Zahnmedizin in München studieren. Du weißt ja, dass ich die Praxis meines Alten übernehmen soll. Die Ruderei packe ich nebenbei nicht mehr."

Als Jansen kurz vor der Brücke wendete, um die zwei Kilometer zurückzurudern, traten ihm wieder Tränen in die Augen. Der Arsch hatte ihn hängenlassen, gemeinsam wären sie im Zweier Weltmeister und Olympiasieger geworden. Sie waren doch das perfekte Team gewesen, Jansen, die „Maschine", auf Schlag, Andreas Gleis, der Edeltechniker, im Bug.

Jansen steigerte die Schlagzahl, er spürte die Kälte gar nicht mehr. Im Gegenteil: Die eisige Luft tat ihm gut. Und vor allem: keine Alsterschiffe, keine Segler, keine Tretboote, keine gottverdammten Stand-up-Paddler weit und breit. Die Alster, getaucht in Mondlicht, gehörte in dieser Nacht allein ihm.

Plötzlich glaubte er, ein anderes Boot hinter sich zu hören. War da noch ein anderer Verrückter unterwegs? Jansen stoppte. Doch da war nichts. Die Nerven hatten ihm offenbar einen Streich gespielt. Kein Wunder angesichts der Aufregung der letzten Monate.

An einem warmen Tag im August war sein einstiger Freund plötzlich im Ruderleistungszentrum aufgetaucht. „Er trainiert hier zur Probe", hatte der Bundestrainer gesagt. Jansen hätte ihn kaum wiedererkannt, Andreas hatte unfassbar an Muskeln zugelegt. „Ich habe bei den bayerischen Meisterschaften im Einer gesehen, dass ich es doch kann. Und bevor ich die Praxis meines alten Herrn übernehme, will ich es noch einmal wissen", hatte er an seinem ersten Teamabend gesagt. An freien Nachmittagen verdingte er sich als Assistenzarzt in einer Dortmunder Zahnarztpraxis. Als den Bundestrainer ausgerechnet an einem Sonntag ein Weisheitszahn quälte, fuhr Andreas mit ihm in die Praxis und zog den Übeltäter. Seitdem waren der Coach und der Neue ein Herz und eine Seele.

Jansen zog die Schlagzahl weiter an, die Wut musste raus. Dieses Arschloch, machte auf Super-Kamerad und war in Wahrheit nur scharf auf einen Platz im Olympia-Achter. Genauer gesagt auf seinen Platz, die anderen sieben waren so gut wie vergeben. „Du darfst das nicht persönlich nehmen, am Ende ist es doch nur Sport", sagte sein Rivale dann gern und zeigte dabei lächelnd seine strahlend weißen Zähne. Zu gern würde er ihm die Kauleiste nach innen drücken, aber dann, das wusste Jansen, wäre es mit seiner Karriere im Achter endgültig vorbei.

Wieder vernahm Jansen ein leises Geräusch hinter sich. Folgte ihm doch jemand? Er drehte sich um, doch er sah allein das Mondlicht, das sich auf der Alster spiegelte. Scheiße, er durfte sich nicht verrückt machen lassen. Er stoppte erneut, konzentrierte sich ganz auf seinen Atem. Und dann lächelte er bei dem Gedanken an die *WhatsApp*-Nachricht, die er Andreas vorgestern geschickt hatte.

Mit dem Medikamenten-Foto.

Und dem Satz: „Vielleicht ist es doch besser, wenn Du wieder in München ruderst."

Dazu ein Herz.

Kein Gruß.

Andreas hatte noch nicht geantwortet. Aber die blauen Häkchen zeigten: Er hatte die Nachricht gelesen.

Jansen schloss die Augen, stellte sich vor, wie Andreas jetzt unruhig in seiner Wohnung auf- und abtaperte. Wissend, dass er erledigt war.

Dann konzentrierte sich Jansen. Jetzt, genau jetzt, würde er den Start üben. Explosiv, Maschine eben. Die Schlagzahl hochpeitschen bis auf achtundvierzig Schläge in der Minute. Jansen schob sich im Rollsitz nach vorn, tauchte die Ruderblätter hinter sich ins Wasser. Dann zog er die Skulls an, schneller, immer schneller. Fünfunddreißig Schläge, vierzig Schläge, fünfundvierzig Schläge. Seine Muskeln brannten.

Doch dann geschah es. Sein rechter Skull brach. Jansen kenterte sofort, instinktiv klammerte er sich ans Boot, die Kälte raubte ihm den Atem. Nur aus den Augenwinkeln sah er, wie sich von links ein Kanu näherte. Was für ein Glück, er war doch nicht allein auf der Alster. Jansen drückte sich mit letzter Kraft nach oben, wollte nach seinem Retter greifen. Doch der Mann im Kanu drückte ihn mit seinem Paddel zur Seite, stieß dann den Renn-Einer weg.

Jansen holte noch einmal Luft. Dann wurde alles schwarz.

Gerd Kanther, Kapitän der Alsterdampfers *St. Georg*, entdeckte als Erster den kieloben schwimmenden Renn-Einer auf Höhe des Hotels. Mit seinem Bootsmann hatte er sich im Morgengrauen auf den Weg zum Anleger Jungfernstieg im Herzen der Stadt gemacht, die beiden wollten noch einmal klar Schiff vor der ersten der so beliebten Adventsfahrten machen. Kanther alarmierte sofort die Wasserschutzpolizei. Taucher fanden Jansens Leiche zwei Stunden später, sie lag nur fünf Meter entfernt vom Alsterufer im hüfthohen Wasser.

Als Kriminalhauptkommissar Bernd Möcka gegen Mittag zum Clubhaus des *RC Alsterlauf* fuhr, hing die Vereinsflagge bereits auf halbmast. Der Präsident begrüßte ihn mit Tränen in den Augen und führte ihn ins Büro des Vereins. Auf dem durchgesessenen braunen Ledersofa saßen der Vereinsarzt und der Schatzmeister, der Cheftrainer kauerte auf einem abgewetzten Drehstuhl. Möcka sammelte sich kurz, dann sprach er allen Anwesenden sein Beileid aus.

„Tim hatte einen schweren Infekt. Er hätte nie ins Boot steigen dürfen, ich hatte ihm absolutes Trainingsverbot erteilt. Hätte ich ihm doch bloß die Schlüsselkarte für den Club abgenommen", sagte der Vereinsarzt. Der Cheftrainer schüttelte den Kopf. „Das ist Unsinn. Er hätte dennoch trainiert. Maschine konntest du nicht stoppen."

„Maschine?", fragte Möcka.

„So haben wir Tim schon in seiner Jugend genannt. Kein anderer hat so hart trainiert wie er", antwortete der Präsident. Der Cheftrainer stand auf, lief in seinem Büro auf und ab: „Und trotzdem will mir nicht in den Kopf, dass er aus Erschöpfung gekentert sein soll. Er war einer der besten deutschen Ruderer, jedes Jahr Tausende Kilometer auf dem Wasser. Und letzte Nacht war es völlig windstill."

Möcka räusperte sich. „Nun, die KTU untersucht gerade das Boot und die beiden Ruder, wie nennen Sie die Dinger noch?"

„Skulls", warf der Cheftrainer ein. Möcka nickte. „Ein Skull ist fast durchgebrochen. Wahrscheinlich kam es deshalb zu dem Unfall."

Für 20 Sekunden blieb es totenstill. Der Präsident fasste sich als Erster: „Das ist unmöglich. Das Boot und die Skulls waren so gut wie neu. Das ist High-Tech, oberstes Regal. Mit solchen Einern fährt die Weltklasse bei Olympischen Spielen. Anschaffen konnten wir das Boot nur dank eines großzügigen Gönners." Der Cheftrainer stapfte in die Bootshalle, zeigte dem Beamten ein baugleiches Skull: „Das Teil besteht aus Kohlenfaserstoff, da bricht nichts."

Der Vereinsarzt schaute auf: „Erinnerst du dich noch an den Tag, als uns der Kleine ertrunken ist? Trotz der besten Rettungsweste, die es für Geld gibt? Sie hat nicht ausgelöst. Auch High-Tech kann versagen."

Möcka verabschiedete sich: „Wir stehen erst am Anfang unserer Ermittlungen. Ich muss Sie bitten, sich zu unserer Verfügung zu halten." Der Präsident nickte. „Keine Sorge, wir sind die nächste Zeit sowieso fast nur im Clubhaus. Wir müssen die morgige Trauerfeier für Tim vorbereiten."

Am nächsten Tag musste sich Möcka den Weg ins Clubhaus bahnen, bereits eine halbe Stunde vor Beginn der Feier war der Vereinssaal überfüllt. Auf dem Tisch neben dem Rednerpult stand ein gerahmtes Schwarz-Weiß-Foto, daneben lag ein Kondolenzbuch aus. Eine Videokamera übertrug die Feier per Livestream, Jansens Ruderkameraden in Dortmund wollten zumindest virtuell Abschied nehmen. Der Präsident sprach über Jansens Lebensweg: „Du warst nie das ganz große Talent, du hast dir alles hart erarbeitet. Niemand von uns hat sich so für Siege gequält. Dass du bei den Olympischen Spielen vor dreieinhalb Jahren wenige Stunden vor dem Finale deinen Platz im Gold-Achter räumen musstest, weil du dir wieder mal einen Infekt eingehandelt hattest, hat uns damals das Herz gebrochen. Und doch warst du der beste Ruderer in der Geschichte unseres Vereins. Ruhe in Frieden, lieber Tim."

Nach und nach trugen sich die Mitglieder ins Kondolenzbuch ein, verneigten sich vor dem Foto und verließen den Club. Der Präsident steckte das Kondolenzbuch und das Foto in seine Aktentasche und schaute gedankenverloren auf die Alster. Er schaute sich um und entdeckte den Kriminalbeamten. „Wissen Sie, es ist kein Trost. Aber immerhin ist er dort gestorben, wo er am liebsten war."

Möcka nickte und sagte dann leise: „Ich bedauere, dass ich

Sie in der Trauer schon wieder stören muss. Können wir bitte in Ihr Büro gehen?"

Neben dem Vereinsarzt und dem Cheftrainer saß ein junger Mann mit den weißesten Zähnen, die Möcka je gesehen hatte. „Ich bin Andreas Gleis, Tims langjähriger Zweier-Partner."

Möcka stellte sich in die Mitte des kleinen Büros: „Meine Herren, es gibt einen neuen Ermittlungsstand. Unsere KTU ist überzeugt, dass das gebrochene Skull manipuliert wurde. Wir ermitteln ab sofort wegen Mord. Hatte Tim Jansen Feinde?"

Ungläubig schauten sich der Cheftrainer und der Vereinsarzt an. Der Präsident fing sich als Erster. „Auf keinen Fall im Club. Im Gegenteil. Alle haben ihn bewundert. Und gemocht wegen seiner bescheidenen Art."

Möcka blickte Andreas Gleis direkt ins Gesicht: „Es ist gut, dass ich Sie hier treffe. Ich würde gern unter vier Augen mit Ihnen reden."

„Ich habe keine Geheimnisse vor meinen Ruderkameraden. Fragen Sie, was Sie fragen möchten."

„In den Zeitungen war zu lesen, dass Sie vor gut einer Woche einen handgreiflichen Streit mit Tim Jansen hatten. Worum ging es da?"

„Er hat sich über einen blöden Spruch von mir geärgert und ist explodiert. Das passiert unter Sportlern."

„Nach unseren Informationen ging Ihr Streit tiefer. Jansen und Sie konkurrierten um einen Platz im Deutschland-Achter."

„Ach ja, unser Steuermann hat gequatscht. War ja klar. Nur damit ich Sie richtig verstehe. Sie meinen also, dass ich meinen ältesten Kumpel umbringe, damit ich und nicht er zu den Spielen fahre?"

„Ich meine gar nichts. Ich ermittle nur in alle Richtungen. Und nun würde ich mir gern Ihren Spind anschauen. Wäre das für Sie okay?"

Möcka spürte, wie Gleis um seine Selbstsicherheit kämpfte. Es brodelte in ihm. Möcka, der Cheftrainer und der Präsident folgten Gleis in die Umkleide, nur der Vereinsarzt blieb am Trauertisch sitzen, weiß wie eine Wand. Gleis öffnete mit einer Schlüsselkarte den Schrank. „Diesen Spind habe ich vorübergehend vom Bootsmeister bekommen. Bitte, kramen Sie gern in meinen Sachen, die könnten allerdings etwas stinken." Möcka leuchtete mit der Taschenlampe seines Handys den Schrank aus, mit dem Zeigefinger tastete er die Wände ab. Ganz oben, kaum zu sehen, spürte er etwas Kreppband. Möcka knibbelte es ab, ein winziges Werkzeugetui fiel auf die verschwitzten Trainingsklamotten. Er holte Einweghandschuhe aus seinem Rucksack und nahm das Etui prüfend in die Hand.

Wie auf ein Kommando schauten alle Gleis an. Seine Stimme klang plötzlich fast eine Oktave höher: „Das Ding gehört mir nicht, irgendjemand will mich reinlegen." Alle schwiegen. „Seid ihr jetzt komplett bescheuert. Glaubt ihr, ich könnte so etwas tun? Nach all dem, was Tim und ich nach dem Tod des Jungen durchgemacht haben?"

Der Präsident antwortete mehr zu sich selbst: „Naja, du hast uns ja nach dem Unglück schnell Richtung München verlassen."

Gleis, ein Kopf größer, baute sich vor dem Clubchef auf. „Ach, die Platte wieder. Das musste ja kommen. Hast du dich jemals gefragt, warum ich in München studiert habe? Mit meinem 1,0er-Abi hätte ich auch in Hamburg Zahnmedizin studieren können. Aber ich wollte weg. Du hast dich damals null um Tim und um mich gekümmert. Dich hat doch nur interessiert, dass das Image des Clubs keinen Schaden nimmt. Wer hat den Anwalt bezahlt? Und den Psychologen, der uns betreut hat? Meine Eltern! Du hast dich verpisst. Wie immer in Krisen."

Möcka ging dazwischen: „Es ist besser, wenn Sie uns jetzt ins Präsidium begleiten." Gleis nahm im Streifenwagen Platz und sprach nur noch zwei Sätze: „Ich möchte mit meinem Anwalt reden. Vorerst sage ich nichts mehr."

Eine halbe Stunde später öffnete Erich Nowak die Tür des Vernehmungszimmers. Dunkler Anzug, Krawatte, Einstecktuch, sonnengebräunt. Möcka hasste die ölige Stimme des Anwalts. Nowak war der Teuerste auf seinem Gebiet im Norden. Und, Möcka wusste das zur Genüge, leider auch der Beste.

„Was für ein Zufall", schnarrte Nowak. „Vor sechs Jahren war ich schon mal in diesem Zimmer, als Ihre Kollegen versucht haben, meinem Mandanten und seinem Ruderkameraden die Tragödie mit dem Jungen anzuhängen. Unterlassene Aufsichtspflicht und so. Und am Ende stellte sich heraus, dass die beiden beim Schnuppercamp die Vorschriften sogar übererfüllt hatten. Diesmal scheint mir die Beweislage noch dünner als der Kaffee, den Sie hier für gewöhnlich servieren." Nowak lachte meckernd, als hätte er einen besonders guten Witz gerissen. Dann wurde er wieder ernst: „So. Und jetzt möchte ich bitte mit Herrn Gleis unter vier Augen sprechen."

Möcka ließ die beiden allein und sich missmutig in seinen Schreibtischsessel fallen. Nowak hatte ja recht. Das Etui konnte jemand Gleis untergeschoben haben. Und würde man wirklich einen Mord begehen, um zu den Olympischen Spielen zu fahren? Ein Klopfen an der Tür holte ihn aus seinen Gedanken. Der Vereinsarzt stand in der Tür und bat um ein Gespräch: „Ich muss Ihnen etwas Wichtiges sagen. Ich habe mit Tim nicht nur über seinen Infekt geredet."

Nach und nach begriff Möcka, was in Dortmund geschehen war. Bei Gleis' Einstandsparty für die Achter-Crew hatte Jansen in dessen Badezimmerschrank nach Halsschmerztabletten gesucht, er konnte kaum noch schlucken. Dabei war ihm eine ganze Batterie von Medikamenten aufgefallen. Mit seinem Handy hatte Jansen ein Foto gemacht und dies dann dem Vereinsarzt in Hamburg gezeigt. „Ich mache regelmäßig Fortbildungen bei der Nationalen Dopingagentur. Daher wusste ich, dass diese Präparate den Muskelaufbau fördern. Das habe ich Tim dann auch gesagt."

Aus den Augenwinkeln sah Möcka, wie sein Assistent im Nebenbüro aufgeregt auf und ab lief. Der Neue war fürchterlich hibbelig, aber ein schlauer Kopf. Kaum hatte der Arzt das Büro verlassen, stand der junge Kollege auch schon in der Zarge: „Chef, Chef, wir haben uns Jansens *WhatsApp*-Verlauf angesehen. Und stellen Sie sich vor, wir haben diese Nachricht an Gleis gefunden: ‚Vielleicht ist es doch besser, wenn Du wieder in München ruderst.' Dazu ein Foto mit …"

„Medikamenten", unterbrach Möcka.

Der Assistent starrte ihn an: „Woher wissen Sie das?"

Fünf Minuten später öffnete Möcka die Tür des Vernehmungszimmers, wo sich Nowak und Gleis unterhielten. Möcka konnte den leisen Triumph in seiner Stimme kaum verbergen: „Wir wissen nun, dass Sie ein klares Motiv haben. Tim Jansen hat Sie erpresst. Er wusste, dass Sie dopen. Für Sie hätte das nicht nur sportlich das Aus bedeutet. Wer lässt sich schon von einem Dopingsünder die Zähne machen?"

Nowak schaute seinen Mandanten an. Der nickte und vergrub das Gesicht in seinen Händen. Nowaks Stimme klang nicht mehr ölig, sondern demütig: „Herr Möcka, ich bitte Sie um etwas Geduld. Ich möchte zunächst allein mit meinem Mandanten reden."

Möcka nickte und ballte die Faust beim Rausgehen. Das Geständnis war nur noch eine Frage der Zeit. In seinem Büro wartete bereits der nächste Gast: Hein Möller, Chef der KTU.

„Möcka, es gibt eine neue Entwicklung."

„Habt ihr Gleis' Fingerabdrücke am Etui gefunden?"

„Nein, da hat jemand mit Handschuhen gearbeitet. Es spricht alles dafür, dass mit dem Inhalt des Etuis das Skull manipuliert wurde. Aber es muss jemand mit exzellenter Feinmotorik gewesen sein. Eine solche Sollbruchstelle zu schaffen, ist schwierig. Erst recht in diesem Material."

„Passt zu Gleis. Er ist als Zahnarzt entsprechend geschickt. Und mit Booten und Skulls kennt er sich als Leistungssportler sehr gut aus."

„Aber wir haben uns die feinen Werkzeuge noch einmal sehr genau angesehen. Ein paar von ihnen wurden speziell für Linkshänder konstruiert."

„Und was heißt das für uns?"

„Gleis ist Rechtshänder."

„Der Bursche ist halt clever."

„Möcka, das glaubst du doch selbst nicht."

„Sollen wir jetzt den ganzen Club nach Linkshändern absuchen? Der Verein hat achthundert Mitglieder."

„Es gibt einen einfachen Weg", warf der Assistent ein. „Wir schauen uns den Stream der Trauerfeier an, da haben sich fast alle ins Kondolenzbuch eingetragen."

Eine Stunde später fuhr Möcka mit seinem Assistenten vor eine Villa an der Elbchaussee. Möcka klingelte, die Kamera an der Tür schaltete sich ein, Möcka konnte die Tür öffnen. Doch im Flur war niemand. Die beiden Beamten schritten ins Wohnzimmer, riefen mehrfach „Hallo, ist da jemand?" Doch alles blieb still, zu hören war nur ein leises Rauschen im Keller.

„Irgendwas stimmt hier nicht", flüsterte Möcka seinem Kollegen zu und zog seine Waffe. Der Assistent nickte und öffnete vorsichtig die Tür zum Keller. Im Dunkeln tasteten sich die beiden die Treppe hinunter, das Rauschen wurde immer stärker.

Plötzlich ging das Licht an, Möckas Assistenten rutschte vor Schreck fast die Pistole aus der Hand. In dem Pool, etwa acht mal zehn Meter groß, schaukelte ein schmales Boot mit dem Namenszug „Mario". An der Wand klebte ein überlebensgroßes Bild eines lachenden blonden Jungen, etwa zehn Jahre alt. Vor dem Pool saß ein junger Mann, den Blick starr auf das Foto gerichtet.

„Ist das der Eine, mit dem Ihr Bruder ertrank?", fragte Möcka. Der Mann nickte fast unmerklich. Dann stand er auf: „Sie können Ihre Waffen wieder einstecken. Ich werde keinen Widerstand leisten. Im Prinzip ist es ja auch egal, ob ich diesen Raum nun mit einer Zelle tausche."

„Wo sind Ihre Eltern?"

„Sie haben sich getrennt, mein Vater lebt in Amerika, meine Mutter irgendwo in Bayern. Sie haben es nach dem Tod ihres jüngsten Sohnes hier nicht mehr ausgehalten. Das Schmerzensgeld des Schwimmwesten-Herstellers haben sie mir überlassen, davon konnte ich mir diesen Pool leisten. Und in das Kinderboot wollte nach dem Unfall sowieso niemand mehr steigen. Ich habe es dann auf den Namen meines Bruders getauft."

„Sie waren selbst ein sehr guter Ruderer, oder?"

„Ja, aber nach dem Unfall bin ich nie wieder in ein Ruderboot gestiegen. Stattdessen habe ich mir ein Kanu gekauft, das ich in der Werkstatt lagere. Der Verein hat mich dann zum Bootsmeister ausbilden lassen. Passt, ich bin handwerklich sehr geschickt."

„Was ist vor sechs Jahren genau passiert?"

„Mein kleiner Bruder wollte unbedingt auch rudern. Ich habe ihm immer gesagt, dass er erst richtig gut schwimmen lernen muss. Unsere Eltern haben leider die Anmeldung zu den Kursen immer verpennt, die mussten mich ja auch jedes Wochenende zu irgendwelchen Regatten fahren. Als ich dann beim Lehrgang in Ratzeburg war und unsere Eltern beide unterwegs, hat er die Einverständniserklärung gefälscht und ist zum Schnuppertraining gefahren. Und wenn die Rettungsweste ausgelöst hätte, wäre ja auch nichts passiert. Der Firmenchef hat sich unter Tränen bei uns entschuldigt."

„Ihr teuflischer Plan entstand, als Sie vom Streit zwischen Jansen und Gleis in der Zeitung gelesen haben. Als Bootsmeister wussten Sie dank der elektronischen Zugangskontrolle genau, dass Tim nachts heimlich trainiert. Und zum Spind seines Rivalen hatten Sie ja mit Ihrer Universal-Schließkarte immer Zugang. Die Doping-Erpressung, von der Sie nichts wussten, spielte Ihnen dann auch noch perfekt in die Karten. Aber warum um Himmels willen wollten Sie beide vernichten? Tim und Andreas traf doch keine Schuld am Tod Ihres Bruders."

Der Bootsmeister drückte einen Knopf, Wellen kräuselten sich auf dem Wasser, das Boot schaukelte nun stärker. „Sehr beruhigend, finden Sie nicht auch? Ich habe oft die ganze Nacht hier gesessen und mir vorgestellt, wie wir beide als Brüder im Deutschland-Achter um olympisches Gold rudern. Und stattdessen sollte sich dieser Traum nun ausgerechnet für Tim oder Andreas erfüllen? Sie werden verstehen, dass ich das nicht zulassen konnte. Und nun lassen Sie uns bitte gehen."

Feen im Nordlicht

Bea Schreiner

In einem nicht zu kräftigen Orange saß der einstige Edelfisch dünn geschnitten und in Wellen gelegt auf einem goldgelben Stück Baguette. Ein Klecks Preiselbeeren und der gehobelte Meerrettich sollten die Geschmacksexplosion perfekt machen, fruchtig-süß und beißend scharf. Wie appetitlich! Eigentlich wie alles von dem abendlichen Büffet des Postschiffes, das seine Gäste über die eisigen Meere von Kirkenes südgehend nach Bergen brachte. Die legendäre Route, ein Muss für alle, die skandinavische Landschaften, einsame Weiten und unberührte Fjorde liebten.

Noch nie hatte Ruth sich gegenüber einer Landschaft derartig als Eindringling gefühlt wie mit diesem Schiff. Nicht, dass sie sich jemals für eine Kreuzfahrtreise durch nordische Gewässer interessiert hätte. Aber als ihre Schwägerin ihr zum fünfzigsten Geburtstag einen Gutschein mit den bereits gebuchten Daten in die Hand drückte, wurde sie vor vollendete Tatsachen gestellt. Ihre beiden Kinder Lea und Matz sowie ihr Neffe hatten mit Spannung auf ihre Reaktion gewartet, die in ihren Augen natürlich begeistert ausfallen musste. Wer freute sich nicht über eine Gratis-Kreuzfahrt, egal wohin? Da konnte sie schlecht sagen, ich komme nicht mit.

„Wo ist denn heute Abend Ihre Schwester?", fragte die Studienrätin aus München und zupfte nach längerem Suchen ein rundes Stück Schwarzbrot mit Heringsfilet vom Vorspeisenbüffet. Am zweiten Tag ihrer Reise hatten sie mit ihr und anderen Reisenden eine Bergwanderung in Hammerfest unternommen. Der Ausflug war ein echtes Abenteuer gewesen, auch wenn sie persönlich lieber mit dem Schneemobil durch die Polarnacht gerauscht wäre.

„Sie ist nicht meine Schwester, sie ist meine Schwägerin", erklärte Ruth und legte sich noch drei Scheiben Roastbeef auf den Teller.

„Wie sonderbar, mir hat sie gestern erzählt, Sie seien Geschwister", erwiderte die stilecht in dunkelblauem Fleece gekleidete Süddeutsche und beäugte sie prüfend, ob sie nicht doch eine Ähnlichkeit an ihr entdeckte. Es hätte nur noch gefehlt, dass sie ihr auch noch in den Ausschnitt der Bluse geschaut hätte, um nach Gemeinsamkeiten zu suchen. Aber es gab natürlich keine. Steff hatte sich vorletzten Monat fast die gleiche Brille gekauft, aber das war auch schon die einzige äußerliche Gemeinsamkeit. Ansonsten konnten sie nicht unterschiedlicher sein: Ruth mit hellbraunen Locken, Steff aschblond, ihre Haare ebenso glatt wie das, was sie von sich gab.

Ihre Schwägerin kannte keine Unsicherheiten. Dinge waren so, wie sie sie behauptete. Zweifel? Steff wusste noch nicht mal, wie man das Wort schrieb, da war Ruth sicher. Sie kategorisierte, rasterte und ordnete ein – für sie herrschten die Gesetze der Chemie: Auch jenseits des Labors ordnete sie die Welt in Atome und Moleküle ein oder übersetzte Geschehnisse und Beziehungen in berechenbare Formeln – ohne Wenn und Aber. Nicht ohne Neid musste Ruth allerdings immer wieder feststellen, dass Lea und Matz ihre Tante dafür bewunderten. Aber versagte sie als Mutter, nur weil bei ihr wissenschaftlich fundierte Antworten nicht wie aus der Pistole geschossen kamen? Steff ihre Schwester? Pah!

„Da haben Sie wohl etwas falsch verstanden. Ich muss es ja wissen." Sie lachte etwas zu laut über ihren eigenen Witz und hoffte, sie klang nicht zu gekünstelt. Die Lehrerin nickte. Ein weiterer Widerspruch von ihrer Seite wäre auch albern gewesen. „Passt scho. Aber will sie nicht vespern, Ihre Schwägerin, heute Abend? Dieses Büffet kann man sich doch nicht entgehen lassen."

„Sie fühlt sich nicht wohl. Irgendetwas ist ihr nicht bekommen", erwiderte Ruth mit nicht allzu besorgtem Blick.

„Gütiger. Hoffentlich nicht Magen-Darm." Die Frau trat sofort erschrocken einen Schritt zurück.

„Steff ist morgen wieder auf dem Damm. Es sind nur ihre Allergien." Ihre Antwort stellte die Süddeutsche offensichtlich nicht zufrieden.

„Allergien? Aber hier auf See haben wir doch überhaupt keine Pollen."

„Sie hat eine Lebensmittelallergie, keinen Heuschnupfen." Ruth bemühte sich um ein freundliches Lächeln. Manche Leute wollten es wirklich genau wissen. Aber das sollte ihr nur recht sein.

„Trotzdem schade, morgen san mia alle ja wieder von Bord. Aber ‚Auf Wiederschauen' sagen wir uns scho noch, morgen in der Früh?"

„Selbstverständlich."

Während die Münchnerin sich einen Fensterplatz suchte, wählte Ruth für sich und ihren Vorspeisenteller einen der Tische in der Mitte des Speisesaals. Hier wurde sie gut gesehen. So war es ihr recht. Nach der Ruhe des Nachmittags wurde es wieder voller. Viele Gäste hatten den fast dreistündigen Landgang in Brønnøysund voll ausgenutzt und waren nun wieder an Bord gekommen. Niemand würde denken, dass jemand seelenruhig sein Abendbrot einnahm, während in seiner Kabine kurz zuvor ein Verbrechen begangen worden war. Sie hatte alles durchdacht. Ihre Schwägerin war eine Pedantin gewesen, sie hatte viel von ihr gelernt.

Genussvoll biss Ruth in das Lachshäppchen. Das Baguette war so knusprig, wie sie es erhofft hatte, der Lachs nach skandinavischer Art zubereitet. So mochte sie ihn am liebsten, nicht geräuchert.

Welche Wohltat, nicht mit Steffs Tiraden über die Überfischung der Meere überschüttet zu werden. Wie erholsam, keinen Vortrag über den Schadstoffgehalt von anderen Lebensmitteln, die ihr schmeckten, über sich ergehen lassen zu müssen. Gestern Abend hatte Steff sie sogar genötigt, Seeigel zu essen. „Damit rettest du den Seetangwald, der wird nämlich von Seeigeln systematisch aufgefressen. Der Seetangwald ist der tropische Regenwald Norwegens – nur unter Wasser", hatte Steff sie belehrt. Mal wieder.

Ruth nahm sich einen Zahnstocher aus der kleinen Menage, die mit Salz- und Pfefferstreuer bestückt auf dem Tisch stand. Das Roastbeef war allerdings nicht besonders zart. Nicht so wie früher, zu Hause. Roastbeef war Michaels Leibgericht gewesen. Ihre Mutter hatte den englischen Braten zu hohen Festtagen mit Niedrigtemperatur im Ofen gegart. Das zartrosa Fleisch war der Familie auf der Zunge geschmolzen. Dazu selbstgemachte Remoulade. Mit Steff als Ehefrau an seiner Seite hatte Michael von solchen Schlemmereien nur träumen können.

Ruth spürte, wie sie immer noch mit den Tränen kämpfen musste, wenn sie an ihren Bruder dachte. Es war jetzt zwei Jahre her, dass er sich das Leben genommen hatte, auf diese scheußliche Art, auf dem Dachboden, mit einer Wäscheleine! Wie hatte er das seiner Familie nur antun können? Wie hatte er das *ihr* antun können?

Ruth schob den Teller beiseite. Es war Steffs Schuld gewesen. Ihre Schwägerin hatte Michael auf dem Gewissen. Das hatte sie von Anfang an gedacht, aber es war unmöglich gewesen, vor der Familie ihre wahren Gefühle zu zeigen. Steff hatte Michaels Depressionen einfach ignoriert. Was war sie für eine Ehefrau? Doch jetzt war sie zu weit gegangen.

Der Appetit war Ruth vergangen, sie stand auf und beschloss, sich mit einem Cocktail in die Lounge zu setzen und sich auszuruhen. Diese Nacht würde nicht leicht werden, der Gedanke an das, was vor ihr lag, verursachte ihr zunehmend gruselige Schauer. Es war wichtig, dass sie die Kontrolle behielt, ihre Nerven schonte.

„Einen Blueberry Collins. Mit wenig Gin, bitte."

„Heute ohne Ihre Freundin?"

Sie nickte nur und fügte ein kurzes „Es geht ihr nicht gut" hinzu. Es reichte, dass der Barkeeper sie sah und sich daran erinnern würde, was sie über Steff gesagt hatte, mehr war nicht nötig.

Ruth nahm den lila Cocktail entgegen und setzte sich auf einen der großen Liegesessel vor dem Panoramafenster. Als sie sich auf dem weichen Polster niederließ, spürte sie, wie angespannt sie war. Die letzten Abende hatten sie immer gemeinsam hier gesessen und darauf gewartet, das Nordlicht zu sehen. Warum nur hatte Steff erzählt, sie seien Geschwister? Ruth sog nervös an ihrem Strohhalm, immer wieder baute sich das Bild ihrer Schwägerin vor ihrem inneren Auge auf, dieser erschrockene Ausdruck auf ihrem Gesicht …

Sie hielt den Drink fest in der Hand und ließ ihren Blick über den Horizont gleiten, hinter dem sich die Sonne gerade verabschiedet hatte. Um diese Uhrzeit lag das Meer in einem tiefen Dunkelblau vor ihnen. Die Stimmung war magisch. Blue hour. Treffender konnte man diese Stunde nicht nennen. Die Lichtverhältnisse hier in Norwegen waren so irritierend anders. Abgesehen von den Farben klassischer Sonnenunter- und Sonnenaufgänge spielte das Licht hier sein eigenes Spiel und wenn man Glück hatte, sah man es in grünen Schleiern über die schneebedeckten Fjelle tanzen.

Als es dunkel geworden war, zeigte sich das sagenumwobene Nordlicht wieder. Eine hellgrüne phosphoreszierende

Feentruppe streifte in flatternden Kleidern über das Meer. Ruth erschrak, schon wieder meinte sie, Steffs Gesicht zu erkennen. Schnell wandte sie den Blick ab und versuchte das Bild zu vertreiben. Wie hatte sie es im Mental-Coaching gelernt? Setze deine Probleme auf eine Wolke und lass sie in den Himmel ziehen. Genau das würde sie tun.

Es war alles gut. Sie hatte so handeln müssen. Jetzt war alles gerettet. Ihre Werbeagentur würde in zwei Tagen im wahrsten Sinne des Wortes einen der größten Fische der letzten zehn Jahre an Land ziehen. Sie würde saniert sein, könnte genug Geld für die Kinder zurücklegen und die Bank würde ihr nicht ständig auf die Pelle rücken. Steff hatte ihr schon so viel genommen: Michael, das Haus ihrer Eltern … und dass dann sogar die Kinder an ihren Lippen gehangen hatten … Mit ihren Erzählungen über komplizierte Prüfungsverfahren und Lebensmittel-Testungen meinte sie doch wirklich, die Welt retten zu können. Aber damit war es jetzt vorbei.

Ruth schloss die Augen. Sie sah eine erfolgreiche Zukunft vor sich – alles würde wieder so sein wie früher. Sie hatte keine andere Wahl gehabt. Jeder hätte so gehandelt.

„Du musst die Kinder vom Musikunterricht abholen. Ich komme hier heute nicht vor zwanzig Uhr weg", hatte Steff am anderen Ende der Leitung verlangt, nachdem Ruth ihren Anruf entgegengenommen hatte. Ruth konnte sich noch Wort für Wort an das Gespräch erinnern, das sie kurz vor ihrer Abreise geführt hatten.

„Es war verabredet, dass sie bei dir essen, Steff, dass du sie abholst. Ich habe den Schreibtisch voll mit Abnahmen für meinen nächsten Pitch." Dieser überteuerte Musikunterricht, der natürlich bei der besten Klavierlehrerin der Stadt genommen werden musste, war ihr sowieso ein Dorn im Auge, schließlich musste sie für zwei Kinder zahlen. Auf ihr Konto schaute sie schon gar nicht mehr.

„Es ist eine brisante Entdeckung, mehr als vierunddreißig Milligramm Antibiotika pro Kilo Fisch, irgendwann sind wir alle gegen Antibiotika immun", hatte Steff am anderen Ende ungerührt doziert. „Die Lebensmittelfirma muss falsch etikettierte Ware erhalten haben. Mindestens fünf Mitarbeiter sind involviert … ein Skandal … "

Schon wieder. Ruth wusste nicht, wie viele Skandale ihre Schwägerin pro Monat aufdeckte oder meinte aufzudecken. Immer fand sie in Stichproben irgendwelcher Lebensmittel erhöhte Werte von Substanzen, die den Richtlinien nicht entsprachen. Sicher, das war nicht schön, aber was sollte man überhaupt noch essen? Ruth hatte die Augenbrauen hochgezogen und mit ihrem *Cartier*-Kuli auf ihrem weiß lackierten Schreibtisch getrommelt.

„Steff, du musst heute nicht mehr die Welt vor Gift, Tod und Teufel retten. Wie du ja weißt, fliegen wir morgen Abend nach Kirkenes, um eine Kreuzfahrt anzutreten, eine Reise, die du mir geschenkt hast – also, sei so gut und lass mich mit meiner Arbeit fertig werden."

„Du bist schuld, wenn arme Verbraucher statt Bio-Lachs antibiotikaverseuchten Zuchtlachs kaufen …"

„Steff, bitte, es reicht doch mal." Ruth hatte versucht abzuwiegeln, doch als sie das Wort „Lachs" hörte, war ihr kurz flau im Magen geworden. Hoffentlich sprach ihre Schwägerin nicht von *Frigucena*. Der Firma, die ihr den größten Werbe-Etat seit zehn Jahren zur Verfügung stellen wollte – wenn ihr Pitch die CEOs denn überzeugte. Direkt nach ihrer Reise würde sie alles daransetzen, dass *Frigucena* sie als feste Agentur einplante. Ein weiterer Grund, warum der Zeitpunkt dieser Reise ihr nicht gerade gepasst hatte.

„Du solltest Feierabend machen, es macht sowieso keinen Sinn mehr", hatte Steff von oben herab gesagt. „Eigentlich darf ich ja nichts sagen, bevor die letzten Ergebnisse nochmals überprüft wurden, aber dein potenzieller Auftraggeber scheint auch mit drinzuhängen. Also sei gewappnet."

Ruth war erstarrt. Jedes Walross hatte mehr Taktgefühl als ihre Schwägerin. Wie unsensibel konnte man nur sein? Steff wusste doch, dass für sie alles auf dem Spiel stand. Aber wenn es um ihre Art von Gerechtigkeit ging, gab es kein Pardon. Für niemanden! Steff saß sicher in Michaels Haus, *ihrem* ehemaligen Elternhaus, in dem sie die untere Etage zu einem Labor umgebaut hatte. Sorgen um die Zukunft musste sie sich keine machen, verschanzt hinter ihrer Wissenschaft funktionierte alles nur aus ihrer Perspektive.

Mit Steffs letztem Satz hatte Ruth die Entscheidung getroffen, Steffs Worte für bare Münze zu nehmen. Wenn sich herausstellen sollte, dass ihr Auftrag wegen dämlicher erhöhter Antibiotika-Werte platzen sollte, würde sie gewappnet sein. Da konnte Steff Gift drauf nehmen.

Das Meer lag regungslos vor ihr wie eine schwarze Glasplatte, unter der sich Dinge verbargen, die niemals an die Oberfläche geraten sollten. Ruth fühlte sich solidarisch mit den Wassermassen, die vor Millionen von Jahren zu Eis erstarrt und wieder geschmolzen waren, die sich ihren Weg durch Bergmassive gegraben hatten, um ihren Platz zu finden. Das Wasser tat, was die Aggregatzustände und Temperaturen ihm vorgaben, ohne Klagen, ohne Vorwürfe, bedingungslos – es floss, strömte, sprudelte, entsprang seinen Quellen und mündete in Meere. Unbeirrbar. Es tat, was es tun musste. Genau wie sie.

Bevor sie runter in die Kabine ging, wollte sie noch etwas frische Luft schnappen. Die letzten Tage fast ununterbrochen mit ihrer Schwägerin zu verbringen, war anstrengend gewesen. In ihrem daunengefütterten Mantel, den sie extra für diese Reise kaufen musste, ging sie an Deck und lehnte sich an die Reling des chic modernisierten Kreuzfahrtschiffes.

Erst Ende des neunzehnten Jahrhunderts hatte es einer dieser unerschrockenen Kapitäne gewagt, den reichen Süden Norwegens mit den isolierten kleinen Orten hoch im arktischen Norden per Postschiffflotte zu verbinden. So hatte die Reiseführerin es ihnen gleich am ersten Abend erzählt. Damals waren es Dampfschiffe gewesen, die das Leben der Menschen vor Ort durch Briefe und wichtige Dinge des Alltags bereicherten, wenn sie in ihren Fjorden anlegten. Heute kreuzten auch modernste Hybridschiffe durch das arktische Paradies. Die Post wurde schon lange nicht mehr auf dem Seeweg transportiert, trotzdem hatten diese Schiffsrouten nichts von ihrem magischen Reiz eingebüßt, wie Ruth zugeben musste.

Die klare Luft inhalierend versuchte sie sich vorzustellen, wie es sich wohl angefühlt hatte damals, abgeschirmt von der Welt an einem einsamen Ort zu leben: ohne Handy, ohne Großstadtalltag, ohne Konkurrenz oder finanzielle Nöte. Wahrscheinlich hätte sie sich zu Tode gelangweilt und alle Hebel in Bewegung gesetzt, um irgendwie nach Oslo zu gelangen. Wer weiß? Ruth fasste ihren Schal noch fester um ihren Hals zusammen und atmete langsam wieder aus.

„Lady, alles in Ordnung?", rief ein Crew-Mitglied, der an Deck eine Zigarette rauchte, zu ihr herüber. Der Rauch bildete weißgraue Wolken, die sich wie bei einem Zaubertrick immer wieder von selbst auflösten. Um diese Uhrzeit befand sich sonst kein Mensch mehr auf Deck. Kein Wunder, bei den Temperaturen.

„Alles in Ordnung." Sie hob die Hand, ballte die Finger zur Faust und streckte den Daumen nach oben. „Ich geh' gleich wieder hinein."

Er griff mit dem Zeigefinger an seine Wollmütze, drückte seine Zigarette in einem kleinen Aschenbecher aus und ließ sie allein. Warum fühlte sie sich ertappt? Meldete sich etwa schon ihr schlechtes Gewissen? Nein, das war völlig unnötig. Es war genug, ein für alle Mal.

Sie war sicher, eine sadistische Freude in Steffs Augen erkannt zu haben, als sie erzählte, was das Labor ihr geschrieben hatte. Natürlich arbeitete ihre Schwägerin auch im Urlaub. „Dann hatte ich recht. *Frigucena* hat gehörig Dreck am Stecken. Dem Auftrag musst du nicht nachweinen. Du willst ja nicht für Betrüger arbeiten. Vielleicht kannst du mal eine kleine Werbeaktion für mein Labor machen. Ich könnte neue Leporellos gebrauchen." Jedes einzelne Wort hatte Ruth wie ein Dolchstoß getroffen. Steff, die ewige Rechthaberin. Sie war es so leid. Aber diesmal war ihre Schwägerin zu weit gegangen, dafür hatte sie bezahlen müssen.

Noch einmal ließ Ruth den Blick über den Horizont gleiten. Der Mond glänzte matt. Sein Licht brach sich auf den Wellen. Es wurde Zeit, sie musste in die Kabine, sie konnte nicht ewig auf dem Schiff herumgeistern wie das irisierende Nordlicht. Sonst machte sie sich noch verdächtig.

Ruth ging die Treppen hinunter, die zu den Kabinen führten, und musste sich am Geländer festhalten. Ihr war etwas übel. Lag es an der Vorstellung, sich in wenigen Minuten im gleichen Raum wie Steff aufhalten zu müssen? Gut, dass die Betten auseinanderstanden. Sich direkt neben sie zu legen, hätte sie nicht über sich gebracht. Langsam setzte sie einen Fuß vor den anderen. Auf ihrem Deck angekommen sah sie den Flur hinunter. Das Muster des Teppichs schien sich zu bewegen. Wie Schlingpflanzen wanden sich die Ornamente ihr entgegen. Sie musste sich an der Wand abstützen, gut, dass es auf dem Schiff überall Griffe zum Festhalten gab.

Es dauerte eine gefühlte Ewigkeit, bis sie endlich ihre Kabine erreichte. Sie drehte sich um, niemand war zu sehen.

Schließlich legte sie ihr Ohr an die Kabinentür. Kein Laut. Was hatte sie auch erwartet? Dass Steff von den Toten auferstanden war und ihr gut gelaunt die Tür öffnete? Ruth, meine Liebe, wie schön, dass du da bist. Du hast mir zwar eine Überdosis Schlafmittel in meinen Smoothie gemixt und, als ob die Menge an Benzodiazepine nicht schon gereicht hätte, noch eine hässliche Kiwi-Nuss-Mischung untergerührt. Aber ich verstehe schon, du wolltest auf Nummer sicher gehen. Erst hat sich mein Hals zusammengezogen, dann ist er angeschwollen, kurz darauf bin ich bewusstlos geworden. Aber das weißt du ja, du warst ja dabei. Nett, dass du mir die Decke noch übergelegt hast. Weißt du, eigentlich habe ich gar nicht richtig mitbekommen, wie ich erstickt bin. Also, alles halb so schlimm. Und nun komm, liebe Ruth, wir plaudern ein bisschen über die Lebenden und die Toten – von Schwägerin zu Schwägerin.

Ruths Herz hämmerte, Panikschauer überfielen sie wie Schüttelfrost. Sie meinte die Worte ihrer Schwägerin laut und deutlich gehört zu haben, was natürlich Unsinn war. Ihre Nerven spielten verrückt. Dabei war sie am frühen Abend noch so gelassen gewesen, geradezu kaltblütig. Reiß dich zusammen, es war richtig. Mit ihrem Tod bist du alle Sorgen los. Sie wollte dir alles nehmen, was du liebst. Denk an die Zukunft. Denk an Matz und Lea!

Entschlossen rammte Ruth die Chipkarte in den Türschlitz und drückte die Klinke hinunter. Konnte man Stille hören? Ruth schien es so, als ob das Schweigen der toten Steff ihr krachend entgegendröhnte.

Auf Zehenspitzen ging sie in die Kabine, passierte das Bad, hing ihren Mantel an die Garderobe und erspähte die beiden Betten in der Dunkelheit. Natürlich machte sie kein Licht an, die Notbeleuchtung reichte. Auch wenn Ruth kein Atemgeräusch hörte, wollte sie sich vergewissern, dass Steff wirklich tot war. Alles sah aus wie zuvor. Sie trat einen Schritt vor, um unter die Decke zu blicken und Steffs Gesicht zu sehen und … verdammt! Sie war mit dem Knie heftig gegen die Bettkante gestoßen. Vor Schmerz überfiel sie starker Schwindel, sie musste sich abstützen und tastete in Richtung Stuhllehne, über der Steffs dicker Kaschmirpullover hing. Die federweiche dicke Wolle fühlte sich warm an, ein Augenblick der Entspannung. Doch im nächsten Moment sah sie Steff in dem klassischen hellgrauen Kleidungsstück überdimensional groß vor sich stehen. Hastig zog Ruth ihre Hand wieder weg. Nein, sie konnte die Nacht nicht in diesem Raum verbringen. Vollkommen ausgeschlossen. Sie roch ihre Schwägerin, sie atmete sie ein, die ganze Kabine erzählte von Sterben und Tod. Ruth wankte.

Hektisch riss sie ihre Strickjacke von der Garderobe. Beinahe wäre sie erneut gestolpert, das Knie schmerzte, nur noch nach vorne blickend packte sie die Türklinke, drückte sie hinunter und eilte schließlich mit schnellen Schritten durch den Flur. Sie musste aufpassen, dass sie in ihrer Panik nicht schrie, und war froh um jeden Meter, den sie zwischen sich und die tote Steff bringen konnte.

Michael hielt die Hände zu einer Räuberleiter gefaltet. „Komm, Ruth, du schaffst es. Ich weiß es." Wackelig hielt sie sich an Michaels Arm fest und trat mit ihrem Kinderfuß in seine Hände. Mit einem Ruck stieß sie sich ab und bekam den Ast zu fassen, an dem sie sich weiter hochhangeln konnte. Ein Verschlag aus ein paar Brettern, schräg in das Geäst des Walnussbaumes gelegt, der im Garten ihrer Eltern stand, war ihr Geheimversteck. Sie gingen oft hierher, besonders im Sommer, wenn niemand sie durch die Blätter sehen konnte.

Ruth spürte die kantig-weiche Struktur der Baumrinde unter ihren Händen, krabbelte auf das Brett und wartete, bis

Michael endlich neben ihr saß. Dann wickelte sie zwei Scheiben Graubrot aus einer zerknitterten Papiertüte. Nur mit Butter und Zucker. Michael mochte ihr kleines Picknickritual, und sie natürlich auch. Ruth fühlte die Sonne, die durch das Blätterwerk helle Flecken auf ihre Arme und Beine zauberte, und fühlte sich geborgen. Wie immer, wenn sie an der Seite ihres großen Bruders war.

„Excuse me, Misses."

„Frau Rauschenbach, Sie müssen aufwachen."

Was hatte Michael für eine helle Stimme? Sie saß doch mit ihm auf dem Baum im Garten. Es war Sommer. Jemand rüttelte an ihrer Schulter.

„Misses Rauschenbach. We are from the norwegian Police. Do you understand me?"

Wer riss sie aus ihren Träumen? Steff konnte es ja nicht mehr sein. Police? Als sie die Augen öffnete, sah sie eine Frau in dunkelblauer Uniform vor sich. Es musste schon Morgen sein, aber es war immer noch stockdunkel. Hatte nicht eben noch die Sonne geschienen? Ruth schaffte es einfach nicht, die Orientierung zu finden. Was war hier los?

„We are arresting you for attempted murder of your sister-in-law Stefanie März", erklärte die Polizistin. Die Leiterin der Reiseteams übersetzte. Festgenommen wegen Mord*versuchs*? Dann folgte der übliche Hinweis auf ihre Rechte. Das Polizeiboot warte bereits, teilte man ihr mit. Die Handschellen schnappten kalt an ihren Handgelenken zu. *Sister*-in-law, ausgerechnet. Ihr fröstelte, eine Decke wurde ihr umgelegt.

Sie musste im Ruheraum, in dem sie gestern Nacht in ihrer Panik Zuflucht gefunden hatte, eingeschlafen sein. Aber sie hatte doch frühmorgens wieder in der Kabine sein wollen, um Alarm zu schlagen. Um die verzweifelte Schwägerin zu spielen, die überrascht neben einer Toten aufwachte. Hatte jemand anderes Steff entdeckt? Es würde doch kein Zimmer-

mädchen in den frühen Morgenstunden ihre Kabine sauber-
gemacht haben.

Die Polizistin griff ihr unter den Arm, ein weiterer Polizist
öffnete vor ihnen eine Tür und gemeinsam mit der Reiseleiterin traten sie hinaus aufs offene Deck. Die kalte Luft schlug
Ruth wie eine Eiswand entgegen. Doch nicht nur die Kälte
ließ sie schwer atmen, als sie sah, wer da an der Reling stand.
Ihr Herz fühlte sich plötzlich an wie ein Gletscher. Würde es
gleich wieder anfangen zu schlagen? Sie träumte doch, oder
spielten ihr Nordlichter in der frühmorgendlichen Dunkelheit einen bösen Streich?

Steff! Ihr teurer Daunenmantel hing über ihrem Arm, in
ihrer Miene las sie blanke Verachtung, aber auch Verwunde-
rung. Sie musste an ihr vorbei. Es gab keinen anderen Weg.

„Wie hast du … es herausgefunden?", fragte Ruth. Die
Worte klangen fremd und rau, als ob der Wind ihre Stimme
in eine andere Tonlage hob.

„Ich konnte meine Wimperntusche nicht finden und habe
in deinem Kulturbeutel dieses Hyaluron-Fläschchen entdeckt
– ich dachte, ich probiere das Wundermittel mal aus." Sie
hielt einen Moment inne, ehe sie weitersprach. „Es war ein
flüssiges Schlafmittel, kein Serum gegen Falten … Ich konnte
es riechen."

„Aber das heißt doch nichts …" Ruth versuchte einen klaren Gedanken zu fassen. „That's not a proof." Sie wandte sich
der Polizistin zu, als ob diese ihr recht geben müsste.

„Du hattest heimlich eine Kiwi und Nüsse vom Früh-
stücksbüfett in deine Handtasche gepackt … und als du mir
gestern Nachmittag eine gefüllte Cremeschnitte aufs Zimmer
brachtest, habe ich begonnen, eins und eins zusammenzuzäh-
len. Ich habe das Schlafmittel gegen Wasser ausgetauscht und
nur so getan, als ob ich den Kuchen gegessen hätte …"

„Aber du bist puterrot geworden, hast geröchelt …"

„Er liegt im Müll. Du kannst ja nachsehen. Ich weiß, ich habe ein bisschen übertrieben, aber es hat mir Spaß gemacht."

„Und du hast nichts gesagt?"

„Ich wollte wissen, wie weit du gehst ... du weißt, als Naturwissenschaftlerin bin ich ein sehr neugieriger Mensch ...", erklärte Steff unnötigerweise und reichte ihr den Mantel.

„Den kannst du behalten", brachte Ruth mit letzter Mühe hervor und schob sich an ihrer Schwägerin vorbei. Ihre Absätze knallten laut auf dem Metall der Gangway, das Geräusch hallte in den stillen Morgen hinein.

In wenigen Augenblicken würde das Postschiff in Torvik ohne sie ablegen. Sie würde auf dem Landweg nach Oslo gebracht werden, erklärte ihr die Reiseleiterin. Dort würde sie der deutschen Botschaft übergeben. Es ging alles so schnell ...

„Ruth?", rief Steff ihr hinterher.

Reflexartig drehte sie sich noch einmal zu ihrer Schwägerin um, nicht der einzige Fehler, den sie in den letzten vierundzwanzig Stunden begangen hatte.

„Du muss dir keine Sorgen machen, meine Liebe. Matz und Lea werden es gut bei mir haben."

Ein Schuss Meer

Bianka Echtermeyer

Die leichten Wellen vor ihnen waren ruhig, fast zu sanft für die Nordsee. Das Wasser glänzte dunkel, weiße Gischt mischte sich darunter und schwappte gemächlich an den Strand. Sie saß neben ihm auf einem Campingstuhl, streichelte seine Hand auf der schmalen Lehne und blickte weg von ihm Richtung Wasser, sodass sie sein Gesicht und das Unglück darin nicht sehen konnte.

„Schau mal", sagte sie, ohne sich umzudrehen. „Es ist viel schöner, als wir gedacht hatten. Das Meer ist so friedlich."

Er antwortete nicht.

„Zum Glück hast du mich überredet, hierher zu fahren."

Seine Hand wurde immer kälter, was sie der Temperatur zuschrieb. Es waren höchstens zehn Grad, vielleicht sogar etwas weniger, und er trug keine Handschuhe.

„Wir hätten das viel eher machen müssen."

„Ich finde …", setzte sie fort. „wir sollten …"

In ihrem Rachen sammelte sich Speichel. „Ich, wir …" Obwohl sie unbedingt weitersprechen wollte, gerieten ihr die Worte ins Schwimmen. „Moment …"

Ruckartig beugte sie sich nach vorn und hustete mit aller Kraft. Es klang wie Gebell. Nachdem der erste Anfall vorbei war, schnappte sie nach Luft, aber der Atem hatte sich verlaufen. Die nächste Welle rollte an und ließ sie so viel herausprusten, als wollte sich ihre Lunge auf den kalten Sand legen.

Unter der Wollmütze, aus der ihre langen tiefbraunen Haare ragten, begann sie zu schwitzen.

„Entschuldige", sagte sie, als sie wieder beieinander war.

„Ich habe mich verschluckt." Dabei blickte sie ihn zögerlich an, als warte sie auf seine Antwort.

„Hast Du etwas gesagt?"

Er blieb schweigsam. Offensichtlich berührte ihn ihr Husten nicht. Das ist okay, beruhigte sie sich selbst. Er braucht seine Ruhe.

Mechanisch hob sie ihren Kopf und drehte sich um. Es war niemand am Strand, sie waren allein. Sie konnte die zwei parallelen Kuhlen im Sand sehen, die oben an der Düne anfingen, sich weiter nach unten zogen, unterbrochen wurden von einer größeren Stelle plattgedrückten Sandes und schließlich an ihren beiden Campingstühlen endeten.

Von dem hinter den Dünen versteckten Parkplatz war kein Geräusch zu hören.

Sein Kopf fiel schlaff auf die Brust und ihr Blick flog zurück.

Nicht doch. Warum war er nur so unsagbar schlapp? Hatte ihn die Auseinandersetzung am Morgen doch zu sehr angestrengt?

Sie sprang auf und hob seinen Kopf. Noch nie hatte sie ihn so kraftlos erlebt. Er war doch immer der Starke, derjenige, den sie auch nach einem langen Arbeitstag anrufen konnte, der scheinbar nie krank wurde und selbst dann lächelte, wenn er todmüde war. In den letzten Stunden hatte er nicht mehr gelacht.

Dann würde sie eben so lange warten, bis er wieder der Alte war.

Sie hatte ein Brett am Strand gefunden, mit dem sie die Lehne seines Campingstuhls verlängerte. Sein müder Oberkörper konnte sich nicht allein aufrechthalten, deshalb hatte sie seinen Kopf daran gelehnt, damit sein Blick geradeaus aufs Meer gehen konnte.

Optimal war das nicht. Daher versuchte sie ihn neu auszutarieren, was gar nicht so einfach war. Langsam ruckelte sie das Brett weiter zur Mitte der Sitzfläche, um es schräger zu positionieren und drehte seinen Kopf erneut nach vorn. Zwei Mal kippte er auf die rechte Seite zurück, aber dann richteten sich seine Augen wieder auf die Wellen.

Sie ließ sich zurück auf ihren Stuhl fallen.

Ihre Gedanken und Gefühle plumpsten in den Sand. Normalerweise redete er über das, was ihn beschäftigte, aber an diesem Tag war alles anders. Seine hellblauen Augen starrten stur geradeaus und an der Schläfe klebte eine Spur getrocknetes Blut. Sein Gesicht war so weiß, viel heller als ohnehin schon. An seiner Jeans und seiner grünen Daunenjacke pappte Sand und der Stuhl mit dem Brett wirkte viel zu klein und zu tief für seine langen Beine.

Ihre Augen begannen zu brennen, doch sie schüttelte den Kopf. Trotz seiner Müdigkeit war es ein schöner Tag. Sie entspannten sich und sammelten neue Kraft.

Vom Meer schwappte eine größere Welle heran und sie zog ihre Füße zurück unter den Campingstuhl.

In diesem Moment kamen ihr ungewollt Bilder aus vergangenen Tagen in den Sinn.

Draußen auf dem Meer. Sie war sich mit der Hand über ihren nackten Rücken gefahren, genau über die Stelle zwischen ihrem hochgekrempelten weißen T-Shirt und dem kurzen Rock. Unter ihren Fingern hatte es gebrannt, als würde ihre Haut in Flammen stehen. So ein Mist, das war ein Sonnenbrand.

Sie hätte sofort aufstehen, sich eincremen und in den Schatten setzen müssen. Ohne auch nur eine Minute länger abzuwarten.

Im Prinzip also einfach den Po heben, aufstehen, ein Bein vor das andere setzen und gehen.

Schwer war das nicht.

Nur ein paar Schritte.

Doch sie hatte einfach keinen Fuß heben, sich hochziehen oder auch nur irgendetwas tun können. Deshalb war sie sitzen geblieben und hatte ihre Position keinen Zentimeter geändert.

Sie hatte zur Seite geschaut und dabei zum fünftausendsten Mal an diesem Tag ihre kleinen fliegenden Haare aus dem Mund gezogen. Überall waren türkisfarbene Wellen gewesen. Sie waren an ihrem Segelboot vorbeigezogen, hatten freundlich Hallo gewinkt und sich die allergrößte Mühe gegeben, unbeschreiblich schön auszusehen. Als wären sie direkt aus einem Reisekatalog geschwappt, um ihr zu beweisen, dass dies die richtige Entscheidung gewesen war: Der Segeltörn auf der griechischen Ägäis mit ihm allein – und dem Skipper.

„Klar zur Wende", hatte der Skipper in diesem Moment gerufen. „Ist klar", war sein Zurück gewesen.

Weiter vorn auf dem Boot hatte er gestanden, wie eine wunderschöne Gallionsfigur, und geredet. Sie hatte seine Worte nicht verstehen können, nur dieses Gebrabbel gehört, das sie genervt hatte, weil es die Stille auf dem Meer durchbrach und doch keine Geheimnisse freilegte.

„Das werden die schönsten Wochen des Jahres. Wir genießen es, dass uns alle Zeit der Welt gehört." Das hatte er immer und immer wieder zu ihr gesagt. Sie hatte sich auf den Urlaub gefreut, jeden Cent zurückgelegt und die Tage abgehakt.

Nun waren sie endlich da, das weite Meer gehörte ihnen, und er redete und redete. Nur nicht mit ihr.

„Schätzchen, das gehört dazu, wenn man auf einem Segelboot ist. Der Skipper kann nicht alles allein machen", hatte er gesagt.

„Aber genau das war der Plan", hatte sie entgegnet.

„Wenn du auch einen Segelschein hättest, könntest du mithelfen. Aber nun entspann dich einfach."

Sie hatte den Kopf geschüttelt und sich schließlich doch bewegt. Schnell hatte sie ihr T-Shirt aufgeknotet, es auf ihre Hüfte heruntergleiten lassen und war über das dunkle Holzdeck in die Kajüte gegangen.

In Sekunden war er bei ihr gewesen. „Was machst du?", hatte er gefragt, sich hinter sie gestellt und ihr T-Shirt wieder nach oben geschoben.

„Ich habe einen Sonnenbrand", hatte sie gelangweilt geantwortet und nach der Brandsalbe gesucht.

„Ach was, das ist nicht rot". Langsam war er mit seinen Fingern streichelnd ihren Rücken hoch und runter gefahren. Bis zum Nacken, wo ihr Bikinioberteil zusammengebunden war. Ihre Haut hatte geprickelt.

„Es brennt aber wie Hölle."

Er hatte ihren Nacken geküsst, genau die Stelle, die sie mochte, noch halb auf dem Knochen und schon fast hinter ihrem linken Ohr. Es machte sie immer weich und nachgiebig, wenn er das tat.

Energisch hatte sie seine Hand unter ihrem Shirt weggerissen und sich umgedreht. Er hatte sie mit seinem braungebrannten Gesicht angegrinst, das wie das eines griechischen Gottes wirkte.

„Ich mag es, wenn du das T-Shirt hochknotest", hatte er gesagt, sich runtergebeugt und sie sanft auf den Hals geküsst.

Das hatte sich gut angefühlt. Seine weichen Lippen, die ihre Haut berührten, in Sekunden ihr Herz öffneten und den Weg zum Kopf kappten. Wieso gab alles in ihr immer nach? Inzwischen wusste sie, dass es einen Ausgang gegeben hätte.

Eine Welle schwappte langsam, aber bestimmt an ihre Campingstühle heran und feuchtete ihre Schuhspitzen an. Sie sprang auf, zog sich einen Schritt zurück und lächelte. Sie war schneller gewesen. Was für ein Glück! Die Wellen konnten ihr nichts anhaben. Sie freute sich und steckte ihre Hände in die breiten Taschen des hellen Wollmantels, als sie bemerkte, dass sein Jeanssaum nass geworden war. Und wenn der feucht war, mussten es seine Füße vermutlich auch sein.

Im Auto lagen jedoch keine Wechselklamotten und es war frisch am Strand. Ob er sich erkälten würde? Früh am nächsten Morgen sollte er doch für einen Job nach München fliegen und konnte sich kein Schniefen und Niesen erlauben.

Was sie zusätzlich nachdenklich machte war, dass er nicht reagierte. Nahm er wieder alles auf die leichte Kappe und würde ihr gleich ins Ohr flüstern, dass sein Immunsystem bärenstark sei? Nein, mein Lieber, dachte sie, das ist leichtsinnig. Und fehl am Platz.

Sie eilte zu ihm, zerrte links und rechts an der Rückenlehne seines Stuhls, um ihn nach hinten zu ziehen. Doch das klappte nicht mit diesem blöden Brett und seinem Gewicht im feuchten Sand.

Sie musste sich vor ihn stellen, unter seine Achseln greifen und ihn aus dem Stuhl ziehen. Er war eigentlich kein schwerer Mann, aber nun kamen ihr die Kilos erdrückend vor. Als sie ihn abgelegt hatte, fiel sein Oberkörper zur Seite und sein Gesicht landete halb im Sand.

Es geht nicht anders, sagte sie sich und rieb sich mit dem Unterarm über die Stirn. Sie zog den Stuhl ein paar Meter zurück und platzierte das Brett wieder in der Sitzmitte. Alles würde gut werden.

Sie war schon fast wieder bei ihm, als das Meer mit einem Ruck zurückkam. Doch nicht leise, mit sanfter Gischt, sondern lauter, schneller und drängender. Auflaufendes Wasser, dachte sie, mit Brandung.

Das Wasser hatte ihn erneut erwischt, sein rechter Arm war nass und seine beiden Hosenbeine durchtränkt. Die Jeans war nun dunkelblau.

Sie schaute ihn an und wusste nicht mehr, was sie tun sollte. Der Tag wurde immer schlimmer. Hieß das, dass sie zurück zum Auto gehen sollte? Nach Hause fahren und ihn in die Badewanne setzen?

Aufgeben?

Nein, auf keinen Fall.

Ihre Beine bewegten sich, ohne dass ihr Verstand das Signal dazu gegeben hätte, und sie versuchte, ihn an der Taille zu greifen und hochzuziehen.

Ihr unterer Rücken schmerzte blitzartig und im Ergebnis bewegte er sich kaum.

Dann eben nicht. Sie umfasste seine nassen Beine, zog ihn mit schweren Seufzern Stück für Stück über den Sand den Strand hoch, bis sie seinen langen Körper auf den Stuhl bugsieren konnte. Puh, das war geschafft. Ihr Atem ging schwer, aber sie war stolz auf sich.

Seine roten Haare und sein Gesicht waren voller Sand. Sie stand vor ihm, lächelte ihn an, weil sie seine feinen Züge so sehr mochte, beugte sich etwas zu ihm runter und strich sanft die Körner von seiner Haut. Nur die Stirn sparte sie aus. Mit gespreizten Fingern versuchte sie, den restlichen Sand aus seiner Frisur zu schütteln, aber es blieb viel zurück.

„Das machen wir später", sagte sie zu ihm und stockte kurz. Sollte sie? Sollte sie wirklich? Ihr Atem wurde schneller, sie fasste sich ein Herz und nahm ihren ganzen Mut zusammen.

Ihre Lippen berührten seine. Sie schmeckten kalt, sandig und …

In diesem Moment wich die Kraft aus ihr. Die Knie gaben nach und sie landete auf dem Sand direkt vor ihm. Übelkeit kroch ihre Speiseröhre hoch, sie würgte und schluckte es herunter.

Der Kuss war anders gewesen. *Anders.*

Das Würgen kam zurück, es ließ sich nicht mehr aufhalten und die Flüssigkeit strömte nach oben. Sie schob schnell seine Knie auseinander und erbrach vor ihm in den Sand. Irgendwo schmeckte sie noch Reste zwischen ihren Zähnen, aber es war ihr egal. Sie schob etwas Sand über das Unglück und danach seine Knie langsam wieder zusammen. Dann legte sie ihren Kopf auf seine Oberschenkel und blinzelte.

Der Himmel war nicht mehr blau, graue Wolken waren aufgezogen, sie schoben sich zusammen, als hätten sie an diesem Sonntag noch viel zu erledigen.

Am Strand fegte der Wind Sand in die Luft und das Schilf oben auf den Dünen bewegte sich schneller.

Obwohl sie fröstelte, fielen ihr die Lider langsam zu. Sie konnte sich nicht dagegen wehren. Als das Schwarz die Außenwelt verdrängt hatte, bekamen die Erinnerungen freie Bahn.

„Mit wem triffst du dich?", hatte er gefragt. Seine Lippen waren eine feine Linie gewesen, dicht aufeinandergepresst. Um die Augen hatten sich Falten gebildet und seine Wangenknochen hatten noch kantiger als sowieso schon gewirkt. Sie hatte nur zu gut gewusst, dass dies keine Frage war. Ihre Hand hatte den Griff der Wohnungstür so fest umklammert, dass die Fingerknöchel weiß geworden waren. Sie war schon fertig gestylt gewesen mit ihrem knielangen schwarzen Sommerkleid und der gelben Umhängetasche.

„Das weißt du doch – mit Sarah und Ann-Kathrin", hatte sie leise geantwortet. Nun war es wichtig gewesen, ihn nicht weiter aufzuregen. Sie wusste warum.

„Du willst mir doch nicht erzählen, dass du diesen Ausschnitt für deine blöden Hühner trägst."

Ihre Hand hatte angefangen, am Metall des Türgriffs zu schwitzen. Aber sie hatte die Klinke immer noch in der Hand gehabt. Das war gut, es bedeutete, dass der Flur nur einen Schritt entfernt lag. Nur einen Schritt!

Wenn sie zurückkam, würde er sich beruhigt haben. Oder sie würde eine Nacht bei Sarah bleiben. In ihrem Kopf hatte sie blitzschnell die Möglichkeiten durchgespielt.

„Ich gehe jetzt", hatte sie rasch gesagt.

Nun würde es auf jede Sekunde ankommen. Sie hatte die Klinke heruntergedrückt, die Tür aufgeschoben, einen Fuß herausgestellt, um möglichst schnell die Treppen erreichen und runterrennen zu können.

Nur nicht zu schnell, falls ein Nachbar um die Ecke kam und sich wunderte, warum sie fluchtartig ihre eigene Wohnung verließ, während ihr Freund im Türrahmen stand. Doch aus ihrem Plan war nichts geworden. Er war schneller gewesen. Und ihr Fuß danach gebrochen.

Sirenen weckten sie. Sie schaute ihn an, wie sein Blick regungslos raus aufs Meer ging, dann wirbelte sie ihren Kopf nach links und rechts, drehte sich zu den Wellen um und zurück zu den Dünen. Es dämmerte langsam. Hatte sie lange geschlafen? Sie rieb sich die Augen und sprang auf.

Wieder Sirenen. Woher kam das Geräusch? Sie ging ein paar Meter hoch auf den Strand. Der Wind pfiff inzwischen stärker. Er knallte ihr ins Gesicht, nahm ein paar Sandkörner mit, sodass sie ihre Augen zukneifen musste. Er zerrte an ihrem Wollmantel, blies durch jede Ritze, am Kragen, an der Knopfleiste und am Saum, als wolle er sie ausziehen. Sie bloßstellen, direkt hier am Strand. „Nein", schrie sie ihm laut entgegen, beugte sich leicht und drückte ihre Jacke enger an den Hals. „Du kriegst mich nicht. Hörst du? DU KRIEGST MICH NICHT!"

Eine Träne lief ihr über die Wange. Dem Wind war ihr Geschreie egal, er war da, brauste weiter um sie herum. Die Sirenen wurden lauter.

Sie richtetete sich auf und spannte alle Muskeln an, wollte nicht nachgeben. Die Wolken am Himmel waren inzwischen fast schwarz, die Wellen dunkel und tosend mit glitzernden Kronen. Sie sprangen an den Strand, peitschten auf den Sand, als solidarisierten sie sich mit dem Wind.

Sie sah den Rücken ihres Freundes und bemerkte, dass sein Kopf wieder zur Seite gekippt war. Sie zuckte kurz, aber blieb dann doch dort, wo sie war.

„Egal, wohin du gehst. Ich werde dich immer finden", hatte er gesagt. Ihr war vor Schreck alles eingefroren, draußen auf dem Parkplatz des Supermarktes mit den Papiertüten in der Hand. Zwei Jahre hatten sie sich nicht gesehen, sie hatte längst in einem anderen Stadtteil gelebt, arbeitete in einer anderen Firma, alles weit weg von ihm. Nur weg!

„Lass mich in Ruhe und sprich mich nie wieder an", hatte sie ihn angezischt und war auf ihr Auto zugegangen. Doch er hatte sie fest am Oberarm gepackt, sodass ihr die Tüten aus der Hand gefallen waren. Die Äpfel waren über den Asphalt gekullert. Doch sie hatte nur in seine Augen gestarrt, die so dunkel wie die des Teufels gewesen waren.

„Und mit deinem neuen Freund machst du Schluss, verstehst du? Wir gehören zusammen."

Woher hatte er von Jan gewusst?

Sie blickte rüber zu den Dünen. Hinter den Sandhügeln begann ein Farbenspiel. Blau-weiße Lichter rissen die Dunkelheit auseinander, spielten miteinander, kamen erst aus der Ferne und dann immer näher. Im Gepäck trugen sie ein ohrenbetäubendes Geräusch. TÜÜÜÜÜ taaaaa TÜÜÜÜÜ taaaaa …

Sie streckte die Arme in die Höhe und schrie erneut: „DU KRIEGST MICH NICHT."

Und tatsächlich stoppten sie ihre Fahrt, aber nicht ihr Licht und auch nicht ihr Geräusch. Ob sie weiter schreien musste, damit auch der Rest aufhörte?

„DU KRIEGST MICH NICHT."

Ihre Arme ragten weiter in der Höhe.

Schwarze Silhouetten standen oben auf der Düne, sie knipsten ihre Lichter an und strahlten ihr direkt ins Gesicht.

Sie kniff die Augen zu, hielt sich automatisch eine Hand vors Gesicht und wusste blitzschnell, was sie zu tun hatte.

In Sekunden war sie bei Jan, packte ihn erneut unter den Achseln und merkte dieses Mal nichts von ihrem Rücken oder sonst irgendwas. Nicht das Licht, das sie verfolgte. Nicht die Menschen, die die Dünen herunterrasten.

Sie hob ihn aus dem Campingstuhl, hielt ihn fest an ihre Brust gedrückt und versuchte zu gehen. Einen Schritt nach dem anderen, komm Jan.

Doch seine Schuhe verhedderten sich zwischen ihren Beinen und sie fiel lang auf ihn. Mit ihrer Stirn knallte sie hart auf seinen Brustkorb. Es schmerzte, aber sie blieb dort liegen, obwohl sie spürte, dass die schwarzen Gestalten längst über ihr standen.

„Es ist vorbei, Frau Schuster", sagte die sanfte Stimme einer Frau, die sich runterbeugte.

Sie schüttelte den Kopf, ohne ihn von Jans Brust zu heben. „Nein, er wacht wieder auf. Alles wird gut werden."

Sie merkte, wie sich eine Hand vorsichtig auf ihren Rücken legte. Andere schienen Jans Kopf zu berühren.

„Ihr Freund ist tot, Frau Schuster."

„Nein." Sie trommelte mit der Faust in den Sand neben sich, während sie weiter auf Jan lag.

„Es gibt viele Zeugen, die gesehen haben, wie Ihr Ex-Freund von der Straße durch das Fenster der Beifahrerseite geschossen hat. Wollte er Sie auch treffen?"

Sie atmete tief ein, roch Jans Jacke und spürte seine Rippen. Sie rutschte mit dem Kopf etwas hin und her, aber sie konnte seinen Herzschlag nicht hören. Diesen langsamen, gleichmäßigen Schlag, den sie so oft wahrgenommen hatte.

Der sein sanftmütiges Herz mit Leben gefüllt und ihr Liebe geschenkt hatte, die sie nicht für möglich gehalten hatte. Nicht nachdem, was vorher passiert war.

„Wollen Sie aufstehen, Frau Schuster?", fragte die Frauenstimme wieder.

Sie wartete noch einen Moment, dann begann sie zu sprechen. „Jan hat gesagt, dass wir uns einen schönen Tag am Meer machen. Einmal nicht an das Stalking von Matthias denken."

Nun spürte sie, wie die Hand ihren Rücken sanft streichelte. Sie fuhr fort: „Aber dann stand er da, auf der Straße, direkt vor dem Auto. Er hat ..."

Ihre Stimme versagte.

„Ihrem Freund in den Kopf geschossen", ergänzte die Fremde.

Sie sah es vor sich: den Zorn im Gesicht von Matthias, die Waffe, Jans Panik, und den Schuss am Ende.

„Ich bin ihm über den Fuß gefahren", sagte sie leise. „Ich wollte doch mit Jan ans Meer."

„Wir haben ihren Ex-Freund festgenommen", antwortete die Fremde und ergänzte dann: „Es ist Zeit für Sie, aufzustehen."

Langsam rutschte sie von Jans Körper runter und blickte auf das schwarze Meer, das von einzelnen Lichtstrahlen erleuchtet wurde. Es war ruhiger, hatte sich zurückgezogen und schwappte mit sanfter Gischt an den Strand. Wunderschön, dachte sie. Das Meer.

Memoiren in der Hafenklappe

Eric Niemann

1

Die Kapuze seines Hoodies tief ins Gesicht gezogen, lief er beinahe unsichtbar über die Straße, wich den Leuten früh aus, sah niemanden an. Keine fünf Gehminuten entfernt von seiner Dachgeschosswohnung dümpelte eine schwimmende Kneipe auf der Elbe. Alicia, die Besitzerin die *Hafenklappe*, war bekannt für ihren Bizeps und ihr großes Herz. Sie hatte einige Jahre im Knast gesessen. Keiner wusste warum. Sie selbst sprach nie darüber. Jack trat ein und schob sich auf einen der Barhocker.

„Na, hattest du Sehnsucht nach mir?" Alicia stand am Zapfhahn und zwinkerte ihm zu. „Das Übliche?"

Jack sah sich im Kneipenschiff um. Sie waren allein. Er schob seine Kapuze vom Kopf.

„Hast du was Stärkeres?", fragte Jack leise.

Alicia stützte sich auf den Tresen. „Wirkt das Zeug nicht, das ich dir gegeben habe?"

Jack schüttelte den Kopf. „Da kann ich auch Aspirin einwerfen."

„Versteh' ich nicht", sagte Alicia. „Ist wirklich starker Stoff. Wenn du nicht aufpasst, macht der ziemlich schnell süchtig."

„Süchtig", wiederholte er bedächtig. „Dieser Scheiß hat null Wirkung bei mir!"

Alicia sah ihm in die Augen. „Hast mir mal gesagt, dass du stärker sein musst als der Stoff, den du nimmst. Sonst macht er dich kaputt. Weißt du das noch?"

Jack schwieg und wischte sich eine Haarsträhne aus dem Gesicht.

„Du bist nicht stark genug für diesen Mist, Jack. Geh endlich zum Arzt!"

„Bin nicht krankenversichert", sagte Jack.

Alicia fragte nicht nach.

„Der Job in der Küche ist nichts für dich! Kannst bei mir anfangen."

Jack schüttelte den Kopf. Es war beiden klar, dass es in einer Katastrophe enden würde, wenn sie sich jeden Tag sehen würden. Sie waren Freunde auf Abstand. Und Boxpartner.

Das Training tat ihm gut. Alicia war Thai-Boxerin und ihre Tritte waren auch unter den Männern gefürchtet. Sie hatte Jack mal ein ordentliches Veilchen verpasst, weil er gegen sie ohne Gesichtsschutz in den Ring gestiegen war. Diesen Fehler hatte er nie wieder gemacht. Jack war zierlich, seine Bewegungen wirkten schüchtern, aber er war schnell und schlug hart. Die anderen Boxer akzeptierten Jack in ihrer Mitte, obwohl sie nicht mal seinen Namen kannten. In den paar Stunden beim Boxen gab es genau so viel Nähe, wie Jack ertragen konnte. Und nach dem Training ging jeder in sein Leben zurück.

Jack nippte an seinem Pils und stellte das Glas sorgsam auf den Bierdeckel. „Wenn du mir nicht hilfst, besorge ich mir das Zeug beim Schweiger."

Der Schweiger war der mächtigste Drogendealer im Hafen. Er hatte seinen Namen bekommen, weil ihn angeblich noch niemand hatte sprechen hören. Alles lief über Zeichen und Gesten. Der Schweiger war die letzte Karte, die Jack noch spielen konnte, um Alicia umzustimmen. Jack wusste, dass sie und der Schweiger noch eine Rechnung offen hatten.

Alicia kam um den Tresen herum und blieb vor Jack stehen. Die beiden waren fast gleich groß. „Puta madre, Jack, du bist eine unglaubliche Nervensäge!"

2

Die Katze schlief auf seinem Kissen, aber Jack kam nicht zur Ruhe. Seit einer Stunde drehte er sich auf seiner Matratze hin und her, obwohl er nach der Spätschicht hundemüde war. Er fuhr seit einigen Monaten auf der *Molly Malone*, einem Restaurantschiff in Form eines gusseisernen Bügeleisens, von den Landungsbrücken die Elbe hoch bis nach Wedel und wieder zurück. Jeden Tag dreimal dieselbe Tour, von achtzehn bis vierundzwanzig Uhr. Es gab dreißig Euro die Stunde unter der Hand. Black Beauty! Dafür musste er mit zwei Kollegen Gemüse schnippeln, Kartoffeln schälen, Fische ausnehmen, Fleisch platt hauen. Dazu putzen, wischen, waschen. Und kellnern.

Jetzt machte der Rücken schlapp. Vor drei Monaten hatte er nach der Hälfte der Schicht Diclos eingeschmissen, vorgestern schon nach wenigen Minuten, direkt hinter Teufelsbrück, nur wenige Kilometer die Elbe runter. Manchmal quälte ihn die Seekrankheit, er hatte auch schon in der Kombüse gekotzt, was strengstens verboten war. Aber seinem Magen waren Verbote nach wie vor egal.

Die Schmerzen waren unerträglich. Nichts schien zu helfen, weder die Tabletten noch die Übung mit den Tennisbällen. Hoffentlich hatte Alicia morgen die stärkeren Schmerzmittel besorgt, sonst würde er die nächsten Schichten nicht überstehen.

Jack stand auf und setzte sich ans offene Fenster. Die Lichter der Stadt schaukelten über die Elbe, als wollten sie ihn beruhigen. Er drehte sich einen Joint, zündete ihn an und inhalierte tief. Ein wenig Ruhe kehrte ein in seinen Körper.

Als er sich von der Fensterbank erhob, blinzelte ihn die Katze an und gähnte. Jack schaltete die Lampe aus, nachdem er das Schloss und den Riegel an seiner Tür kontrolliert hatte. Er war vorbereitet. Neben der Tür stand ein Baseballschläger, und in seinem Nachtschrank lag eine geladene Pistole.

Endlich nickte er ein, driftete in einen Traum, aus dem er wenige Minuten später wieder erwachte. Nassgeschwitzt wie immer, wenn er von *ihm* träumte. Raabe! Das Monster ließ sich nicht abschütteln. Es kam immer wieder, die Träume verschafften ihm Einlass. Damals, kurz nachdem Jacks altes Leben durch Raabe beendet worden war, hatte er monatelang jede Nacht von ihm geträumt. Jetzt, so viele Jahre später, kam er nur noch selten. Aber er hatte immer noch Macht über ihn.

Jack stand auf, nahm die Boxhandschuhe vom Fensterbrett, zog sie an und begann, den Sandsack zu bearbeiten, den Alicia ihm zum Einzug geschenkt hatte. Sein Rücken schmerzte, aber er schlug harte Geraden, bis er *ihn* endlich wieder aus ihrem Kopf hatte. Kurz vor vier Uhr morgens legte Jack sich erschöpft auf die Matratze und fiel in einen traumlosen Schlaf.

3

Raabe hatte einige seiner alten Anlaufstellen abgeklappert, Hehler, Dealer, Türsteher, bis er schließlich einen Tipp bekam, von einem Koberer, der vor der *Rosa Rutsche* Männer animierte, sich für kleines Geld eine Live-Show auf der Bühne anzusehen.

Der Tipp kostete Raabe zwanzig Euro. Er würde die Leute vom Hamburger Integrationsverein nach Geld fragen müssen. Sie betreuten ihn, seit er vor wenigen Tagen entlassen worden war, hatten ihm eine Wohnung besorgt, in einem Haus in Wilhelmsburg, in dem auch andere Haftentlassene lebten, manche schon über ein Jahr.

Sein Tippgeber meinte, es gäbe da einen, der auf seine Beschreibung passe, zumindest hätte er einen solchen Typen zwei- oder dreimal in der *Hafenklappe* gesehen.

Als Raabe die schwimmende Kneipe betrat, saßen zwei Männer am Tresen. Es war ungewiss, ob er von ihnen eine Antwort auf seine Frage erhalten würde, auch wenn sie die Antwort wussten. Hier im Hafen gab man Unbekannten keine Auskunft über andere, schon gar nicht in den Kneipen, es sei denn, es sprang dabei etwas heraus. Geld, Alkohol, ein Gefallen.

Raabe setzte sich an den Tresen, zwischen die beiden. Alicia nickte dem Neuankömmling zu.

„Ein Pils, bitte."

„Groß?"

Raabe überlegte, aber nicht lange. „Ja."

Der Nachbar zu seiner Linken saß schräg auf dem Barhocker, und nun sah Raabe auch den Grund. Sein rechtes Bein, zumindest der Unterschenkel, war aus einem massiven Material geformt, das sich offenbar im Kniegelenk nicht knicken ließ. Und so schien es, als würde sich der Mann mit dem rechten Fuß von der Theke wegdrücken wollen. Das hochgerutschte Hosenbein gab den Blick auf die Technik frei, die – soweit Raabe das beurteilen konnte – nicht den Standards einer westlichen Industrienation entsprach.

Alicia zog einen Bierdeckel aus einem Reservoir, warf ihn vor Raabe auf den Tresen und stellte das Bier darauf ab. Hätte er nicht etwas zu erledigen, würde er sich über die Befüllung des Bieres beschweren, schließlich saß das Geld bei Raabe nicht locker, ganz im Gegenteil, er dachte bei allem in einstelligen Eurobeträgen, Klamotten, Essen, Trinken, und dieses Bier, also zumindest die Substanz unterhalb der Krone, befand sich deutlich unter dem Eichstrich. Als er aufsah, blickte er in Alicias gefrorene Augen. Sie hatte bemerkt, dass

Raabes Blick einen Tick zu lange und zu prüfend am Rand des Glases hängen geblieben war, was Raabe nun mit einem ungeschickten Lächeln quittierte.

Raabes rechter Sitznachbar, vor dem neben einem schweren Aschenbecher ein halbvolles Glas Bier und ein leeres Schnapsglas standen, las in einem Buch, was in dieser Lokalität einigermaßen überraschend war. Abrupt blickte er nun auf und schlug das Buch, die Memoiren eines Streifenpolizisten aus der Davidwache, auf den Tisch.

„Jetzt weiß ich, wer du bist", rief er.

Raabe dachte zunächst, er wäre gemeint, bis ihm klar wurde, dass der Mann bereits las, als Raabe in die Kneipe gekommen war, und nicht aufgeschaut hatte, als er sich neben ihn setzte. Die Art, wie er die Worte aussprach, machte deutlich, dass es sich bei den Getränken vor ihm nicht um die ersten des Tages handelte.

Der Einbeinige blickte träge auf und schob seinen Oberkörper nach hinten, um an Raabe vorbei einen Blick auf den Memoirenleser werfen zu können.

„Na, wer denn?", fragte er, als wüsste er selber gerne die Antwort. Auch seine Aussprache hatte sich infolge des Alkoholkonsums abgeschliffen.

Der Memoirenmann stand auf. „Du bist der Typ aus Harburg, der nicht zum Gericht gekommen ist. Du hättest damals aussagen müssen für mich."

Der Einbeinige legte sein Gesicht in Falten. „Wann soll denn das gewesen sein?"

„Vor zwanzig Jahren oder so."

Dem Einbeinigen dämmerte, mit wem er es zu tun hatte. Zumindest vermittelte er den Anschein. „Ach, du bist das."

„Wegen dir bin ich sechs Monate eingefahren!" Die Stimme des Memoirenmanns gewann an Fahrt und Lautstärke. „Weil du Arschloch nicht gekommen bist."

Der Einbeinige versuchte, sich in den Stand zu bringen, was ihm allerdings nicht gelang; sein Fuß hatte sich zwischen Tresen und Raabes Barhocker verkantet. „Ich hab' nur ein Bein, aber noch zwei Fäuste, und beide kann ich dir ja mal in die Fresse hauen."

Alicia versuchte, die beiden zu beschwichtigen. „Loide, das ist doch zwanzig Jahre her, da müsst ihr euch doch jetzt nicht mehr drüber streiten."

Auch Raabe gefiel der Verlauf der Unterredung nicht. Er wollte aufstehen, konnte den Barhocker aber nicht drehen, weil der Fuß des Einbeinigen ihn arretierte. Der Einbeinige missverstand die ruckartigen Bewegungen Raabes offenbar und dachte, dass sich nun auch sein Sitznachbar körperlich in den Disput einschalten wollte. Der Leberhaken kam ansatzlos, traf fast perfekt und führte dazu, dass Raabe kurz aufstöhnte und schließlich vom Barhocker auf den Boden glitt.

Der Memoirenmann war offenkundig vom Schlag wie auch der Schlagfertigkeit des Kontrahenten beeindruckt und zollte ihm Respekt. Während Raabe auf allen Vieren zu einem der Tische kroch, stellte Alicia drei Schnapsgläser auf den Tresen, füllte sie aus einer Flasche ohne Etikett mit einer klaren, glänzenden Flüssigkeit und stieß mit den beiden an. Raabe zog sich am Tisch hoch und warf sich unbeobachtet auf die Sitzbank, zeitgleich mit dem dreistimmigen „Prost". Die Schnapstrinker warfen die Köpfe in die Nacken und kippten das scharfe Zeug hinunter.

Der Einbeinige drehte sich zu Raabe um. „Geht's wieder?"

„Muss ja", keuchte Raabe. „War nicht das erste Mal, dass ich da was abbekommen hab'."

Der Einbeinige stand umständlich auf und reichte Raabe seine Hand über den Tisch. „Ich bin Fiete."

„Ich heiße Carl", log Raabe.

„Ich geb' dir einen aus. Was willst du trinken?"

„Noch 'n Pils."

Fiete hob den Arm und orderte zwei Pils bei Alicia.

„Ich hab' dich hier noch nie gesehen. Was machst du?",
wollte Fiete wissen und setzte sich ungelenk neben Raabe.

„Ich bin gerade aus dem Knast gekommen", sagte Raabe,
was stimmte.

„Für was hast du gesessen?"

„Banküberfall."

Was nicht stimmte.

Fiete nickte anerkennend. „Wie lange?"

„Acht Jahre."

„So lang?"

„War mit Geiselnahme", sagte Raabe tonlos.

Alicia stellte die Biere auf den Tisch. Die Gläser waren
randvoll gefüllt, die Flüssigkeit deutlich über dem Eichstrich.

„Dann mal Prost, Carl", sagte Fiete.

„Prost, Fiete", sagte Carl. Und: „Das nächste geht auf
mich."

4

Der Abend endete dort, wo er angefangen hatte. Raabe verließ
schwankend die Kneipe über die Gangway, gefolgt von seinen
neuen Bekanntschaften. Der Memoirenmann blieb im Durch-
gang zur Straße stehen, öffnete den Reißverschluss seiner Hose
und pinkelte gegen die Wand. Er hatte eine Funktionsstörung
der Prostata, nicht ungewöhnlich für einen Mann seines Alters,
was dazu führte, dass er für den Vorgang einige Zeit benötigte.
Raabe sah zu, wie der Memoirenmann stoßweise urinierte.

„Warum dauert das so lange? Kannst du ihn nicht finden?",
rief Fiete ungeduldig.

Der Memoirenmann verstaute sein Gemächt wieder in der
Unterhose, zog den Reißverschluss drüber und trat zu den

anderen. Die Stimmung unter Betrunkenen konnte schnell umschlagen, und dass der Einbeinige eine kurze Lunte hatte, war allen Anwesenden bewusst, und nur so erklärt sich Raabes Einlassung. „Was freu' ich mich, so nette Leute kennengelernt zu haben", sagte er und mogelte ein Glänzen in seine Augen.

„Ist ja nicht leicht, wieder Fuß zu fassen, wenn man aus dem Knast kommt."

„Brauchst du mir nicht zu erzählen", sagte Fiete. Sein Körper waberte vor und zurück.

„Und dann die ganze Zeit ohne Frau", sagte der Memoirenmann.

„Auch hart", sagte der Einbeinige und nickte. „Aber bei mir stehen die auch ohne Knast nicht Schlange."

Sein anschließendes Lachen ging schnell in einen trockenen Husten über. Nun war der richtige Zeitpunkt gekommen, dachte Raabe.

„Ich hab' mich in der Hafenklappe öfter mit 'nem Kumpel getroffen früher. Hab' gehofft, dass ich ihn heute wiedertreffe."

„Und?", fragte Fiete.

„Hab' ihn leider nicht gesehen."

„Wie heißt er denn?", fragte Fiete.

„Jack", antwortete Raabe.

Fiete zog die Mundwinkel nach unten und schüttelte den Kopf, der Memoirenmann schüttelte mit.

„Wie sieht er denn aus?", hakte Fiete nach.

Raabe hatte ein Foto von Jakob Deca im Internet gefunden. Es war einige Jahre alt, Deca war da noch sein Therapeut in der JVA.

„Er is' um die fünfzig. Schlank, nicht so groß, eins siebzig vielleicht."

Er reichte Fiete das Foto, der blickte kurz darauf und gab es an den Memoirenmann weiter.

„Nee, kennen wir nicht", sagte der Memoirenmann.

Der Einbeinige nickte bestätigend und gab Raabe das Foto zurück. Raabe lächelte. Die meisten Menschen waren schlechte Lügner.

5

„Wieso steht denn hier so'n gläserner schwarzer Aschenbecher auf dem Tresen?", fragte Jack. „Is' doch keine Raucherkneipe mehr." Erwartete aber keine Antwort.

Jack leckte sich über die Lippen, setzte das Glas an und es erst wieder ab, als sich die Hälfte des Inhalts in seinem Magen befand.

„Du hast ja einen Zug am Leib", staunte Alicia und wischte mit einem Lappen über den Tresen.

„Einfach nur Durst", erklärte Jack. Dann schwieg er, länger als sonst.

„Is' was?", fragte Alicia.

Jack zuckte mit den Schultern.

Alicia und Jack wechselten einige Blicke.

Dann zwinkerte sie ihm zu. „Nun erzähl schon, was liegt dir auf der Leber?"

Jack schnaufte. Er war ganz woanders mit seinen Gedanken. Sie nahm zwei Gläser aus dem Wandregal und füllte sie mit Wodka.

„Wenn du mir sagst, worum es geht, dann kann ich dir vielleicht einen Rat geben."

Alicia schob das Glas zu Jack. Das schabende Geräusch ließ ihn hochfahren.

„Wenn du einen Rat haben *willst*", ergänzte Alicia.

Beide hoben das Glas und leerten es synchron.

„Hab' Schmerzen, das ist alles."

Alicia zog aus einem Fach unter dem Tresen eine Packung

Tabletten hervor und schob sie zu Jack. Der versuchte sich erfolglos an einem Lächeln.

„Ich habe früher …" Er brach ab. Alicia schüttete nach. Sie prosteten sich zu, tranken.

„Ich fühl mich hier wohl, bei dir."

Alicia war Komplimente nicht gewohnt, Jack sah es ihr an.

„Du fühlst dich hier wohl? Die meisten wären froh, wenn sie hier rauskämen, um was Besseres zu machen als Küchenhilfe auf einem Flussdampfer."

„Es geht nicht darum, ob etwas anderes besser wäre. Es geht darum, ob ich es ertragen könnte."

Alicia hielt in ihrer Bewegung inne. „Puh, so schlimm?"

Jack nickte. „Ich hab' alles aufgegeben, den Job, meine Freunde." Jack sog die Luft durch die Nase ein. „Sogar meine Familie."

Alicia zog einen Barhocker zu sich heran und setzte sich. „Was ist denn passiert damals? Hast du jemanden umgebracht?"

Jacks Augen irrten auf Alicias Gesicht herum, als suchten sie einen Eingang. Bislang hatte er sich noch niemandem anvertraut. Sollte er es aussprechen? Oder besser nicht? Es war ein hartes Gefecht. Alicia spürte das und versuchte einzulenken.

„Ist ja schon wichtig zu wissen, woher man kommt und wohin man will."

Die Tür öffnete sich. Ein Mann trat ein und setzte sich neben Jack an den Tresen.

Alicia wandte sich ihm zu. „Was trinkst du?"

„Ein großes Pils", antwortete Raabe.

Alicia nahm ein Glas aus dem offenen Wandschrank, hielt es unter den Zapfhahn und ließ das Bier mit lässiger Routine laufen.

„Wirst du jetzt Stammgast? Gestern die halbe Nacht und heute schon wieder hier."

Jack war erstarrt.

„Hallo Jack", sagte Raabe, ohne ihn anzusehen.

Jack war außerstande, sich zu bewegen.

Raabe beugte sich zu Jack herüber. „Ich hab' dich vermisst", flüsterte Raabe ihm ins Ohr und zog eine kleinkalibrige Waffe aus dem Hosenbund. „Wir machen es uns wieder schön, so wie damals in der Anstalt. Nur du und ich, und …"

Weiter kam er nicht. Alicia zog ihm mit dem Aschenbecher eine Furche in den Schädel. Raabes Gesichtsausdruck zeigte für einen Moment Erstaunen, dann drehten sich seine Augen nach oben und sein Körper sackte in sich zusammen.

„War mir von Anfang an unsympathisch", sagte Alicia. „Fiete hat mir heute Morgen erzählt, dass der Typ sich nach dir erkundigt hat. Hätte ich dir noch gesagt." Sie sah auf den regungslosen Körper Raabes. „Hat sich jetzt ja erledigt."

Sie schüttelte den Kopf. „In meiner Kneipe ne Wumme ziehen, das geht gar nicht." Alicia sah Jack an, der den Blick von Raabe nicht abwenden konnte.

„Ist er der Grund, warum du dich im Hafen rumtreibst, unter den Namenlosen?"

Jack nickte. Alicia bückte sich, hob die Waffe auf und reichte sie Jack.

„Solltest dir überlegen, was du mit ihm anstellen willst, bevor er wieder aufwacht."

Jack sah zu ihr auf. Sie lächelte. Es war das offenste und wärmste und schönste Lächeln, das er je gesehen hatte.

„Notwehr", sagte sie.

Jack nickte. Alicia kehrte hinter den Tresen zurück.

„Noch 'n Pils?"

Die Spur der Krebse

Carola Christiansen

Sollte es um Drogen gehen? Siedend heiß fällt ihm der verscharrte Tote neben dem Pfad ein und er beginnt, wie ein Käfer zum Unterholz zu kriechen. Nachdem das Grün ihn verschluckt hat, richtet er sich erleichtert auf. Er hetzt in Richtung der Bucht. Fast hat er den Rand des Dickichts erreicht, die Bucht und sein Boot scheinen zum Greifen nah, da stoppt ihn ein Schlag auf den Hinterkopf. Alles wird schwarz.

Es war Frühling. Ein früher und milder Frühling. Die Fischer flickten Netze am Kai, gewärmt von den unverhofften Sonnenstrahlen, mittags schon würden Touristinnen vom Lido in bunten Sommerkleidern durch die Stadt flanieren. Die Stadt selbst verändert sich kaum. Der Turm von San Marco ragt seit Jahrhunderten aus dem Häusergewirr um Markusplatz und Piazzetta, dahinter räkelt sich die schlanke Silhouette vom Lido in der Lagune. Auf der rechten Seite des großen Kanals schimmert die alabasterweiße Kuppel von La Salute, fast an der Ostspitze des Stadtteils Dorsoduro, wo Canal Grande und Giudecca-Kanal zusammentreffen. Noch weiter südlich liegen die kleinen Eilande San Giorgio Maggiore und die Insel Giudecca.

Irgendwo dort warf Marco gerade die Reusen seines Vaters ins Wasser. Sie schlugen mit kurzem Klatschen auf und versanken in der Tiefe. Marco war kein Fischer. Nur einmal im Jahr kümmerte er sich um diese Reusen, im Andenken an seinen Vater. Dafür nahm er sogar Urlaub. Er starrte der letzten Reuse hinterher. Seit den frühen Morgenstunden war er mit seinem Boot unterwegs, um Moeche zu ernten. Winzige

Krebse, die jetzt ihre Rückenpanzer abstreiften und für kurze Zeit zu Delikatessen wurden. Sie mussten eingesammelt und verkauft werden, bevor der neue Panzer hart wurde. Die Körbe waren nicht voll. Er hatte zu viele Krebse aussortieren müssen. Der Vater hatte ihm aber seine versteckte Stelle gezeigt, abseits der üblichen Fanggründe. Dort hatte der alte Fischer regelmäßig reiche Beute gemacht.

Das Wasser plätscherte gegen den Bootsrumpf, lagunengrün wie flüssiger Smaragd. Die Morgensonne reflektierte auf der blanken Oberfläche, und Marco kniff die Augen zusammen. Alles war ihm seit frühester Kindheit vertraut, mit dem Boot fand er sich blind zurecht. Vor allem in dem filigranen Geflecht kleiner Kanäle, die den alten Teil Venedigs wie Blutgefäße durchziehen. Dort, wo man die Zahl ausländischer Besucher an einer Hand abzählen konnte und keine Vaporetti und Touristengondeln fuhren. Wo die Sonne auf den umliegenden Häuserdächern zurückbleiben musste.

Doch jetzt war er auf dem Weg zu dem geheimen Fanggrund, in dem er wie üblich unzählige Moeche zu finden hoffte. Ganz in der Nähe dieses Gebiets lag ein unheimlicher Ort, um den sich seit vielen Jahren grausame und gespenstische Geschichten rankten. Er war sicher, dass er nicht alle kannte, doch er hatte als Kind viele von ihnen gehört. Genug jedenfalls, um sich fernzuhalten.

Das Plätschern des Wassers und das leise Tuckern des Motors waren die einzigen Geräusche. Er fuhr gemächlich, ohne Eile. Die Stille hatte etwas Unwirkliches. Sonnenschein tauchte die Ufer in frühsommerliches Licht. Die Müllkähne hatten ihre Runde beendet, die scheppernden handgeschobenen Wagen in den kopfsteingepflasterten Gassen ebenfalls. Nach einer Kurve verschwand der Giudecca-Kanal hinter ihm, und bald fuhr er an der langgestreckten Westküste des Lido entlang, wo er die Isola del Lazzaretto Vecchio passierte und beidrehte, um einen kleinen versteckten Kanal anzusteuern. Nicht weit entfernt lag die Isola de Poveglia. Sie schwebte wie eine Geisterinsel vor ihm. Wolken hatten sich über ihr zusammengezogen, düster und geheimnisvoll glitten die Schatten über verfallende Gebäude und dschungelartige Vegetation. Er starrte hinüber. Dann holte ein Glitzern auf dem Wasser ihn in die Wirklichkeit zurück.

Ein Stück vor ihm dümpelte eine Plastikflasche. Sonnenstrahlen brachen sich auf der zerknautschten Oberfläche und brachten das hässliche Kunststoffding zum Funkeln. Dies wäre die zehnte, die er heute aus dem Wasser bergen würde. Er beugte sich vor und zog die Flasche heraus. Er wollte sie zu den übrigen werfen, doch bei dieser war etwas anders. Zögernd drosselte er den Motor und besah seinen Fund. In der Flasche steckte ein Stück Papier. Eine Flaschenpost? Er runzelte die Stirn. Mit zwei Fingern erwischte er schließlich den Zettel. Die Sonne war höher gestiegen, sie wärmte bereits. Auf seiner Stirn lag ein feiner Schweißfilm, als er das gelbliche Papierstück auseinanderfaltete. Sekundenlang starrte er auf die Worte, die mit schwarzer Tinte auf das Papier gekritzelt waren.

„Aiuto! L'isola de Poveglia!"

Die Schrift war verschmiert, doch leserlich, über die Worte bestand kein Zweifel. „Hilfe! Die Insel Poveglia!" Er wischte sich über die Stirn. Ein Kinderstreich? Er hielt sich das Papier dicht vor die Augen. Die Buchstaben sahen eher altmodisch aus. Seufzend maß er die Entfernung zur Insel ab. In einer Viertelstunde, höchstens zwanzig Minuten könnte er sie erreichen. Sanft schwappte das Wasser gegen den Bootsrumpf, während er nachdachte, das Schaukeln unbewusst ausgleichend. Seine Haare waren ihm ins Gesicht gefallen und er strich sie zurück. Mit der Bewegung kehrte auch seine Entschlossenheit zurück, er drehte den Motor auf und fuhr Richtung Poveglia.

Bald lag die Insel direkt vor ihm und er hielt Ausschau nach einem Platz zum Anlegen. Das Ufer war steinig. An einer Stelle fiel es beinahe sanft zum Wasser hin ab. Dort sprang er an Land und befestigte das Boot. Langsam sah er sich um. Scheinbar undurchdringliche Wildnis, aus der die Ruinen des alten Krankenhauses wie ein Skelett herausstachen. Geisterhafte Stille schwebte über allem. Kein Vogel sang, kein Windhauch bewegte die Zweige, nicht einmal das Kreischen der Möwen war zu hören.

Zögernd ging er auf das Dickicht zu und folgte einem schmalen Weg, der direkt hineinführte. Das Knacken trockener Äste unter seinen Sohlen hallte wie Schüsse in der Stille, während er sich der ehemaligen Psychiatrie näherte. Dort hatte angeblich gegen Anfang des zwanzigsten Jahrhunderts ein Arzt Versuche an psychisch erkrankten Menschen durchgeführt.

Marco blieb stehen. Die Luft war schwül, Sonnenschein blitzte durchs Dickicht und malte flirrende Kreise auf den Boden, erste Insekten summten in dem grünlichen Licht. Sein Blick fiel auf einen ungewöhnlichen Erdhügel abseits vom Pfad. Beim Näherkommen sah er kleine Aststücke auf dem Hügel liegen, geformt zu einem seltsamen Muster. Aus der Erde ragten Wurzeln, mit den darauf liegenden Zweigen verschränkt. Er beugte sich tiefer, um gleich darauf hochzuschnellen. Was aus der Erde ragte, waren halb skelettierte Finger. Sein erster Impuls war, zurück zum Boot zu laufen. Doch er zögerte. Auf wessen Grab mochte er hier gestoßen sein? Nervös sah er in alle Richtungen. Er war allein. Vor sich konnte er bereits die Ruinen der Anstalt erkennen, also schlich er weiter.

Endlich lag das berüchtigte Krankenhaus vor ihm. Schweigend, lauernd. Daneben der Glockenturm, längst verstummt und verlassen, ein warnend erhobener Zeigefinger. Der unheimliche Ruf eines Kuckucks ließ ihn zusammenfahren.

Mit einem Prickeln im Nacken ging er zum Eingang des Hauptgebäudes, die Fenster des Seitentrakts schienen ihm wie leere Augenhöhlen hinterherzustarren. In der Halle war das Licht gedämpft, Pflanzen wucherten vor den Fenstern, überzogen Wände und Boden, die Fliesen geborsten von den Wurzeln. Sein Blick wanderte über den Teppich aus Zweigen und trockenem Laub. Hier musste vor nicht allzu langer Zeit jemand gegangen sein. Eine Spur führte ihn zu einem Eisenring im Boden. Entschlossen zog er daran und öffnete eine Falltür. Die Treppe führte in undurchdringliche Finsternis. Er tastete nach seiner Taschenlampe, holte tief Luft und stieg hinunter in die Dunkelheit.

Ein langgestreckter Raum, in dem sich zehn verrostete Bettgestelle gegenüberstanden. Langsam löste er sich von der Sicherheit der Treppe und schickte den Strahl der Taschenlampe durch den Raum. An den Wänden hingen seltsame Apparaturen, teilweise mit den Betten verbunden. Die ersten vier Betten waren hinter zerschlissenen Sichtschirmen verborgen. An den Schmalseiten des unterirdischen Saals befand sich je ein Waschbecken und an einer Längsseite stand eine Art großes Becken oder Badewanne, zahllose Schläuche und Kabel ragten heraus. Er musste auf eins der geheimen Krankenzimmer gestoßen sein, wo jener Arzt damals Experimente durchgeführt hatte. Ein Ort des Grauens. Unbewusst lauschte er in die Stille. Doch nichts war zu vernehmen, kein Seufzen oder Stöhnen aus der Vergangenheit, kein Flehen, kein Fluchen. Nur Stille.

Nach einer Weile hörte er das Trippeln winziger Pfoten. Gerade wollte er sich wieder an den Aufstieg machen, da bemerkte er im Dunkel etwas, das wie ein Lager aussah. Widerstrebend ging er tiefer in den Raum. Ein Stapel schmutziger Wolldecken. Er ließ den Lichtstrahl darüber gleiten. In der Mitte lag eine verbeulte Blechkassette. Er klemmte sie unter den Arm und hastete zurück ans Tageslicht. Schnell durchquerte er die Halle, erst draußen vor dem Eingang blieb er stehen, um seinen Fund zu betrachten.

Plötzlich hörte er leises Gemurmel, Stimmen näherten sich. Wem immer sie gehörten, sie kamen in seine Richtung – und schneller näher, als ihm lieb war. Ihm blieb kaum Zeit zum Überlegen, so leise er konnte, schlich er zur Rückseite des Gebäudes. Die Stimmen waren jetzt laut, es handelte sich um mindestens drei Männer, und er konnte einzelne Worte verstehen. Sie unterhielten sich auf Italienisch, ein Dialekt irgendwo aus dem Süden, kein Veneziano jedenfalls, einer sprach mit ausländischem Akzent. Sein Gehirn speicherte die Fakten, obwohl seine Gedanken wild durcheinander rasten. Sollte er sich zu erkennen geben? Warum hatte er sich überhaupt versteckt? Im gleichen Moment wurde ihm der Grund klar: Die Insel war verbotenes Gelände, niemand trieb sich hier herum! Außer ihm. Nur war sein Grund eine Flaschenpost gewesen, ein mysteriöser Hilferuf. Er bezweifelte, dass die anderen ebenfalls einer Flaschenpost gefolgt waren. Aus den Gesprächsfetzen konnte er nicht auf den Grund ihrer Anwesenheit schließen. Sollte es um Drogen gehen?

Marcos erste Wahrnehmung ist hämmernder Kopfschmerz. Stöhnend versucht er, sich aufzurichten.

„Sch!"

Verwirrt sinkt er zurück. Wo ist er? Die Umrisse werden langsam deutlicher, verdichten sich zu einer hünenhaften Gestalt. Das Gesicht des Riesen schwebt beängstigend nah über ihm. Es ist zu einer beinahe komischen Grimasse verzogen, irgendwo zwischen besorgt und fröhlich. Marco erkennt, dass er es natürlich nicht mit einem echten Riesen zu tun hat, lediglich mit einem außergewöhnlich großgewachsenen Menschen.

„Du musst leise sein. Die machen uns tot!"

Während Marco versucht zu nicken, probiert er gleichzeitig, sich auf einen Ellenbogen zu stützen und aufzurichten. Der Schmerz in seinem Kopf lässt ihn zurückfallen.

„Vorsichtig! Am besten warten wir, bis *sie* da ist. *Sie* muss bald kommen, ich habe ihr eine Nachricht geschickt!" Jetzt wird Marco vollständig wach.

„Etwa eine Flaschenpost?" Der Goliath nickt eifrig. Marco schließt die Augen.

„Ich musste dich auf den Kopf hauen! Die dürfen mich nicht finden."

Als Nächstes hört er das Klappern von dünnem Metall und leises Gemurmel. Der Riese inspiziert vermutlich die Blechdose, die Marco aus dem Keller mitgenommen hat.

„Du hättest sie nicht mitnehmen dürfen!"

Endlich schafft Marco es, sich aufzurichten, doch bevor er antworten kann, geht die Stimme in Jammern über.

„Warum hast du sie nicht dagelassen? Da, wo sie hingehört!"

„Ich konnte ja nicht wissen …"

„Was?!" Der Riese klingt jetzt gereizt und Marco verstummt.

Unauffällig schaut er sich um. Dies ist nicht der Ort, an dem er niedergeschlagen wurde. Nur spärlich dringt Sonnenlicht durch eine dichte Kuppel aus Zweigen, der Boden ist bedeckt mit trockenen Blättern. Er erhebt sich langsam. Der Kopfschmerz ist erträglich, ansonsten scheint er nicht verletzt zu sein. Der Hüne hindert ihn nicht am Aufstehen, er tritt nur einen Schritt zurück.

„Hast du mich hierhergetragen?"

„Ich bin stark! Und schlau! Sie haben mich nicht gesehen und nicht gehört."

Marco nickt. „Sicher. Aber warum hast du mich niedergeschlagen? Ich hatte dich auch nicht gesehen, ich wollte wegfahren."

Der Mann brummt etwas in seinen Bart. Marco mustert ihn genauer. Er scheint älter zu sein, als er zuerst angenommen hat. Es ist eine Art kindliche Unschuld, die ihn umgibt und ihn jünger wirken lässt. Jetzt wird er unruhig.

„Sie muss gleich kommen!"

Marco seufzt. Antworten auf seine Fragen wird er von dem Hünen wohl nicht bekommen. Hoffentlich erscheint wirklich gleich jemand, der die seltsame Situation aufklärt. Er beginnt, seine Umgebung näher zu betrachten. Sie befinden sich anscheinend im Innern einer dichten Hecke. Das Dach aus Zweigen ist erstaunlich hoch. Diese Hecke muss sehr alt sein.

Plötzlich windet sich eine schmale Gestalt durch die Äste. Ein Leuchten erscheint auf dem Gesicht des kindlichen Mannes. Die Frau, die aufgetaucht ist, streicht einige Blätter aus ihrem Haar und lächelt ihn an. Dann wendet sie sich Marco zu und ihr Blick wird streng.

„Was wollen Sie hier? Gehören Sie zu denen …?"

Er macht einen Schritt auf sie zu, doch sofort stößt der Riese ein drohendes Knurren aus. Marco sieht von ihr zurück zu dem Riesen. Langsam reicht es ihm.

„Ich habe keine Ahnung, worum es geht! Ich bin nur hier, weil ich eine Flaschenpost aus dem Wasser gezogen habe! Außerdem bin ich …"

„Du lügst! Du kannst sie nicht gefunden haben."

Die Stimme des großen Mannes senkt sich zu einem Flüstern. „Maria ist doch gekommen! *Sie* hat meine Post gefunden!"

Die Frau, die offenbar Maria heißt, schüttelt den Kopf. „Nein, Luca, ich nicht. Ich besuche dich sowieso immer, das weißt du doch. Und du sollst mit dem Unsinn aufhören, das ist gefährlich!"

„Aber sie sind doch wieder hier!" Das Gesicht des Riesen verzieht sich, als wolle er jeden Augenblick zu weinen beginnen.

„Ist ja gut. Ich passe auf dich auf. Wenn sie kommen, musst du dich einfach immer verstecken, an diesem Ort. Und ganz still sein, dann können sie dich nicht finden!" Sie legt den Kopf in den Nacken und sieht ihm fest in die Augen. „Verstehst du?"

Der Riese Luca nickt. Er hält ihr die Blechdose hin. Sie nimmt sie rasch entgegen und runzelt die Stirn.

„Wie sind Sie darangekommen?"

Sie fährt zu Marco herum. Ihre Stimme ist scharf. Doch dann murmelt sie: „Und was um alles in der Welt wollten Sie damit?"

Marco starrt zurück.

„Wie gesagt, ich weiß nicht, was hier los ist! Aber ich weiß, dass ich sauer werde, wenn Sie es mir nicht bald erklären!"

Angst hat er nicht. Er glaubt nicht, dass die beiden ihm etwas antun wollen. Einen Moment sagt niemand etwas. Doch plötzlich wird das Schweigen von Schritten unterbrochen. Luca und Maria erbleichen. Sie reißt die Augen auf und legt einen Finger auf den Mund. Luca scheint versteinert vor Angst. Marco hebt die Brauen und schüttelt den Kopf. Maria sieht ihn flehend an. Lautlos formen ihre Lippen die Worte: Per Favore! Bitte!

Nach einer Weile entfernen sich die Schritte. In der Distanz sind gedämpfte Stimmen zu hören. Maria stößt hörbar die Luft aus. Als es draußen wieder vollkommen still geworden ist, seufzt sie und sagt: „Also gut. Setzen Sie sich. Ich werde Ihnen eine Geschichte erzählen. Wenn es dunkel ist, versuchen wir, uns in die Bucht zu den Booten zu schleichen. Und du, Luca, du musst diesmal mitkommen!" Sie ignoriert den verzweifelten Blick des Hünen, lässt sich auf dem Blätterteppich nieder und sieht Marco prüfend an.

„Sie wissen, was man sich über das Krankenhaus auf der Insel erzählt?"

„Seitdem ich alt genug bin, um Gruselgeschichten zu hören. Eigentlich schon vorher ..."

„Es mag nicht alles der Wahrheit entsprechen, aber einiges. Zu viel! Eine Zeitlang praktizierte hier ein Arzt, der sich leidenschaftlich der völligen Ausmerzung psychischer Erkrankungen verschrieben hatte. Er verabscheute jedes atypische Verhalten von Menschen. Was sich nicht erklären ließ, war für ihn wider die Natur, wie ein persönlicher Affront. Bei den sogenannten Behandlungen seiner bedauernswerten *Patienten* berief er sich auch auf einen Neurologen namens Dr. Walter Freeman. Sagt Ihnen der Name etwas? Nein? Nun, woher auch! Der Begriff *Lobotomie* ebenfalls nicht?"

Auf sein Kopfschütteln starrt sie einen Moment blicklos zu Boden. Der Hüne wird wieder nervös, sie streicht ihm beruhigend über den Arm und fährt mit ihrer Erzählung fort.

„Jener Arzt führte Lobotomien durch. Mit sehr unterschiedlichen Ergebnissen. Nur eines war immer gleich, kein Operierter wurde danach wieder wie vorher – und es blieb maximal der Verstand eines Kindes zurück. Oft nicht einmal das. Doch nicht nur mental kranke Menschen, auch Streuner und Straffällige zählten zu seinen Opfern. Eines Nachts glitt eine Barke lautlos an den Anleger vor der Anstalt. Ein wohlhabender Kaufmann brachte heimlich seine Tochter ins Krankenhaus. Sie war erst vierzehn, hatte eine blühende Fantasie und war aufgeweckter als andere Mädchen in ihrem Alter. Ihr Vater fürchtete, sie könne ihn mit ihrem unziemlichen Verhalten in Verruf bringen. Er nahm an, ein kleiner Aufenthalt in einer geschlossenen Einrichtung würde sie kurieren. Viel Geld wechselte den Besitzer. Zur gleichen Zeit wurde auch ein fünfzehnjähriger Straßenjunge eingeliefert. Ihm fehlte nichts, er hatte lediglich mehrere kleine Diebstähle begangen. Ausgerechnet der arme Junge und das reiche Mädchen wurden unzertrennlich. Als das dem Kaufmann bei einem seiner seltenen Besuche auffiel, beschwerte er sich bei dem Arzt. Der unterzog den Jungen daraufhin einer Lobotomie. Er hatte aber nicht mit der starken Verbindung zwischen den beiden Jugendlichen gerechnet. Als das Mädchen nämlich erkannte, was aus ihrem einzigen Freund geworden war, versuchte sie, sich das Leben zu nehmen. Zu der Zeit lebte eine Haushälterin in der Anstalt. Sie war eine schlichte, aber ehrliche Frau und die *Behandlungen* des Arztes waren ihr zutiefst zuwider. Sie kümmerte sich rührend um die Opfer und nahm auch das Mädchen unter ihre Fittiche. Doch einige Monate später gelang es der mittlerweile Sechzehnjährigen dennoch, sich umzubringen. Sie stürzte sich vom Glockenturm. Eine tragische Geschichte, es heißt, die beiden jungen Menschen hatten zusammen fliehen wollen, bevor der Junge operiert worden ist. Und dann, nur kurze Zeit nach dem Selbstmord des Mädchens, stürzte der Arzt von derselben Stelle in den Tod. Die Geister seiner Opfer sollen ihn dazu getrieben haben."

Sie schweigt erschöpft. Marco weiß, dass das Krankenhaus vor etwa zwanzig Jahren geschlossen wurde. Einzelheiten kennt er nicht. Er hat allerdings das Gefühl, nicht die ganze Wahrheit gehört zu haben.

„Diese Geschichte kannte ich nicht! Ich frage mich aber, was die Fremden auf der Insel damit zu tun haben?"

„Nichts! Es sind Schmuggler, die die Katakomben des Krankenhauses als Versteck nutzen."

Maria sieht unruhig zur Hecke. Die Dämmerung ist inzwischen vorangeschritten.

„Wir sollten zu unseren Booten, bevor sie entdeckt werden!"

„Wer ist der Tote neben dem Pfad?"

Sie ist schon auf dem Weg durch die Zweige nach draußen. Ungeduldig winkt sie Luca, ihr zu folgen. Dann zögert sie. Schließlich sagt sie: „Einer von denen. Er hat mich bedroht, als ich Luca besuchen wollte. Sie suchen ihn. Okay?!"

Langsam folgt Marco den beiden. Im letzten Moment hebt er das Blechkästchen auf und nimmt es mit. Es ist schwierig, im Halbdunkel leise voranzukommen. Die Schatten verwandeln den unebenen Boden in eine gefährliche Stolperfalle. Am Rande des Dickichts, kurz vor der rettenden Bucht, bleiben sie stehen. Marco dreht sich um und sieht den Schein mehrerer Taschenlampen durchs Unterholz leuchten. Sollen sie losrennen und ihr Glück versuchen? Aber die Verbrecher sind sicher bewaffnet. Plötzlich werden hinter ihnen Rufe laut.

„Der Tote. Sie müssen ihn entdeckt haben", zischt Maria.

In dem Augenblick hebt Luca sie einfach hoch und läuft mit ihr über das freie Gelände zu den beiden Booten. Der Riese läuft erstaunlich leichtfüßig. Marco folgt ihm. Da zucken Lichtkegel über das Gelände vor ihnen, gleiten über die Boote, versinken im Meer. Dann Schüsse.

„Stop!"

Luca läuft mit Maria im Zickzack und Marco versucht dieselbe Taktik. Sie schaffen es, ihre Boote zu erreichen. Maria ruft etwas. Marco fummelt wie besessen am Motor, endlich gelingt es ihm, das Ding zu starten. Luca und Maria haben ihren Motor ebenfalls in Gang gebracht und nach einem Sprung wie ein bockiges Pferd schießt ihr Boot übers Wasser davon. Ein Schauer kleiner Wassertropfen fliegt bis zu Marco. Er ist nicht ganz so schnell, doch zum Glück haben ihre Verfolger keine Boote in der Nähe. Einige Kugeln klatschen hinter ihm ins Meer.

Nach kurzer Fahrt beruhigt sich sein Herzschlag und er schaltet die Beleuchtung ein. Die Verfolger sind nicht zu sehen. Er atmet auf und orientiert sich. Langsamer tuckert er weiter. Der Mond liegt silbern auf der Wasseroberfläche. Maria und Luca sind verschwunden. Fast könnte er glauben, alles nur geträumt zu haben – wäre da nicht die verbeulte Blechkassette in seinem Boot.

Zurück im vertrauten Netz kleiner Kanäle fährt er leise bis zu seinem Anleger. Sorgfältig vertäut er das Boot. Dann richtet er sich auf, sein Blick fällt auf die Kassette, die er am Kai abgestellt hat. Er setzt sich neben sie auf die Steinplatten. Vorsichtig nimmt er sie in die Hand. Die Farbe ist schon vor langer Zeit abgeblättert und die Reste sind auch im hellen Mondlicht kaum zu erkennen. Blau, vermutet er, sie könnte blau gewesen sein. Er versucht, den Deckel zu heben, der verbogen ist und Widerstand leistet.

Er schließt einen Moment die Augen. Hat er das Recht, dieses Kästchen zu öffnen? Das Wasser plätschert sanft gegen die Holzpfähle am Anleger. „Schau hinein!", hatte Maria vor ihrem Verschwinden in die Dunkelheit gerufen. Schließlich reißt er sich zusammen und macht weiter, und endlich hebt sich der Deckel.

Er findet Zeitungsausschnitte mit Artikeln über die Anstalt, zwei Ausweise. Das Bild einer jungen Frau, kaum zu erkennen. Auf dem anderen Ausweis das Foto eines jungen Mannes. Wenn er sich dies Foto genau anschaut, kann er Luca darin sehen. Marco überlegt, ob wohl die Haushälterin die Ausweise der beiden in der Kassette verwahrt hat. Etwas daran kommt ihm seltsam vor. Der Bursche ist durch die Lobotomie zum ewigen Kind geworden, die junge Frau ist tot. Warum sollte also jemand die Papiere aufbewahren? Die Antwort findet er in Form eines Briefumschlags am Boden der Kassette. Darin eine Geburtsurkunde und ein Brief der Haushälterin.

Nach dem Lesen bleibt Marco lange einfach sitzen. Dann legt er alles zurück und schließt die Kassette.

Die junge Frau hatte vor ihrem Tod im Krankenhaus von Poveglia entbunden. Heimlich. Nur wenige Stunden später stürzte sie sich vom Turm. Bald darauf starb auch der Arzt und die Haushälterin verließ mit dem Neugeborenen die Insel. Sie hat den reichen Kaufmann offenbar nie über die Existenz seiner Enkelin Maria informiert.

Marco steht auf. Er wirft einen Blick zurück ins Boot. Die Moeche sind nicht mehr zu verkaufen gewesen, er hat sie am Lido in die Lagune gekippt. Fast haben sie ihm leidgetan, die nackten Krebse. Ihre Hilflosigkeit hat ihn irgendwie an den sanften Riesen Luca erinnert. Maria hatte jahrelang nach ihm gesucht. Nur um sie zu beschützen, war er gewalttätig geworden. Ob er ahnt, dass sie seine Tochter ist? Marco seufzt. Er hofft, die beiden werden irgendwo Frieden finden.

Der Bug des Schnellboots schneidet durchs Wasser. Er steht direkt hinter der Schutzscheibe, Gischt schäumt ihm entgegen. Er ist kein Fischer, nur für seinen Vater, einmal im Jahr. Sein Vater war einer der letzten Moeche-Fischer, Marco fängt andere Fische. Heute vielleicht sogar ein paar ganz große. Heute wird er mit seinen Leuten ein Schmugglernest ausheben. Kleine Fische wirft er zurück ins Meer.

Lilly Marlene

Michael Thode

Hamburg, Januar 2024

Mein Name ist Hauke Hinrichs. Ich arbeite seit dreißig Jahren bei der Polizei. Derzeit leite ich das Fachkommissariat für Tötungsdelikte und Todesermittlungen im Hamburger Landeskriminalamt 41.

Mein Team besteht aus sechs Mordbereitschaften mit jeweils einem Leiter und drei Ermittlern. Die Staatsanwaltschaft entscheidet, welche Fälle wir übernehmen. Wir überprüfen jedes Jahr mehr als sechstausend Todesfälle – zum Beispiel dann, wenn der Hausarzt keinen natürlichen Tod bescheinigen kann. Unsere Arbeit ist Teamarbeit, niemand klärt Tötungsdelikte im Alleingang auf.

Ich habe in den vergangenen dreißig Jahren viel gesehen: Jugendkriminalität, Drogendelikte, Bandenkriege, Kapitalverbrechen. Auch international war ich öfter unterwegs. So habe ich in der Karibik, in Südamerika und in Australien Fälle aufgeklärt, in denen deutsche Staatsbürger Opfer von Gewaltverbrechen wurden. Außerdem habe ich nach dem Tsunami in Südostasien vermisste Deutsche identifiziert und junge Polizisten im Kosovo ausgebildet.

Hier in Hamburg bin ich es gewohnt, unter Zeitdruck zu arbeiten. In der Mordkommission herrscht am Anfang eines neuen Falles zumeist Chaos, dann kommen die ersten Informationen auf den Tisch. Die Fakten sortieren sich, und am Ende setzt sich die Lösung wie ein Puzzle zu einem großen Ganzen zusammen.

Heute habe ich es mit einem ungewöhnlichen Fall zu tun, denn der Tatort liegt mitten auf dem Atlantik.

Die Kollegen der Bundesstelle für Seeunfalluntersuchung und der Bundespolizei See sind bei der Untersuchung eines Unglücks auf einem Fangschiff, das zur deutschen Fischereiflotte gehört, auf Ungereimtheiten gestoßen. Die Staatsanwaltschaft hat mich beauftragt, der Sache auf den Grund zu gehen.

* * *

Bundesstelle für Seeunfalluntersuchung (BSU)
Auszug aus dem Untersuchungsbericht 12/2023
Sehr schwerer Seeunfall
Überbordgehen und Tod eines Besatzungsmitgliedes des
Fischereifahrzeuges „Lilly Marlene"
auf dem Nordatlantik am 15.1.2023

Das unter deutscher Flagge fahrende Fischereifahrzeug „Lilly Marlene" mit Heimathafen in Hamburg erreichte das Fanggebiet westlich der Shetlandinseln am Abend des 11.1.2023. In den nächsten Tagen folgten die Fischer den wandernden Makrelenschwärmen.

In der Nacht vom 14.1.2023 zum 15.1.2023 befand sich das Schiff in internationalen Gewässern. Gegen 2:25 Uhr entdeckten der Kapitän und die beiden nautischen Offiziere auf der Brücke mit Hilfe der elektronischen Geräte einen großen Fischschwarm direkt vor dem Bug der „Lilly Marlene". Die auf dem Deck eingesetzten Fischer erhielten daraufhin durch drei kurze Klingelzeichen das Signal, mit dem Ausbringen des Netzes zu beginnen. Sie trugen dabei Schutzhelme und die vorgeschriebenen Rettungswesten.

Die Westen verfügen allesamt über integrierte Notfunksender.

Die Arbeit war um 2:45 Uhr abgeschlossen. Die sechs Fischer verließen daraufhin das Deck und kehrten zurück in den Aufenthaltsraum. Dort legten sie die Rettungswesten ab, denn sie gingen davon aus, dass sie eine längere Pause haben würden.

Gegen 2:50 Uhr bewertete die Schiffsführung den Makrelenschwarm als ungewöhnlich groß. Um das Fanggeschirr nicht zu beschädigen, wurde sofort mit dem Hieven des Netzes begonnen.

Zeitgleich wurden die Fischer durch ein akustisches Signal zurück auf das Deck gerufen, um das Fanggeschirr einzuholen. Da das Signal ungewöhnlich kurz nach dem Ausbringen des Netzes ertönte, gingen die Männer irrtümlich davon aus, dass sie eine andere Arbeit ausführen sollten. Sie trugen zwar ihre Schutzhelme, jedoch nicht die für das Heben des Fanggeschirrs vorgeschriebenen Rettungswesten.

Während der anschließenden Arbeiten kletterte einer der Fischer auf die Reling der „Lilly Marlene", um von dort aus eine Hilfsleine zu erreichen. Dabei lehnte er sich mit seinem Oberkörper außenbords, verlor das Gleichgewicht und stürzte in das Wasser.

Zu diesem Zeitpunkt wehte der Wind mit 4 – 5 Bft aus südwestlicher Richtung. Die Wellenhöhe betrug 2,5 Meter und die Wassertemperatur 7 Grad. Die Sicht war durch Nieselregen beeinträchtigt.

* * *

Hamburg, Januar 2024

Meine Kollegin Urte Winkler begleitet Nils Rasmussen, den Kapitän der *Lilly Marlene*, vom Empfang zum Vernehmungsraum.

Als Rasmussen mir gegenübersteht, denke ich unwillkürlich an Jürgen Prochnow, der in der ersten Verfilmung von Lothar-Günther Buchheims Roman „Das Boot" den Kommandanten spielt: Herr Kaleun. Sie haben ähnliche Gesichtszüge und beide tragen einen Vollbart.

Rasmussen mustert mich mit einem stechenden Blick, den ich nicht vergessen werde.

„Guten Morgen Herr Rasmussen", begrüße ich ihn und weise ihm mit einer entsprechenden Handbewegung einen Stuhl zu. „Bitte nehmen Sie Platz."

Seine Lippen sind schmal wie ein Bindfaden, während er sich gegenüber von Urte und mir an den Tisch setzt.

Urte ist IT-Forensikerin und beschäftigt sich bereits seit Wochen mit diesem Fall. Wir haben vereinbart, dass ich zu Beginn das Gespräch mit dem Kapitän führen werde. Sie soll nur einsteigen, falls ich etwas vergesse oder sie selbst Fragen hat.

Der krönende Abschluss des Gesprächs – der soll jedenfalls Urte zustehen!

Rasmussen sitzt kaum, da ergreift er auch schon das Wort. Seine Stimme ist ebenso hart und abweisend wie seine Mimik: „Ich stelle mir die Frage, warum ich schon wieder eine Aussage machen soll!"

„Die Informationen, die uns bisher vorliegen, haben ein paar Logikfehler", antworte ich. „Das möchten wir heute mit Ihnen klären!"

* * *

Bundesstelle für Seeunfalluntersuchung (BSU)
Auszug aus dem Untersuchungsbericht 12/2023

Sofort brachte einer der Fischer einen Rettungsring zum Einsatz, der mit einem Signallicht ausgestattet ist. Der Ring fiel etwa 5 Meter hinter dem Verunglückten ins Wasser und begann zu leuchten. Der Verunglückte konnte den Rettungsring nicht ergreifen.

Gleichzeitig wurde die Schiffsführung auf der Brücke von dem Vorfall informiert. Dort wurden die notwendigen Maßnahmen ergriffen.

Der Kapitän ging mit der „Lilly Marlene" auf Gegenkurs, um an die Unfallposition zurückzukehren. Zu diesem Zeitpunkt ging er noch davon aus, dass der Verunglückte seine Rettungsweste trug und anhand des integrierten Notfunksenders geortet und gerettet werden könne.

Weiterhin wurden die Ausguckposten besetzt und ein hochmotorisiertes Beiboot ausgebracht. Es steuerte den leuchtenden Rettungsring direkt an, um in der unmittelbaren Nähe zu suchen. Sämtliche Bemühungen blieben erfolglos.

Um 3:30 Uhr bat einer der Offiziere das in der Nähe befindliche Fischereischiff „Esperanza" per Funk um Unterstützung bei der Suche. Im Laufe der folgenden 60 Minuten kamen die Fischereifahrzeuge „Anna Helena", „Unity", „Northstar", „Polar Amaroq", „Viking" sowie ein Hubschrauber der Shetland Coastguard hinzu.

* * *

Hamburg, Januar 2024

Den Beginn der Vernehmung gestalte ich unverfänglich: „Wie ich den Unterlagen entnehme, haben Sie über dreißig Jahre Erfahrung als Hochseefischer."

Rasmussen nickt. „Ich habe alles von der Pike auf gelernt. Zuerst eine Ausbildung zum Fischwirt, dann Decksdienst bei einem Hochseefischer, Nautik und Kapitänspatent. Meine Familie stammt aus Altona, unsere Wurzeln als Fischer gehen zurück bis ins siebzehnte Jahrhundert."

„Hat die *Lilly Marlene* deswegen ihren Heimathafen hier in Hamburg?"

„Ja, außer uns gibt es hier keine anderen Hochseefischer mehr. Wir sind die letzten. Mir ist wichtig, die Familientradition fortzusetzen. Alle anderen Schiffe der Reederei sind in Rostock stationiert."

„Entladen Sie auch hier in Hamburg?"

„Nein, entweder in Bremerhaven oder in IJmuiden. Das sind für uns die am besten erreichbaren Fischereihäfen in Deutschland und in den Niederlanden. Wenn wir zum Löschen des Fangs nach Rostock fahren müssten, könnten wir unseren Rhythmus nicht halten."

„Welchen Rhythmus?"

„Während der Makrelen-Saison zwischen September und März sind wir abwechselnd vierzehn Tage auf dem Atlantik zum Fischen und zwei Tage im Hafen zum Löschen der Ladung."

„Das klingt hart!"

„Haben Sie mich eingeladen, um mir das zu sagen?"

* * *

Bundesstelle für Seeunfalluntersuchung (BSU)
Auszug aus dem Untersuchungsbericht 12/2023

Um 5:25 Uhr entdeckte ein Ausguck der „Polar Amaroq" zunächst den Helm des Verunglückten, um 5:30 Uhr dann den Vermissten selbst. Die „Polar Amaroq" stoppte zwar auf, jedoch ging der Sichtkontakt wieder verloren.

Dem Hubschrauber der Shetland Coastguard gelang es um 6:10 Uhr, die „Polar Amaroq" zu dem Verunglückten zu dirigieren. Um 6:20 Uhr sicherte die Besatzung ihn mit einer Leine am Schiff.

Für die Bergung wurde das Beiboot der „Lilly Marlene" eingesetzt, und um 6:30 Uhr konnte der Verunglückte an Bord genommen werden.

Damit endete die Such- und Rettungsaktion.

Aufgrund der Auffindesituation des Verunglückten und der mehrstündigen Dauer bis zu seiner Bergung ging die Besatzung der „Lilly Marlene" vom Tod des Verunglückten aus. Dies wurde um 7:45 Uhr offiziell durch einen zum Schiff geflogenen Arzt bestätigt.

Der Leichnam wurde mit dem Hubschrauber der Shetland Coastguard an Land geflogen.

* * *

Hamburg, Januar 2024

Rasmussen scheint ein wenig aufzutauen. Ich nutze die Gelegenheit und lenke das Gespräch in Richtung der Besatzungsmitglieder: „Ich stelle mir die Arbeit als Hochseefischer außerordentlich anstrengend vor. Viele, viele Wochen auf dem Atlantik als Spielball von Wind und Wellen. Da müssen sicherlich alle Rädchen präzise ineinandergreifen."

„Wie meinen Sie das?"

„Ich denke dabei an Technik und Besatzung", erwidere ich. Zum ersten Mal sehe ich Rasmussen lächeln.

„Das ist richtig. Die *Lilly Marlene* ist ein Fang- und Gefrierschiff. Das bedeutet, dass wir die Fische sofort nach dem Fangen frosten. Wir verfügen über ein riesiges Tiefkühllager, in dem wir die Kartons mit den verpackten Fischblöcken lagern. Außerdem haben wir Tanks, in denen wir Fisch, den wir nicht sofort verarbeiten können, lebend lagern. Um das alles zu bewältigen, fahren wir mit fast fünfzig Mann Besatzung."

„Ich nehme an, dass Sie ein eingespieltes Team sind?"

„Je besser wir zusammen funktionieren, desto leichter ist es für alle."

„Das kann ich sehr gut nachvollziehen", kommentiere ich und leite über zu dem Toten: „Der Verunglückte heißt Lars Claussen?"

„Ja, das ist richtig."

„Stimmt meine Info, dass er neu an Bord war?"

„Es war seine zweite Fahrt."

„Passte er zu dem Rest der Besatzung?"

Rasmussen antwortet nicht spontan, sondern überlegt. Schließlich sagt er: „Claussen war ein erfahrener Mann. Er hat über zehn Jahre für die Reederei gearbeitet."

„Ich habe eher gemeint, ob er menschlich ins Team passte?"

* * *

Bundesstelle für Seeunfalluntersuchung (BSU)
Auszug aus dem Untersuchungsbericht 12/2023

Während des eigentlichen Unfallhergangs verteilten sich die sechs Fischer für das Hieven des Fanggeschirrs auf den üblichen Positionen. Der Bootsmann nahm seinen Platz in der Mitte des Achterschiffes ein, um die Übersicht zu behalten. Der Kranführer begab sich zu dem Bedienstand des Kranes. Zwei Fischer begaben sich auf die Backbordseite, zwei weitere Fischer (Alexander Krause und der Verunglückte Lars Claussen) auf die Steuerbordseite.

Während des Hievens des Fanggeschirrs war es unter anderem erforderlich, die Verbindung zwischen dem Netz und den Winden herzustellen (nähere Erläuterungen im Anhang). Während dieser Arbeit fiel Lars Claussen gegen 3:00 Uhr über Bord.

Sofort sprang der Kranführer von seiner Arbeitsplattform, ergriff einen Rettungsring und schleuderte ihn in Richtung des Verunglückten.

Der Sturz wurde durch vier Besatzungsmitglieder beobachtet: auf der Brücke von dem Kapitän und einem nautischen Offizier sowie auf dem Schiffsdeck von dem Bootsmann und dem Kranführer.

Der mit dem Verunglückten zusammenarbeitende und sich somit in unmittelbarer Nähe befindliche Fischer Alexander Krause bemerkte den Sturz nach eigener Aussage nicht. Er hatte sich in diesem Moment abgewandt, um ein Werkzeug an seinen Platz zurückzuhängen.

* * *

Hamburg, Januar 2024

Rasmussen zuckt mit den Schultern. „Keine Ahnung, ob Claussen ins Team gepasst hat. Er war neu an Bord, ich konnte mir in der kurzen Zeit kein rechtes Bild von ihm machen."

Ich frage weiter: „Sie haben in Ihrer Zeugenaussage zu Protokoll gegeben, dass Sie Claussens Sturz in das Wasser beobachtet haben?"

„Ja, das habe ich", bestätigt Rasmussen. „Ich kann überhaupt nicht nachvollziehen, was ihm da in den Kopf gekommen ist. Es ist lebensgefährlich, sich mitten auf dem Atlantik außenbords zu lehnen."

„Soweit ich weiß, hat er keine Rettungsweste getragen."

Ich beobachte, dass Rasmussen beginnt, seine Hände im Schoß zu kneten. Er erwidert: „Das stimmt leider. Ein sehr unglücklicher Kommunikationsfehler. Zukünftig stellen wir sicher, dass sich so etwas nicht wiederholt. Die Reederei ist in einem engen Austausch mit der BSU. Die gesamte Fangflotte ist sensibilisiert."

„Der Kollege, der direkt neben Claussen gearbeitet hat, hat von dem Sturz ins Wasser nichts mitbekommen?"

„Nein, absolut nicht. Der hatte sich gerade weggedreht, um eine Stange wegzuhängen. Er brauchte sie, um eine Leine zum Einholen des Netzes zu erreichen."

* * *

Bundesstelle für Seeunfalluntersuchung (BSU)
Auszug aus dem Untersuchungsbericht 12/2023

Die BSU wurde am Morgen des 15.1.2023 durch die britische Marine Accident Investigation Branch über den Unfall informiert. Mit der Reederei der „Lilly Marlene" wurde vereinbart, das Schiff unmittelbar nach seiner Rückkehr nach Bremerhaven zu besichtigen sowie die Besatzungsmitglieder zu befragen. Die Ermittlungen fanden am 25.1.2023 gemeinsam mit Beamten der Bundespolizei See statt.

Nach Ansicht der Ermittler war der Unfallort von den Positionen, auf denen sich der Kapitän, der Bootsmann und der Kranführer befanden, nicht einsehbar. Die direkte Sicht war für sie – entgegen ihren Aussagen – nicht möglich, da die installierten Einrichtungen und die an den Seiten gelagerten Ausrüstungsteile dies unmöglich machten (siehe Abbildungen im Anhang).

Lediglich der nautische Offizier, der auf der Brücke das Kamerasystem überwachte, hatte die Möglichkeit, den Sturz des Verunglückten zu beobachten.

* * *

Hamburg, Januar 2024

Nun bin ich wieder an der Reihe. Ich erhöhe den Druck: „Kapitän Rasmussen, Sie haben gelogen! Das Gutachten der BSU kommt unmissverständlich zu dem Schluss, dass Sie den Sturz nicht beobachtet haben können!"

Rasmussen schüttelt den Kopf. „Ich habe gesehen, was ich gesehen habe!"

Ich setze nach: „Der Bootsmann und der Kranführer haben genauso gelogen wie Sie! Und ich stelle mir die Frage, was Sie dazu veranlasst haben könnte!"

124

Ich habe erwartet, dass Rasmussen darauf keine Antwort geben wird. Stattdessen zischt er: „Das ist lächerlich!"

Zum Abschluss habe ich eine rein technische Frage: „Verfügt die *Lilly Marlene* über einen Datenschreiber?"

Rasmussens Antwort schießt förmlich aus seinem Mund: „Selbstverständlich!"

* * *

Bundesstelle für Seeunfalluntersuchung (BSU)
Auszug aus dem Untersuchungsbericht 12/2023

Die „Lilly Marlene" ist mit allen technischen Geräten ausgestattet, die von der Berufsgenossenschaft vorgeschrieben sind. Dazu zählen ein elektronisches Seekartensystem, ein schwenkbares Kamerasystem für den Einsatz bei Tag und Nacht sowie ein Datenschreiber.

Für die Untersuchung standen keine Aufzeichnungen dieser Geräte zur Verfügung, da die Schiffsführung – entgegen der eindeutigen und verbindlichen Handlungsanweisungen – keine Speicherungen durchführte.

Daher beruht die Schilderung des Unfallhergangs ausschließlich auf schriftlichen und mündlichen Angaben der beteiligten Besatzungsmitglieder.

* * *

Hamburg, Januar 2024

Ich frage Rasmussen: „Welche Funktion hat der Datenschreiber?"

„Das können Sie sich als Blackbox vorstellen, die in einer besonders sicheren Schutzkapsel untergebracht ist. Der

Datenschreiber zeichnet sämtliche Schiffsdaten auf und kann nach einem Unglück durch Behörden und Reedereien ausgewertet werden."

„Um welche Daten handelt es sich dabei?"

„Stimmen und Geräusche auf der Brücke, Schiffspositionen, Geschwindigkeiten, Telefongespräche, Funkverkehr und so weiter."

„Warum gibt es keine Aufzeichnungen aus der Unglücksnacht?"

„Der Speicher reicht nur für zwölf Stunden, danach werden die Daten automatisch überschrieben. Eine langfristige Sicherung setzt voraus, dass auf der Brücke ein Notfallknopf gedrückt wird."

„Aha", erwidere ich und beobachte, dass ein kaum sichtbares Zucken Rasmussens Lippen umspielt. „Und das haben Sie in der Unglücksnacht vergessen?"

Er nickt. „So sieht es aus."

„Und die Aufnahmen der Kamera?"

Er zuckt bloß mit den Schultern. „Auch vergessen."

Ich blicke zu Urte hinüber. „Übernimmst du bitte?"

„Gern", erwidert sie und wendet sich an den Kapitän: „Ich bin IT-Forensikerin. Ich habe den Datenschreiber und die Aufnahmen der Videokameras gemeinsam mit meinem Team ausgewertet. Vorweg kann ich nur sagen: Die *Lilly Marlene* war für uns ein leichter Fall."

Während Urte spricht, beobachte ich Rasmussen. Seine Augenbrauen heben sich. Auf seiner Stirn bilden sich Falten.

Urte fährt fort: „Ich werde jetzt eine Sequenz abspielen, die eine Unterhaltung auf der Brücke zwischen Ihnen und einem der Offiziere wiedergibt."

Für einen kurzen Moment herrscht Stille, dann schallen zwei Stimmen klar und deutlich aus dem Lautsprecher:

Offizier: „Ich fasse es nicht! Krause hat es tatsächlich getan!"

Rasmussen: „Was hat er getan?"

Offizier: „Er hat Claussen gerade über die Reling gestoßen!"

Rasmussen: „Was?"

Offizier: „Claussen ist im Wasser! Mann über Bord!"

Rasmussen: „Scheiße!"

Offizier: „Das ist alles auf der Kamera!"

Rasmussen: „Scheiße!"

Offizier: „Einen Moment … Ich habe den Notfallknopf gedrückt."

Rasmussen: „Bist du bescheuert? Mach das Scheißding aus!"

Offizier: „Aus? Den Datenschreiber? Wirklich aus?"

Rasmussen: „AUS oder KAPUTT! Ist mir scheißegal!"

Offizier: „Das Wasser hat fünf Grad, das packt Claussen nicht lange!"

Rasmussen: „Das Netz muss erstmal rein!"

Offizier: „Was ist mit Mayday und dem Alarm an die Seenotrettung?"

Rasmussen: „Erst das Netz! Das hat ein Vermögen gekostet!"

Offizier: „Aber Claussen …"

Rasmussen: „Soll der Idiot doch nach Hause schwimmen!"

Da ist er wieder – der stechende Blick des Herrn Kaleun. Ich habe keine Zweifel, dass der mich in den nächsten Wochen öfter treffen wird.

Wenn im Jachthafen die Sägen singen

Kurt Geisler

Misstrauisch beäugte der Kieler Hauptkommissar Klaus Nielsen von einem Balkon des Olympiazentrums in Kiel-Schilksee
die tiefen Wolkenbänder, aus denen stürmischer Westwind
gewaltige Regenmassen durch das gespenstische Hafenvorfeld fegte. Nach einer Wetterberuhigung sah das nicht gerade
aus. Der Kripomann zog die Kapuze seines Anoraks fester
über den Kopf, um seinen Nacken gegen die unangenehmen
Windstöße auf dem weitläufigen Areal des Jachthafens zu
schützen. Dieser war in Schnellbauweise in lebensbejahen-
dem Beton für die Segelolympiade 1972 angelegt worden und
bot nur wenig Schutz.

Kommissar Nielsen lag nun schon die dritte kalte Februar-
nacht an einer Betonbrüstung oberhalb des Winterlagers für
Segeljachten auf der Lauer. An die einhundert Boote waren
dort zum Überwintern auf unterschiedlichsten Holzgestellen
aufgebockt, sicher kaum eines unter hunderttausend Euro zu
haben. Der Traum vom Meer hat eben seinen Preis. Etliche
Planen hatten sich im Sturm von den Booten gelöst und knat-
terten laut im Wind. Wanten klimperten an den Masten ihr
eigenes Lied, und irgendwo schlug eine klappernde Holztür
laut den Takt dazu.

Eigentlich war er längst zu alt für diesen Scheiß, dachte der
Mittfünfziger. Zumal er deutlich einige Kilo zu viel auf den
Rippen hatte, unter denen sein Herz bisweilen schon ächzte.
Solche Außeneinsätze unter diesen Bedingungen und noch
dazu bei gefühlten Temperaturen um den Gefrierpunkt
waren eigentlich Sache der jüngeren Kollegen und nicht die

eines Dienststellenleiters. Sollten die sich doch den Mors auf kaltem Beton abfrieren. Aber die Personallage bei ihnen in Kiel ließ es nicht anders zu. Gute Ermittler waren da ebenso Mangelware wie Fachkräfte überall sonst in der Wirtschaft. Und Krankmeldungen oder Schwangerschaften überspannten die Situation noch zusätzlich.

Nicht einmal an eine Thermosflasche mit einem Heißgetränk hatte er gedacht. Ein steifer Grog würde seinen Lebensgeistern vermutlich guttun, aber nun musste es irgendwie auch so gehen.

Gebannt schaute der Kieler Hauptkommissar fröstelnd in die Nacht. Mit dem Heulen und Pfeifen der Sturmböen fühlte er sich im Jachthafen an ein Schlachtfeld erinnert: Zwei Bootsbesitzer waren in den letzten beiden Nächten durch Brandstiftung auf ihren Jachten in den Flammen ums Leben gekommen. Natürlich war der nächtliche Aufenthalt von Schiffseignern im Winterlager von den Hafenmeistern nicht sonderlich erwünscht, aber wer sollte so etwas schon kontrollieren?

Bislang hatte Hauptkommissar Nielsen bei seinen Nachteinsätzen wenig Verdächtiges entdecken können. Auffällig war in den letzten Tagen lediglich ein Pritschenwagen der Strander Jachtwerft, der immer wieder auf dem Gelände gesichtet wurde. So richtig verdächtig war das aber nicht, denn fast alle aufgelegten Schiffe wurden im Winter überholt. Der Werbespruch am Fahrzeug hatte den Kommissar eher amüsiert: „Schiff im Eimer, ruf den Beimer." Auch schlechte Werbung ist gute Werbung, dachte er.

Aber worum konnte es bei den Anschlägen auf dem Hafenvorfeld gehen? Racheakte, Versicherungsbetrug, Erbschleicherei, Schmuggel? Oder vielleicht sogar Spionage? War er als Hauptermittler womöglich auf der falschen Spur? Fragen über Fragen stellten sich ihm und so hing er bibbernd seinen Gedanken nach, bis sein Smartphone vibrierte. Am anderen Ende der Leitung war Oberkommissar Jens Stöven, sein einziger Mitarbeiter im Team, das diesen Titel bisher eigentlich nicht verdiente.

„Chef, kommen Sie bitte schnell. Ich habe wieder dieses singende Geräusch einer Motorsäge gehört. Diesmal irgendwo am nördlichen Ende des Hafenvorfelds."

Erleichtert atmete Nielsen auf. Vermutlich waren sie also doch auf der richtigen Fährte. Mehrfach in den letzten Wochen war die Polizei genau wegen solcher Geräusche alarmiert worden, aber jedes Mal waren die Kollegen zu spät gekommen. Dabei war das Schema immer das gleiche: Mit einer Motorsäge flexten Unbekannte die Bootsrümpfe auf und bedienten sich am Inneren in aller Seelenruhe.

Fluchend hastete Kommissar Nielsen die Betontreppen hinunter und bahnte sich mühsam den Weg durch das unwirtliche Bootslager. Immer wieder wurden Schutzplanen von Sturmböen hochgewirbelt und heftig geschüttelt und drohten, ihm um die Ohren zu schlagen. An einigen Stellen, an denen Segeljachten besonders dicht beisammenstanden, war es stockfinster. Er musste höllisch aufpassen, um nicht über eines der vielen Sicherungsseile zu stolpern.

Kurz vor der äußeren Umzäunung des Bootslagers hielt er inne, um seinen Kollegen zu orten. In diesem Moment vernahm Kommissar Nielsen zum ersten Mal selbst das singende Geräusch der Säge, gar nicht mal so leise. Der Tatort konnte nicht mehr allzu weit entfernt sein. Erstaunlich war, dass der oder die Täter sich keinerlei Mühe gaben, Lärm zu vermeiden. Offenbar fühlten sie sich sehr sicher, obwohl sie nie über das Deck in die Kajüte einbrachen. Nein, zielgerichtet legten sie mit ihren Flex-Säbelsägen Flächen in den Bootsrümpfen frei. Immer genau an den Stellen, wo üblicherweise Kajütmöbel unter Deck verbaut waren und wo auch im Winter noch einigermaßen wertvolles Gut zu vermuten war. Die Täter mussten sich mit den unterschiedlichsten Bootstypen bestens auskennen, denn immer hatten sie gute Beute gemacht: Navigationsgeräte, Schmuck, Alkohol und manchmal sogar etwas Bargeld.

Gravierender waren jedoch die Schäden an den Segeljachten, denn nach den Diebstählen wurde im Bauch der Schiffe stets ein kleiner Brandsatz deponiert. Bisweilen sprangen die Rauchmelder an, aber die Kajuträume waren meistens trotzdem verwüstet, bevor die Feuerwehr eintraf. Und zwei Schiffseigner, die unerlaubterweise an Bord übernachtet hatten, kostete es sogar das Leben. In den meisten Segelvereinen und Jachthäfen an der Kieler Förde waren daraufhin Nachtwachen aufgestellt worden, an die Hilfe der Polizei glaubte offenbar kaum jemand.

Das ging sogar Nielsens Chef über die Hutschnur. So hatte der Polizeidirektor zu Jahresbeginn die „SoKo Flex" gebildet, um die Einbruchsserie mit Tötungsdelikten schnellstmöglich aufzuklären und die Medien im Zaun zu halten. Auch wenn eine echte Sonderkommission natürlich ganz anders aussah und normalerweise mehr Möglichkeiten hatte.

Kommissar Nielsens Blick wanderte durch die Gänge des Lagers, die er langsam abschritt. Seine Aufmerksamkeit wurde immer wieder vom mehr oder weniger lauter werdenden Gesang der Motorsäge in Bann gezogen, die offenbar mehrfach neu angesetzt wurde. Im Vexierspiel von Licht und Schatten durch die aufplusternden Schutzplanen war es ihm nicht möglich, irgendwelche menschlichen Bewegungen auszumachen. Sollte er vielleicht besser einen Hubschrauber anfordern? Aber wie viel konnte der mit seinem Suchscheinwerfer ausrichten?

Auf einmal hörte er die zischende Stimme von Oberkommissar Stöven. „Chef, schnell. Hierher!"

Nielsen kämpfte sich mühselig durch flatternde Planen, bis er Stöven endlich sah. Gerade, als er ihm anerkennend auf die Schulter klopfen wollte, sah er schon die Bescherung: Aus einem aufgesägtem Bootsrumpf quoll dicker Rauch, obwohl er keine Explosion gehört hatte. Nun mochte es nicht jedermanns Geschmack sein, ein Segelboot *Andrea Doria* zu nennen. Ausgerechnet nach dem italienischen Passagierschiff gleichen Namens, das in den fünfziger Jahren auf dem Weg nach New York mit einem anderen Schiff zusammengestoßen und bald darauf gekentert war. Mehrere Dutzend Menschen waren damals ertrunken. Aber das war gestern. Heute konnte er daran keine langen Gedanken verschwenden.

Als Oberkommissar Stöven in den Schiffsrumpf hineinlugte, wurde er von einer Explosion zurückgeworfen. Mit schnellen Schritten stürzte Kommissar Nielsen auf den Kollegen zu, um ihn zu stützen. „Mein Gott, Stöven, alles klar? Was ist denn hier nur los?"

Stöven winkte ab. Außer einer verrußten Nase schien er nichts Schlimmes abbekommen zu haben. Kommissar Nielsen zog sein Smartphone aus der Tasche, um Verstärkung anzufordern und die Feuerwehr zu alarmieren, denn zu zweit war eine SoKo im aktiven Einsatz glatt unterbesetzt. Im gleichen Moment hastete ein kräftiger Mann im grünen Overall mit einem Feuerlöscher an ihnen vorbei. Wo kam der denn auf einmal her?

„Feuerwehr ist nicht nötig, das haben wir gleich." Der Hüne in Arbeitskluft hielt den Schlauch des Feuerlöschers in den Bootsrumpf und betätigte das Ventil. Kaskaden weißen Löschschaums sprühten in das Innere des Boots und nach wenigen Sekunden war das Feuer erstickt. Der Typ hielt jedoch unbeirrt den Hebel des Feuerlöschers fest gedrückt, bis der gesamte Inhalt einen weißen Teppich in den Rumpf gelegt hatte. Dann wendete er sich mit sanfter Stimme Nielsen und Stöven zu. „Viel hilft viel, besser ist so."

Vorsichtig näherte sich Nielsen dem Retter in der Not. „Sehr eindrucksvoll. Ganz schön viel drin in so einem kleinen Feuerlöscher." Nielsens Ton verriet nicht, ob das anerkennend gemeint sein sollte. Der ungebetene Retter grinste selbstsicher. „Wie gesagt, viel hilft viel. ‚Schiff im Eimer, ruf den Beimer'. Man kennt mich gut in Skipperkreisen."

Das betonte Selbstbewusstsein irritierte den Kieler Ermittler und weckte erst recht seinen Argwohn. Zu viel Zufall, konnte das sein?

„So, so. Man kennt Sie also, Herr Beimer. Und warum treiben Sie sich ausgerechnet gerade hier und jetzt im Olympiazentrum mit einem Feuerlöscher herum?"

Der Mann blickte verdutzt. „Hallo? Ich bin Eigner der Strander Jachtwerft. Gelernter Tischler und Mitglied der Freiwilligen Feuerwehr. In letzter Zeit hat es hier immer wieder mal gebrannt. Irgendjemand musste da doch ein Auge drauf haben. Wer sind Sie denn überhaupt?"

Kommissar Nielsen zückte seinen Dienstausweis und machte sich groß. Er stellte sich dabei auf die Zehenspitzen, um deutlich zu machen, wer hier die Fragen stellte. Nämlich der Dienststellenleiter persönlich und niemand sonst. „Kripo Kiel. Und deshalb treiben Sie sich hier nächtens rum?" Sein Zweifel war jetzt deutlich herauszuhören.

Beimer gab klein bei. „Tja, ich verdiene mein Geld im Winter nun mal mit dem Innenausbau von Schiffen und schaue dabei nicht so auf die Uhr. Ich war zufällig auf einer Jacht nebenan, da habe ich den Knall gehört und bin schnell herübergelaufen. Wollte einfach nur helfen."

Nielsen blieb skeptisch. „Zu so später Stunde?" Er schaute demonstrativ auf seine Uhr. Aus Überstunden wäre längst Nachtschicht geworden.

„Für uns ist im Winter Hochsaison, da arbeite ich manchmal sechszehn Stunden am Stück. Dafür kann ich mich im

Hochsommer auch mal ohne Gewissensbisse an den Strand legen. Ich war unter Deck und habe neue Paneele verlegt, das braucht eben seine Zeit. Und fachmännisches Geschick." Er grinste überlegen.

Der Kieler Ermittler blieb misstrauisch und machte daraus auch keinen Hehl. „So, so. Das singende Geräusch einer Motorsäge vorher haben Sie natürlich nicht wahrgenommen?"

Der Bootsbauer sah ihn mit großen Augen an. „Ein singendes Geräusch? Von einer Motorsäge oder so? Nein, ich habe nur das Heulen des Sturms gehört. Ist das hier etwa ein Verhör? Brauche ich sogar einen Anwalt?"

Mürrisch überging der Kommissar die Frage. Normalerweise konnte er seinem Gefühl trauen. Das war auch nach so vielen Dienstjahren noch gut intakt. Aber er hatte nichts in der Hand. Nicht einmal ein Indiz. Das war ihm sowas von bewusst. „Noch nicht. Ich befrage Sie zunächst lediglich als Zeuge." Noch, dachte er allerdings bei sich. „Herr Beimer, haben Sie jemanden auf dem Gelände bemerkt, der hier nicht hergehört? Schon gar nicht zu dieser Stunde?"

Der Handwerker schaute irritiert. Entweder war er komplett unschuldig oder ein guter Schauspieler. „Nein. Bis jetzt nur Sie. Und den Mann dort mit der verrußten Nase." Er zeigt auf Nielsens Kollegen Stöven, der mit einem Taschentuch versuchte sein Gesicht zu säubern.

In diesem Moment tauchte aus dem Schatten unter dem Rumpf eines anderen Bootes eine männliche Person im Fischerhemd auf und näherte sich zögerlich. Kommissar Nielsen war perplex. Vorsichtshalber zückte er seine Dienstwaffe. „Keine Bewegung, Kripo Kiel. Wer sind Sie denn?"

Der Kerl im Fischerhemd zuckte zusammen, dann hob er langsam die Hände. Richtig beieinander wirkte er nicht. Aber wer wollte ihm das unter diesen Umständen auch verdenken.

Wirklich verdächtig aber auch nicht. Der Kommissar steckte seine Waffe zurück ins Holster.

„Mein Name ist Arne Petersen. Ich bin Eigner der Segeljacht *Esmeralda*, die liegt da gleich nebenan." Er zeigte vage in die Richtung der Explosion. „Ich habe erst das Singen einer Motorsäge vernommen und dann plötzlich einen Knall gehört. Ich wollte schnell nach dem Rechten sehen, aber unser Hardy hatte ja schon eingegriffen. Guter Mann, Gott sei Dank."

Beimer nickte erleichtert. „Schon gut, Arne. Solidarität ist unter Seglern schließlich das A und O. Irgendjemand muss den Eignern der Segelboote doch zu Hilfe kommen, die Polizei kann euch ja nicht schützen."

Die Lobhudelei, die den Besitzer der Bootswerft reinwaschen sollte, ärgerte den Hauptkommissar. Denn ein belastbares Alibi sah sicher anders aus. „Sie finden es also nicht komisch und haben kein Problem damit, Herr Petersen, dass sich Herr Beimer spätabends hier zwischen diesen sauteuren Jachten herumtreibt? Wie wir ermittelt haben, liegen die Versicherungswerte im Schnitt um die hunderttausend Euro, in etlichen Fällen auch weit drüber."

Arne Petersen erhob die Stimme und redete fast schon beschwörend auf den Kieler Ermittler ein. „Mein Herr, den Hardy Beimer kenne ich nun schon seit mehr als zwanzig Jahren. Wenn wir dem nicht trauen können, wem denn sonst? Für Hardy Beimer lege ich meine Hand ins Feuer. Ohne zu zögern."

Hoffentlich verbrennst du dich dabei nicht, dachte Nielsen, sagte aber nichts. Der Werftbesitzer nickte selbstgefällig, als bräuchte es noch eine Unterstreichung. Skeptisch beäugte Nielsen die lädierte Nase seines Oberkommissars, bevor er missgelaunt anfing, die Versammlung langsam aufzulösen. „Dann wird sich der Brandstifter vermutlich in Luft aufgelöst haben."

Wirkliche Überzeugung hörte sich anders an. Kaum dass er es ausgesprochen hatte, drang aus dem verqualmten Schiffsrumpf der *Andrea Doria* ein schwaches Hüsteln. Blitzschnell schnappte sich Arne Petersen eine Leiter und erklomm die Jacht. Wenig später tauchte er mit einer nach Luft schnappenden ältlichen, männlichen Person auf, deren Gesicht und Kleidung völlig verrußt waren. Ansonsten schien der Mann ganz okay zu sein. Kommissar Nielsen verstand die Welt nicht mehr. Wo kamen auf einmal die ganzen Leute her? Und das mitten in der Nacht auf einer Art Friedhof für Boote?

Der gerettete Skipper zeigte anklagend auf Beimer und krächzte etwas, das bei dem stürmischen Wetter kaum zu verstehen war. Rauch und Ruß hatten es sich offenbar auf seinen Stimmbändern bequem gemacht. Er hustete sich mühsam frei, was ihn sichtlich Kraft kostete. Arne Petersen klopfte ihm dabei auf den Rücken. Kommissar Nielsen war alarmiert und zog erneut seine Dienstwaffe. „Darf ich um Aufklärung bitten?"

Hardy Beimer wartete die gar nicht erst ab. Sein Gesicht zeigte Panik, nichts war mehr von seiner Selbstsicherheit zu sehen. Er drehte sich auf dem Absatz um und wollte die Flucht ergreifen. Aber Oberkommissar Stöven stürzte sich trotz seiner verrußten Nase und vermutlich auch eingeschränkter Sicht auf den Werfteigner und zwang ihn zu Boden. Jetzt nickte Hauptkommissar Nielsen anerkennend. Erstaunlich, wozu sein Team doch gut war.

Das schwächelnde, völlig verrußte Opfer schien so um die sechzig zu sein. Aber er war gut bei Verstand und sorgte schnell für Klarheit. „Beimer hat mein Boot aufgebrochen", fluchte er und zeigte dabei im spärlichen Nachtlicht auf den Delinquenten am Boden. Nielsen hatte zur Unterstützung das Licht an seinem Smartphone aktiviert. „Was macht Sie da so sicher?", fragte der Kommissar und leuchtete dem Opfer ins Gesicht.

„Ich habe in der Kajüte lediglich ein kleines Nickerchen gehalten, als keine zwanzig Zentimeter von mir entfernt die Bordwand von einer elektrischen Motorsäge aufgeschnitten wurde. Als Hardy einen Sprengsatz in den Rumpf legte, konnte ich sein Gesicht sehen. Ich habe ihn zweifelsfrei erkannt. Ich konnte mich gerade noch so in die Kombüse retten, bis es knallte. Dann folgte auch schon der Löschschaum."

Nielsen wartete, ob da noch was kommen würde. „Pfui, Hardy." Der verrußte Besitzer der *Andrea Doria* spuckte zur Bekräftigung in die Richtung des Mannes auf den Boden. Oberkommissar Stöven zückte Handschellen: die hanseatische Acht. Widerstandslos ließ sich der Bootsbauer festnehmen. Er hatte aufgegeben. Sein Gesicht und seine Körperhaltung strahlten nur noch Leere aus.

Arne Petersen von der *Esmeralda* musterte den Werfteigner verstört. „Warum, Hardy? Ich hätte meine Hand für dich ins Feuer gelegt. Viele von uns hätten das auch getan. Warum? Alles wegen der paar Wertsachen, die noch in den Booten sind?"

Ein Ruck ging durch Beimer, sein Blick wurde hart. „Wertsachen? Pah, das Zeug aus euren Booten habe ich gleich weggeschmissen. Ich brauchte dringend Aufträge, um über das Jahr zu kommen. Nicht nur über den Winter. Aber ihr Hobbybastler wollt ja alles selber machen. Und dann bestellt ihr das Material für eure Boote auch noch kostengünstig über das Internet im Ausland. Die Jacht kann nicht teuer genug sein, aber zu geizig, Geld für den Unterhalt durch einen Fachmann auszugeben." Blanker Hass sprach aus seinen Worten. Alle schauten ihn an, als brauchte es weitere Erklärungen.

„Wie soll man da überleben können? In diesem Winter war mein Auftragsbuch endlich wieder einmal voll. Schließlich habe auch ich Kosten, allein für meine neue Akkuflex musste ich tausend Euro berappen. Bei euch ist doch alles kaskoversichert."

Hauptkommissar Nielsen hatte genug gehört. Er fiel dem Brandstifter ins Wort. „Das mag sein, Herr Beimer, aber den beiden getöteten Schiffseignern hilft die Versicherung nicht mehr. Ihre Hände werden Sie jedenfalls längere Zeit von den Jachten lassen müssen. Und ob Ihre Werft das überleben wird, das ist jetzt die große Frage für Sie. Weniger ist eben oftmals mehr."

Nielsen wartete nur kurz auf eine Reaktion. Aber als die ausblieb, blieb er dienstüblich kurz angebunden. „Abführen, Kollege Stöven."

Nachdem sein Oberkommissar den überführten Bootsbauer an die herbeigerufenen uniformierten Kollegen von der Schutzpolizei übergeben hatte, wendete sich Nielsen dem ratlosen Arne Petersen zu. „Na, Herr Petersen, manchmal ist die Polizei besser als ihr Ruf. Wenn ich Ihnen einen Rat geben darf, legen Sie vorläufig lieber nicht mehr voreilig Ihre Hand für andere ins Feuer, wenn Sie im Sommer wieder auf der Kieler Förde schippern wollen. Kapiert?"

Arne Petersen nickte verstört.

Boje im Schlickwatt

Eva und Michael Jensen

Südfall war ein schönes Fleckchen. Auch nach siebenhundert Jahren kam Bahne Broder immer noch gern hierher. Als Rungholt noch stand, bevor die letzten Flecken Erde zu Halligen und Inseln wurden, war er an die Südspitze gewandert in den wenigen, freien Stunden, die sein Amt ihm ließ.

„De Pastor starrt wedder up de See", hieß es, wenn er dastand, die Soutane flatternd im Wind. Der Fluch hatte Broder gebunden: Er musste bleiben, als die anderen fortgerissen wurden. Ein Noah mit leerer Arche, ein Schäfer ohne Herde. Eine Seele ohne Körper.

Die Sicht von oben war überwältigend. Die Hever verwandelte sich vom trüben Wattenstrom zu einem glänzenden Band aus Edelsteinen. Das Grün der Wiesen war des Gartens Eden würdig, das Blau des Himmels lud ein, zu fliegen. Hundert Jahre hatte Broder in den vom Meer umtosten Resten seiner Kirche mit seinem Schicksal gehadert. Aber jedes Jahr im Sommer war er frei. Lange Zeit war vergangen, bis er endlich begriffen hatte, dass sein Gefängnis dann kurz zum Paradies wurde. Zaghaft hatte er mit Flunder und Lurch angefangen, dann mit Mäusen und Kaninchen. Enten waren zu plump, Seeschwalben zu unstet. Schließlich war er auf Möwen gekommen, die Freibeuter und Halunken der friesischen Lüfte. Majestätisch und dreist kaperten sie alles, was nicht festgebunden war. Sie waren gewitzt, wach und himmelsoffen.

Diesen und den letzten Sommer hieß seine Gastgeberin Gavina, ihre Mutter stammte aus Katalonien. Eine Prachtmöwe, abenteuerlustig, außerordentlich schlau. Das Schöne an Broders Reisen war, dass er nicht einfach Besitz von einem Tier ergriff. Sie ergänzten einander, vervollständigten sich zu beiderseitigem Nutzen. Gavina störte es nicht, sie war schon mancher Gefahr entwischt, weil Broder sie rechtzeitig gewarnt hatte. Und er ließ sich von ihr auf den neuesten Stand bringen. Er wusste zwar viel, aber die Entwicklungen der vergangenen sieben Jahrhunderte waren an ihm vorbeigegangen. Einiges hatte sich verändert seit der Groten Mandränke, der ersten großen Sturmflut, nach der Rungholt nicht mehr war. Er verstand nicht alles. Um ehrlich zu sein, sogar wenig. Überhaupt war die letzte Zeit die seltsamste aller Zeiten gewesen, die er bisher erlebt hatte. Doch Gavina erklärte ihm geduldig, was Automobile, Handys, Touristen und Pommes waren. Und er philosophierte über Augustinus, die Bedeutung der Beichte und die Sünde.

Am Nachmittag des letzten Junitags flogen sie über Nordstrand. Gavina hatte sich an seine Eigenheiten gewöhnt. Wenn er wieder von einer starken Melancholie befallen wurde, tat sie ihm den Gefallen, über den Hauptort der Halbinsel zu fliegen.

„O, min Odenbüll!", rief er. „Gleich daneben war der Wald von Rungholt. Alles fortgerissen. Mein Gott, welche Prüfung erlegtest du mir auf!"

„Sieh mal, Pastor." Gavina nahm bei Fuhlehörn Kurs auf eine kleine Gruppe Männer, die am Watt stand. „Dei sünd op de Weg to dien olde Dörp." Wenn Broder aus Wehmut in seine alte Sprache verfiel, tat sie ihm auch den Gefallen.

Ein Mann in sauberer, neuer Wathose marschierte los auf dem markierten Wattweg nach Südfall. In der Hand hielt er eine Karte.

„Is de Jong noch by Ferstaan?", rief Broder. „Di Flaut kummt bald. He schaft et nian bit Süüdfaal!"

*

Der Morgen begann bei abfallendem Wasser mit einer Runde über die Südhever. Da sahen sie ihn. Den Kopf vor Südfall. Das ablaufende Wasser legte ihn langsam frei wie eine festgezurrte Boje, die auf und ab, hin und her sprang. Immer wieder blieb er unter Wasser. Die See war launisch, kabbelig.

„Der ist hin", entfuhr es Gavina.

„Gott sei seiner Seele gnädig", erwiderte Broder.

„Liegt am Weg zur Hallig. Könnte es der Verrückte von gestern sein?"

„Sehr nah am Heverstrom", meinte Broder. „Gefährlicher Boden. Schlickwatt."

In diesem Moment sahen sie die *Seeschwalbe*, die sich gegen die einsetzende Ebbe nach Strucklahnungshörn kämpfte. Die Fischer Nils und Jonte hatten die Strudel, die sich um das unbekannte Objekt bildeten, sofort bemerkt.

„Auf Steuerbord, Jonte", hörten Gavina und Broder Nils rufen, der bereits die Maschine drosselte und leicht beidrehte. Zu nah ans Ufer konnten sie nicht. Außerhalb des Fahrwassers konnten sie im Wattenstrom bei ablaufendem Wasser auf Grund laufen. Die Schande, vor der eigenen Haustür zu havarieren, würde ewig auf ihnen lasten.

Jetzt war zu erkennen, dass der Kopf zu einem Körper gehörte. Ein Mann in Wathose, der im Schlick steckte, das Wasser tänzelte um ihn herum. Mal kippte er nach vorn, dann nach hinten. Als hielte ein unachtsamer Marionettenspieler die Fäden seiner Puppe nicht straff genug.

„Die alte Strafe der Friesen", murmelte Broder.

*

„Nils und Jonte haben vor Südfall einen Toten im Watt gefunden."

Tante Insa stellte den Becher auf den Tisch und der Kaffee schwappte über. Ich starrte die blauen Punkte der Tasse an, die Pfütze auf dem Holz, und versuchte, klar zu kommen –

mit dem Morgen, mit der Küchenbank und mit mir. Wieso saß ich hier und lag nicht in meinem Bett in der Gästekammer unterm Dach?

Sieben Uhr ist nicht meine Zeit, im Urlaub schon mal gar nicht. Trotzdem blieb ein Wort in meinem Hirn hängen wie mit den Widerhaken eines Fliegenbeins. Ist wohl eine besondere Form der Berufskrankheit.

„Einen Toten?"

„Sag ich doch." Tante Insa schob eine Pfanne auf den Herd. Fett zischte, es duftete nach Spiegelei. „Bis zur Brust steckt er im Watt. Nils und Jonte müssen ihm ein Tau umbinden, damit sie ihn mit dem Kahn rausziehen können."

Ich nippte am Kaffee. Tante Insas Kaffee ist ein Lebenselixier. Prompt stahlen sich die Lebensgeister zurück in meinen Körper, als hätten sie entschieden, dass es ihnen doch bei mir gefällt.

„Ist er tot?"

„Och, Aische!" Ein Teller mit Spiegelei und Krabben landete auf dem Tisch. „Morgens merkt man nicht, dass du Abitur hast. Davon rede ich doch die ganze Zeit! Der Mann ist mausetot! Jonte hat den Kopf für eine Boje gehalten bei abfallendem Wasser. Wie soll man das überleben? Also echt, weißt du."

Ächzend ließ sie sich auf dem Küchenstuhl nieder.

„Woher weißt du davon?"

„Von Elke." Ich erinnerte mich an das Klingeln. Das musste mich geweckt haben. Nein – vorher war der Traum gewesen, mit der Möwe. Erst danach hatte das Telefon geklingelt. „Silke hat sie angerufen, nachdem Jonte es ihr über Funk erzählt hat. Silke ist ..."

„Frau von Jonte, Enkelin von Elke. Ich weiß." Obwohl ich seit zwanzig Jahren nicht mehr auf Nordstrand lebe, sind mir die Verhältnisse der Einheimischen bekannt. Da ändert sich ja nichts. Nur mit den Zugezogenen und Ferienhausbesitzern kenne ich mich nicht aus – bei der Fluktuation verliert man schnell den Überblick. „Wer ist der Tote? Mann? Frau? Weiß man das?"

Zögerte Tante Insa? Mir kam es so vor.

„Nein. Aber es muss wohl ein Tourist sein. Von uns würde keiner dort ins Watt gehen. Da ist Schlickwatt."

„Wo haben Nils und Jonte ihn denn gefunden?"

„Sagte ich doch, knapp vor Südfall, abseits vom Wattweg. Sie kamen von den Reusen und sind mit der *Seeschwalbe* fast über ihn drüber."

„Mist." Ich hatte sofort Bilder von dem Toten im Kopf, die ich nicht wollte, schon gar nicht beim Frühstück. „Die Polizei ist informiert?"

Tante Insa zuckte mit den Schultern und wickelte sich die Strickjacke enger um die Brust.

„Keine Ahnung. Ich nehme es an. Außerdem weißt du doch jetzt Bescheid."

„Ich bin erstens im Urlaub und zweitens hier nicht zuständig. Nordstrand ist nicht Hamburg!"

„Und? Du bist Polizistin. Sogar bei der Kriminalpolizei. Ein Arzt hilft auch, wenn vor ihm einer auf die Nase fällt."

Ich verdrehte die Augen und schwieg. Mein Dienstausweis steckte mit Führerschein und Perso in meiner Brieftasche. Tante Insa hatte recht: Faktisch war ich im Dienst. Sie schaute mich an.

„Aische, du solltest hinfahren und helfen."

„Die Kollegen werden sich freuen, wenn jemand aus Hamburg in ihre Arbeit pfuscht. Ich sollte mich nicht einmischen."

„Ach was! Mach dir keinen Kopf." Tante Insa winkte ab. „Die Polizei aus Hattstedt kenne ich. Die meisten von ihnen waren meine Schüler. Das sind nette Jungs. Aber mal ehrlich, Aische. Sie sind Dorfpolizisten. Die kümmern sich um Falschparker und Ladendiebe, auch mal um einen Einbruch oder eine Schlägerei. Aber mit einem Toten können die doch gar nicht umgehen. Und bis die Kriminalpolizei aus Husum anrückt, sind Fehler gemacht und Spuren vernichtet."

„Spuren? Woran denkst du?"

Sie wich meinem Blick aus und schob mir das selbstgemachte Quittengelee rüber.

„An nichts. Man kann nicht vorsichtig genug sein, wenn plötzlich einer tot im Watt steckt, oder?"

Plötzlich? Als ob es neu war, dass Touristen auf eigene Faust ins Watt marschieren, und von der Feuerwehr oder den Seenotrettern geborgen werden müssen. Manchmal kommt die Hilfe zu spät. Wenn auch seltener, seit jeder ein Handy hat.

Ein Gedanke setzte sich fest. Wieso hatte der Tote den Notruf nicht gewählt?

„Wie ich sehe, kommst du ins Grübeln." Tante Insas Blick kann man nichts abschlagen. „Wirst du helfen?"

„Also gut. Aber ich werde mich nicht in die Ermittlungen einmischen. Wo muss ich hin?"

„Nach Strucklahnungshörn. Dort liegt die *Seeschwalbe*."

Ich nickte, sie nickte. Mehr brauchte es nicht.

Ich ging in die Dachkammer. Der Juli lachte durchs offene Fenster. Auf dem Sims stand eine Möwe. Sie wippte mit dem Kopf, als lachte sie mich aus. Aber nein, sie sah mich an.

„*Los!*"

„*Was soll ich denn sagen?*"

„*Ach, zu mir kommt der Herr Pastor und liegt mir den Sommer lang in den Ohren. Aber bei en skjünj Fru traut er sich nicht.*"

Skjünj Fru? Ich kramte in meinem Hirn nach dem Sölringer Friesisch. *Hübsche Frau?* Ja, Tante Insas Selbstgebrannter ist eine Versuchung, der ich noch nie widerstehen konnte. Und ja, ich habe in meinem Leben nicht nur mit Alkohol experimentiert – natürlich vor meiner Zeit als Polizistin. Aber Stimmen hatte ich noch nie in meinem Kopf.

„Gnädige Frau …"

„Doch nicht so! Sie muss dich für einen Idioten halten. Gnädige Frau ist von vorgestern."

Halluzinationen, ging es mir durch den Kopf. Sieben ist einfach zu früh zum Aufstehen.

„Meine Dame! Seien Sie versichert, dass ich keine unlautere Absicht hege, wenn ich mir jetzt gestatte, Sie in wichtiger Angelegenheit anzusprechen."

Hatte diese Möwe eben gestöhnt und den Kopf geschüttelt?

„Ein Mann ist im Watt umgekommen. Das Fräulein Gavina und ich haben erfahren, dass Sie tätig sind für die weltliche Obrigkeit. Die Büttel müssen zusammengerufen werden. Es handelt sich um ein Verbrechen!"

„Hören Sie nicht auf ihn, Aische", sagte die andere – weibliche – Stimme. *„Ich bin Gavina."* Die Möwe nickte mir zu. *„Ich habe einen Gast in mir. Ein ungehobelter Pastor aus Rungholt, der sich nicht einmal vorgestellt hat."*

„Was erlaubst du dir, Vogel?" Die Möwe blickte nach rechts, als stünde dort jemand. *„Ich bin der Hochwürdige Herr Pastor Bahne Broder aus der Hauptkirche zu Rungholt."*

Mir wurde schwindlig.

„Der arme Kerl steckte im Watt", sagte der Hochwürdige.

„Im Schlickwatt." Möwe Gavina nickte.

„Man hat ihn fortgeschickt. Gestern am Nachmittag. Es waren drei Gestalten." Broder: *„Sie haben ihm noch hinterhergesehen. Den Wattweg nach Südfall nahm er."*

„Er trug eine Wathose. Genutzt hat sie nix. Läuft voll und blubb." Gavina.

Ich sank aufs Bett.

„Sie glaubt uns nicht, Gavina."

„Du hast es verkorkst, Pastor."

145

Ich rieb mir die Schläfen. Dann wurde mir klar, dass es mein Kopf war. Dass es meine Gedanken waren, die ich da hörte. Eben redete ich mir ein, dass es keinen Grund zur Sorge gäbe, da wurde ich stutzig. Woher wusste ich von den drei Gestalten und der Wathose?

*

Nach einer Dusche fühlte ich mich besser, entschied, nicht mehr an die Stimmen zu denken und machte ich mich auf den Weg nach Strucklahnungshörn, Nordstrands Tor zur Welt. Hier legen die Fähren nach Pellworm und zu den Halligen ab, die Ausflugsboote, Fischkutter und der Seenotrettungskreuzer.

Der Inselfunk funktionierte einwandfrei – als ich in meinem alten Mustang auf den Parkplatz direkt am Hafen einbog, wurde ich bereits erwartet: Ein langer Kerl in Polizeiuniform winkte mir zu.

„Moin Aische. Kennst mich noch?" Ich schüttelte seine Hand. Bevor mein Gegenüber enttäuscht sein konnte, erkannte ich die hellblauen Augen unter dem weißen Pony. Wir hatten in der Grundschule nebeneinandergesessen.

„Klar", sagte ich. „Lutz, nicht wahr?"

„Genau!" Er freute sich. „Wie man hört, bist du auch zur Polizei gegangen?"

In diesem Moment landete neben ihm auf dem Poller diese Möwe, Gavina. Ich schwöre, sie lächelte mich an.

„Kripo?"

„Ja." Ich wollte mir nichts anmerken lassen. „Mordkommission in Hamburg."

„Na, hier bist du arbeitslos", sagte Lutz. „Wir haben es wohl nur mit einem unvorsichtigen Wattwanderer zu tun. Keine große Sache."

„Für den Toten schon", gab ich zurück.

„Drei Gestalten", mahnte der Pastor.

„Bei langsam auflaufendem Wasser", fügte Gavina hinzu.

„Die Kollegen in Husum wissen Bescheid?", fragte ich Lutz und ignorierte die beiden Stimmen. Zum Glück war ich nicht im Dienst. „Die Rechtsmedizin ist informiert?" Er nickte. „Ein Arzt kommt aus Husum. Aber wenn du einen Blick auf den Toten werfen willst ... Schadet sicher nicht bei deiner Erfahrung. Bist ja von hier."

Es klang, als gehörte ich zu einem Kreis von Eingeweihten.

„Kein Problem."

„Der Tote ist noch auf der *Seeschwalbe*. Wir wollen Aufsehen vermeiden, die Fähre aus Pellworm läuft gleich ein."

Er brachte mich zur Anlegestelle, wo die *Seeschwalbe* dümpelte. Jonte kannte ich flüchtig, Nils war mir auch schon ein paar Mal über den Weg gelaufen. Nordstrand ist eben klein. Ich nickte beiden zu und ließ mir erklären, wie sie den Toten gefunden hatten. Es deckte sich mit Tante Insas Bericht.

„Stand förmlich im Wasser." Nils wedelte mit der Hand. „Hin und her ging das."

„Muss bis zu den Oberschenkeln im Watt versunken sein", sagte Jonte. „Sonst hätte ihn das Wasser fortgetrieben."

„Schlickwatt", mischte sich Gavina ein, die sich auf die Reling neben uns gesetzt hatte.

„Wer geht bei Flut nach Südfall?", mahnte der Pastor.

„Er liegt neben den Reusen." Jonte deutete zum Bug. „Kein schöner Anblick. Besonders die Augen. Fischaugen. Irgendwie kalt."

„In Ohren, Nase und Mund räkeln sich schon Älchen", ergänzte Nils. „Geht schnell mit dem Getier."

„Bei der nächsten Ebbe hätten wir ihn uns vorgenommen", brummelte Gavina. Diese Vorstellung war nun wirklich eklig.

„Wir haben eine Plane über ihn gebreitet", sagte Jonte, Nils nickte.

„Dann lasst mal sehen." Ich zog Latexhandschuhe an, obwohl ich nicht vorhatte, die Leiche zu untersuchen. Das war nicht Hamburg, nicht mein Fall, und ich hatte Urlaub. Doch ein Blick konnte nicht schaden, dann war ich wenigstens nicht umsonst angerückt.

Lutz schlug die Plane zurück.

Es war ein Mann, etwa sechzig Jahre alt. Das kurzgeschnittene graue Haar war nass, Mund und Augen offen. Er trug tatsächlich eine Wathose, darunter eine Allwetterjacke. Von den Füßen bis zur Brust war er mit Schlick bedeckt, wie mit Schokolade überzogen. Der Umriss der Brusttasche zeichnete sich ab, und es juckte mir in den Fingern, sie zu durchsuchen. Aber ich beherrschte mich.

„Hatte er noch etwas bei sich? Tasche? Rucksack?"

„Uns ist nichts aufgefallen", sagte Nils. „Wenn, dann hat es das Watt verschluckt."

„Habt ihr den Mann schon mal gesehen?"

Jonte und Nils tauschten einen Blick und schüttelten die Köpfe. Ich erinnerte mich an Tante Insa und mir war klar – sie kannten den Toten. Alle drei.

„Wurde jemand vermisst gemeldet?", fragte ich Lutz.

„Nicht, dass ich wüsste." Er wandte sich an seinen Kollegen. „Ruf doch mal in Hattstedt an, Ole."

Ole nickte, zückte sein Handy und begab sich zum Heck des Bootes.

„Wieso ist er allein ins Watt gegangen und hat nicht auf eine Führung gewartet?" Dann zeigte ich in Richtung der Leiche. „Wieso hat er keine Hilfe gerufen? Was ist mit seinem Smartphone?"

Lutz zuckte mit den Schultern. „In seinen Taschen unter der Wathose? Verloren? Akku leer? Keine Ahnung. Wir müssen die Untersuchung abwarten."

„Vielleicht wollte er nach Rungholt?", schlug Nils vor. „Dahin gibt es selten Führungen. Ein Abenteuertourist?"

„Jeder weiß doch, dass man so weit ins Watt nur mit Profis gehen kann", sagte Lutz. „Allein da raus zu gehen, ist glatter Selbstmord."

Das war auch eine Idee! Konnte es sich um einen Suizid handeln? Manche gehen ins Watt, um dort zu versinken und nie wiederzukommen. Sogar ein bayerischer König war ins Wasser gegangen. Warum also nicht ein depressiver Unbekannter?

„Er sah ganz munter aus, als er loszog", meldete sich Gavina.

„Und die drei anderen nicht vergessen", mahnte der Pastor. „Schlimmes Pack zieht durch die Lande."

„Nun haltet mal die Luft an!", rief ich wütend. Sofort blickte ich nach oben zu Gavinas Artgenossen und tat, als meinte ich deren Geschrei. „Das würde auch erklären, weshalb er niemanden angerufen hat." Ich betrachtete die Gummischuhe des Toten. Trotz der dicken Schlammschicht sah die Wathose neu aus. Das war professionelle Ausrüstung. Geht man so ins Watt, um sich umzubringen?

„Aische?" Lutz tippte mir auf die Schulter, offenbar hatte er mit mir gesprochen. „Was meinst du damit? Wen hätte er denn anrufen sollen?"

„Die Seenotretter natürlich. Die Polizei. Sonst wen. Wenn ich im Watt versinke, rufe ich um Hilfe. Oder etwa nicht?"

„Stimmt."

Alle nickten, starrten den Toten an – und ich wusste wieder, weshalb es mich nach Hamburg gezogen hatte. Es war nicht die Deichlandschaft, nicht das Wetter oder die Schafe, sondern diese stoische Art, Dinge nicht zu hinterfragen, sondern sie einfach auszusitzen.

„Keine Vermisstenmeldung." Ole kam wieder zu uns.

„Mach ein paar Fotos von der Leiche", bat ich ihn. „Dann suche ich seine Taschen ab."

Nachdem Ole fertig war, begann ich mit der Suche: Brusttaschen, Seitentaschen, Hosentaschen. Ich fand Müsliriegel, Taschentücher, ein Portemonnaie und ein Smartphone. Ich schaltete es an, aber es tat keinen Mucks – hatte ja auch eine Flut hinter sich.

„Vielleicht lässt sich hiermit die Identität feststellen." Ich reichte Lutz das Portemonnaie. Er klappte es auf.

„Kleingeld, fünfzig Euro in bar, Karten ... der Personalausweis." Er hielt mir das Dokument hin. Jahrgang neunundfünfzig. Also lag ich mit meiner Schätzung gar nicht so falsch. Mitte sechzig.

„Paul Heidenreich, wohnhaft in Norderstedt", las ich vor. „Offenbar ein Tourist. Wenn er in keiner Pension vermisst wird, hat er sich eine Ferienwohnung gemietet. Oder er war ein Tagestourist."

„Wir ..."

„Moin!" Drei Männer kamen an Bord der *Seeschwalbe*. Zwei von ihnen erkannte ich sofort als Kollegen, der dritte hatte die Abgeklärtheit eines Notarztes, der am Hauptbahnhof Einsätze schiebt. „Ist das der Tote aus dem Watt?"

„Jawohl." Lutz übernahm es, den Kollegen aus Husum zu berichten.

„Und Sie sind ...?"

„Aische Hansen, Kripo Hamburg." Eine dunkle Augenbraue schnellte in die Höhe. „Keine Sorge, ich bin im Urlaub. Ich wurde gebeten, die Stellung zu halten, bis ihr übernehmt." Ich zog meine schlammigen Handschuhe aus. „Ich habe beim Abtasten der Taschen Handy und Portemonnaie gefunden. Laut Ausweis handelt es sich um Paul Heidenreich, wohnhaft in Norderstedt."

„Tourist?"

„Wahrscheinlich."

„Nein", sagte Nils, und ich sah aus dem Augenwinkel, dass Jonte ihm einen Tritt gab. Doch er sprach weiter. „Heidenreich gehören hier ein paar Häuser."

Ich schaute Nils verblüfft an. „Wieso habt ihr nicht gleich gesagt, dass ihr ihn kennt?"

„Wahrscheinlich der Schreck", sagte Nils. „So eine Leiche sieht ganz anders aus als der lebendige Mensch. Wenn jemand vor dir steht, ist er ja nicht tot."

„Wir waren uns halt nicht sicher", stimmte Jonte zu.

Na klar. Wer's glaubt!

„Da! Da sind die Schergen!", rief Broder plötzlich, dabei hatte ich gehofft, dass jetzt Schluss war mit den Stimmen. „Mordbrenner! Haltet sie fest, in Gottes Namen!"

Am Kai standen drei Männer, bekannte Gesichter auf Nordstrand.

„Schergen?"

Die Kollegen, Jonte und Nils sahen mich irritiert an.

„Ihr übernehmt jetzt?", fragte ich und tat, als sei nichts gewesen. Sie nickten und machten sich ans Werk, der Arzt kniete schon neben dem Toten. „Dann mache ich mich vom Acker. Schönen Tag!"

Als ich von Bord ging, hatte ich das unbestimmte Gefühl, dass mehr dahintersteckte als ein tragischer Unfall. Aber ich hatte nichts in der Hand, außer einem blöden Gefühl. Und dem wirren Gezeter einer Möwe in meinem Kopf. Diese Gavina stand auf einer einsamen Planke am Pier.

„Mit dir habe ich später noch ein Hühnchen zu rupfen", flüsterte ich, stieg in den Wagen und fuhr zu Tante Insa zurück.

*

Wahrscheinlich hatte sie auf mich gewartet, denn ich war kaum an der Haustür, als sie öffnete.

„Und? Wer ist es?"

Bei offenen Ermittlungen bin ich zum Schweigen verpflichtet. Dann fiel mir ein, dass Jonte und Nils die Identität des Toten kannten. Sie würden es ihren Frauen erzählen – wenn die es nicht schon wussten – und spätestens über Silkes Oma würde Tante Insa davon erfahren, also in maximal einer halben Stunde würde sie es sowieso wissen. Die steife Brise trägt Neuigkeiten von Ohr zu Ohr. Nordfriesen-Breitband, da kommt kein Internet mit.

„Paul Heidenreich aus Norderstedt." Ich streifte meine Schuhe ab und hängte meine Jacke auf.

„Wirklich?"

Erst jetzt schaute ich Tante Insa an. Sie war bleich und drehte aus dem Geschirrtuch einen Strick.

„Was ist? Kennst du Heidenreich?"

Sie starrte mich an, als wären meine Worte nicht bei ihr angekommen. Ich musste an die Möwe denken und die komische Ahnung auf der *Seeschwalbe*.

„Willst du was loswerden, Tante Insa?"

Ihre Lippen wurden zu einem Strich, sie nickte. „Komm in die Küche, ich muss mich setzen."

Auf dem Tisch stand die Teekanne. Tante Insa holte Tassen, das Geschirr klapperte in ihrer Hand. Ich schenkte ein. Sie ließ sich auf den Stuhl sinken und faltete die Hände im Schoß.

„Wie ist er denn gestorben?"

„Keine Ahnung. Das müssen erst Spurensicherung und Rechtsmedizin klären. Zurzeit sieht es nach einem Wattunfall aus. Er wollte wohl nach Südfall, ist vom Wattweg abgekommen und dabei ins Schlickwatt geraten, steckte fest und konnte keine Hilfe rufen. Denkbar ist auch ..." Ich dachte an die König-

Ludwig-Variante. Sogar ein Herzanfall kam in Frage. Oder war er betrunken? „Ach, Spökenkiekerei. Lassen wir das."

„Ein Unfall?" Sie klang heiser. „Ich sage dir, Aische, das ist kein Zufall. Du wirst mehr Leute finden, die seinen Tod im Krug feiern, als welche, die ihn betrauern. So wahr ich hier sitze."

„Dann erzähl doch mal. Wer ist dieser Heidenreich?"

„Ein Unternehmer aus Norderstedt, dort sitzt auch seine Firma. Vitamintabletten, glaube ich, jedenfalls ist er nicht arm. Vor sechs Jahren war er mit seiner Frau auf dem Elisabeth-Sophien-Koog im Urlaub. Nordstrand hat ihm so gut gefallen, dass er sich im Jahr darauf das Haus von Erna Petersen am Grünen Weg gekauft hat. Ernas Haus würdest du nicht wiedererkennen. Aus dem netten, urigen Backsteinhäuschen mit dem herrlichen Rosengarten wurde eine graue, moderne Trutzburg mit umlaufender Schotterfläche."

„Und?"

„Ein Haus hat ihm nicht gereicht. Er hat das Nachbargrundstück gekauft und das gegenüber. Mittlerweile sind es sechs oder sieben, verteilt über Nordstrand. Und auf allen stehen diese schrecklichen grauen Häuser. Und er hat zwei weitere Grundstücke gekauft, habe ich gehört."

„Das gefällt dir nicht?"

„Das gefällt niemandem hier. Das passt nicht her." Sie schüttelte den Kopf. „Was soll man machen? Wer Geld hat, hat die Möglichkeit, auch wenn er kein Herz und nur Profit im Sinn hat." Sie kaute auf der Unterlippe. „Carstensen, Ketels und Alberts wollten ihm sogar auf die Nase hauen, damit er aufhört, die Insel zu verschandeln."

Carstensen, Ketels und Alberts, dachte ich. Die drei vorhin am Pier.

„Wir hatten recht." Am offenen Fenster zur Stube saß die Möwe.

„Strauchdiebe. Ich habe es gesagt", sagte der Pastor.

„Sie haben ihm gedroht?", fragte ich meine Tante.

„Nicht wirklich. Die kann man doch nicht ernst nehmen." Sie tat sich offenbar schwer, mir die Kneipengeheimnisse zu verraten. „Na ja. Elke erzählte mir, dass Heidenreich vorgestern im Krug war. Er hat sich mit den dreien über Rungholt unterhalten. Offenbar wollte er sich die Stellen dort mal ansehen."

„Wollte ihn niemand begleiten?"

„Nö. Du kennst den Heidenreich nicht. Der weiß immer alles besser."

„Hat ihn denn jemand vor dem Schlickwatt gewarnt?"

„Wohl nicht." Tante Insa fuhr mit dem Zeigefinger den Henkel ihrer Tasse nach. „Meinst du, er ist deshalb gestorben?"

„Nicht ausgeschlossen." Ich kenne die Leute hier, sie sind stur. Wenn sie jemanden nicht mögen, halten sie ihre Klappe. „Trotzdem ist es ein Unfall."

„Da bin ich beruhigt." Tante Insa lächelte, die Farbe kehrte auf ihre Wangen zurück. „Soll ich Bratkartoffeln machen?"

„Gerne." Ich stand auf und ging hoch in mein Zimmer. In meinem Bauch rumorte es.

Mein Handy vibrierte. Es war eine Nachricht von Lutz.

„Wir haben ein Stück Papier in der Innentasche gefunden: ein Gezeitenkalender, drei Jahre alt! Und im Handy fehlt die SIM-Karte. Wie blöd muss man sein, so ins Watt zu gehen?"

Ziemlich blöd, dachte ich. Also war Heidenreich nur dämlich. Oder ...

Ich legte mich aufs Bett und schaute zur Decke, während in meinem Kopf ein Film ablief. Überall auf Nordstrand Heidenreichs graue Häuser. Heidenreich mit den anderen im Dorfkrug. Sie reden über Rungholt, den Weg dorthin. Heidenreich wird vor dem Watt gewarnt, vor dessen Tücken, weiß es besser. Heidenreich geht zum Klo. Einer entfernt die SIM-Karte aus dem Handy, ein anderer holt eine veraltete Gezeitentabelle aus der Schublade. Wenn Heidenreich etwas merkt, gut. Wenn nicht ... sein Pech. Gottesentscheid. Das passt zu den Leuten hier.

Niemand hat Heidenreich ins Watt gezerrt, geschubst oder unter Drogen gesetzt. Jeden Schritt ist er aus freiem Willen gegangen. Die Leute im Dorfkrug haben nur in die Richtung gedeutet, ihm die falsche Tabelle gegeben und verhindert, dass er Hilfe holen kann. So etwas läuft hier ohne Absprache. Ein Blick, und jeder tut, was er meint, tun zu müssen. Wie will man das nachweisen? Und wem? Carstensen? Ketels? Alberts?

„Kannst du nicht", sagte die Möwe auf dem Fenstersims.

„Gavina hat recht. Sie halten zusammen wie Pech und Schwefel." Bahne Broder seufzte. Er klang schwermütig. „So sind sie. Ich kenne meine Leute."

„Und sie werden schweigen wie ein Grab", fügte ich leise hinzu.

Schöne Aussichten

Patricia Brandt

Leblose Fischaugen glotzten ihn aus bunten Plastikboxen heraus an. „Moin Moin", grüßte Oscar den Fischer, der auf dem Kutter hockte. Er blieb einen Augenblick am Kai stehen und beobachtete, wie der Alte mit den schwieligen Fingern an seinen Netzen herumknotete. Der Mann schaute nicht einmal auf.

„Schlimmer als 'ne Christbaumkette aufzutüdeln, oder?" Es sollte ein Scherz sein, doch der Fischer schwieg beharrlich. Wenn er so darüber nachdachte, hatte er den bärtigen Mann in der orangefarbenen Wathose bisher nie lächeln sehen. Typisch norddeutsch. Der ging wahrscheinlich zum Lachen unter Deck. Vielleicht lag es aber auch am Job. Immer nur umgeben von sterblichen Resten, das drückte aufs Gemüt. Augen auf bei der Berufswahl. Sein Vater war auch kein Scherzbold gewesen.

Nachdenklich setzte Oscar seinen Weg fort. Er schritt weit aus. Nicht, dass er es eilig gehabt hätte, ins Büro zu kommen. Es war mehr eine innere Unruhe, die ihn antrieb. Er arbeitete erst seit Kurzem in der Tourismusbranche. Genauer als Beschwerdemanager im Hotel *Aussicht* gleich gegenüber vom Jachthafen. Doch wenn er gedacht hatte, dass es Spaß machen würde, seinen Tag am Wasser und inmitten vieler Urlauber zu verbringen, belehrten ihn die ersten Tage eines Besseren.

Die Hotelanlage stammte aus den Siebzigern, das ließ sich nicht übersehen. Der Klotz war die Makramee-Eule unter den Feriendomizilen und zusammen mit der Kundschaft ergraut. Zugleich war die Konkurrenz in der Gegend groß: Moderne, skandinavisch anmutende Ferienhäuser schossen an der Außenförde wie Pilze aus dem Boden. Oscar mochte sie nicht. Dann schon lieber ehrliche Ostsee-Betonarchitektur als eine Anbiederung an das Nachbarland im Norden. Aber er schweifte ab. Er musste darüber nachdenken, wie er mit den Problemen umgehen sollte, die der Job mit sich gebracht hatte. Es wäre alles halb so wild, wären die Inhaber des Hotels *Aussicht* nie auf die Idee gekommen, ihren Kunden in der Marina ein Rundum-sorglos-Paket zu versprechen. Aber so ...

Oscar ließ den Blick über die Menschen schweifen, die bereits im Schatten des Kolosses unterwegs waren, um Brötchen zu holen oder ein erfrischendes Morgenbad zu nehmen oder um sich die Beine zu vertreten: angetrunkene Freizeitskipper, Hamburger mit dickem Geldbeutel, gehbehinderte Pensionäre. Sie alle kamen an die Ostsee und erwarteten, dass alles bis aufs i-Tüpfelchen stimmte. Und es war seine Aufgabe, jegliche Störung ihrer sonst sorgenfreien Ferien zu beseitigen. Als Beschwerdemanager nahm er seinen neuen Job schließlich sehr ernst. Immerhin befand er sich in der Probezeit.

Oscar zog den klimpernden Schlüsselbund aus der Hosentasche und steckte den kleinsten Schlüssel in die Bürotür. Es handelte sich um eine bescheidene Stube, kaum größer als ein Bahnhofsklo, aber dafür mit sauber glänzenden Kunststoffschränken und neuem Laminat, das seit dem Verlegen immer noch einen leicht chemischen Geruch verströmte. Vom Schreibtisch aus leuchteten ihm seine gelben Post-it-Zettel entgegen. Auf ihnen hatte er die Firmenleitsätze vermerkt. „Mit Ordnung und Sauberkeit erarbeitet man sich das Vertrauen der Menschen", hatte ihm sein Vater eingebläut. Der war Schlachter gewesen und er hatte viel von ihm gelernt. Seine Mutter hatte vorn am Tresen die Kunden bedient. Immer mit einem Lächeln – egal was war.

Auf den Zetteln stand:

1. Wir machen die Welt makellos
2. Sauberkeit hat ihren Preis
3. Tue Gutes und rede nicht darüber
4. Hör nicht auf, wenn du müde bist, hör auf, wenn du fertig bist

Fünftens konnte er nicht lesen, weil sein Kugelschreiber drauf lag.

Die Sonne schien an diesem Morgen so hell, dass die Alu-Masten der Jachten im Hafenbecken kleine Lichtblitze auf seinen Schreibtisch schossen. Wie Pfeile. Oscar überlegte, ob dies ein böses Omen sein konnte. Er glaubte eigentlich nicht an Vorzeichen. Er glaubte an überhaupt nichts zwischen Himmel und Erde. Außer daran, dass es heute heiß werden und er am Abend ein kühles Dithmarscher brauchen würde. Sein Baumwollhemd klebte ihm bereits am Rücken.

„Ist hier schon auf?"

Oscar drehte den Kopf zur Tür. Vor ihm stand eine beleibte Dame, wahrscheinlich Ende siebzig, die Haare in diesem Lilaton gefärbt, den man oft bei Frauen dieses Alters sah. Sie hatte rote Äderchen im Gesicht, die ihrer Erscheinung etwas Abgekämpftes gaben. In der Enge des Büros stach Oscar der scharfe Geruch ihres Mundwassers in die Nase.

„Ich wollte schon gestern Abend herkommen, aber ich war zu kaputt von der Fahrt. So ein Stau, nicht zu glauben! Können die nicht den Elbtunnel umbauen? Das macht einen doch jedes Mal fertig, da Stunden zu stehen."

Er überlegte, ob sie eine Antwort erwartete oder ob sie der Kategorie „Hobbynörglerin" zuzuordnen war, und tatsächlich: Sie machte schon weiter mit ihrer Elegie.

„Und als wir endlich ankommen dann das: überall schwarze Haare! Im Waschbecken, in der Dusche, sogar auf meinem Kopfkissen! Ekelhaft!" Bei „ekelhaft" kletterte ihre Stimme ein paar Oktaven höher. Plötzlich keuchte sie. Wie ein gestrandeter Schweinswal japste sie nach Luft. Ihr scharfer Atem haute ihn fast um.

Oscar stellte sich vor, wie er den lilafarbenen Wal mit einer Harpune hinausdrängte auf den Steg und ins Wasser. Tatsächlich legte er aber nur den Kopf schief und bestätigte, wie schlimm es sei, was sie da berichtete. Als Beschwerdemanager beherrschte er diese begütigende Geste und den dazugehörigen Dackelblick schon nahezu perfekt. Gut, dass er sanfte braune Augen hatte.

Während Oscar sich anschließend noch eine längere Tirade über den schmierigen Badezimmerspiegel anhörte, blickte er zu den Post-it-Zetteln. „Wir machen die Welt makellos" hieß in diesem Fall, dass er umgehend die Reinigungskraft Tatjana suchen musste. Er würde ihr beibringen, dass es so nicht weitergehen konnte. Er gestattete sich ein kaum hörbares Seufzen. Oscar neigte gemeinhin nicht zu Emotionalität, was ihn für den Job mit unzufriedenen Kunden prädestinierte, wie er fand. In diesem Moment hatte Oscar auf keinen Fall den Eindruck, dass er geradewegs auf eine Katastrophe zusteuerte. Er war der Beschwerdemanager, er hatte die Dinge im Griff. Zu hundert Prozent.

Zur gleichen Zeit stand Horst Wieczorek, Rentner und Dauer-Ostsee-Urlauber, unbekümmert, ja, man könnte sogar sagen mopsfidel, mit nackten Sohlen im pulverfeinen Sand. Die Knollennase im kühlenden Wind beobachtete der pensionierte Postbeamte gebannt die Kitesurfer auf dem glitzernden Wasser. Ihre Drachen tanzten so schön bunt über den tiefblauen Himmel. Eine Schrecksekunde lang sah es so aus, als würde einer der Surfer mit vollem Karacho gegen die Steinbuhnen knallen. Er hielt kurz die Luft an. In seiner Vorstellung sah Wieczorek schon Blut an den Felsbrocken kleben. Der Hamburger war „Tatort"-Fan und Liebhaber mittelharter Thriller. Deshalb dachte er sofort an klaffende Wunden.

Aber der Kitesurfer fuhr ein geschicktes Wendemanöver und rauschte wieder aufs offene Meer hinaus. Puh, das war knapp gewesen. Der frühere Postbeamte wollte eben beruhigt weitergehen, als er plötzlich ein lautes Zischen über sich wahrnahm. Einen Sekundenbruchteil später fühlte er einen heftigen Schlag gegen den Kopf. Der Stoß riss ihn von den Füßen und ihm wurde schwarz vor Augen.

Er wusste nicht, wie lange er im Sand gelegen hatte. Ein paar Sekunden? Minuten? Stunden? Ein leichtes Flimmern vor Augen trübte sein Sehvermögen. Zwischen den Zähnen spürte er Sand. Vorsichtig versuchte Horst Wieczorek, sich aufzurappeln. Er holte tief Luft, ignorierte den stechenden Schmerz am Hinterkopf und kam schließlich zittrig auf die Beine. Während er den Sand ausspuckte, tastete er vorsichtig nach einer Wunde. Als er auf seine Fingerkuppen sah, klebte daran Blut.

So ein blöder Kitesurfer hatte ihn offenbar bei einem seiner Sprünge getroffen und ausgeknockt. Sein Blutdruck schoss augenblicklich in die Höhe. „Kommen Sie sofort zurück", wimmerte er trotz seines dröhnenden Kopfes. „Sie Rüpel!" Doch in seinem Zustand war seine Stimme zu kraftlos, als dass der Kerl ihn hätte hören können. Wieczorek schüttelte die Fäuste in Richtung Horizont, bis sich alles drehte und er wieder in die Knie ging.

„Sie bluten ja! Alles in Ordnung mit Ihnen?" Ein Vater mit Kind im Tuch vor der Brust geriet in sein Blickfeld. „Soll ich einen Krankenwagen rufen?" Der Fremde sah ihn prüfend durch runde Brillengläser an.

Wieczorek fühlte sich angezählt, und wie. Aber er war jetzt wieder voll da. Er zog umgehend seinen Notizblock aus der prall gefüllten Gürteltasche: „Haben Sie gesehen, was dieser Rowdy mit mir angestellt hat? Beschreibung bitte! Aber möglichst detailliert!"

Nachdem er die genaue Schilderung der Ereignisse, des Kitesurfers, seines Drachens sowie Namen und Adresse des Vaters aufgeschrieben hatte, machte er sich wackelig, aber zufrieden auf den Rückweg. Diesem Kerl würde es noch leidtun. Er hatte schließlich während seiner Karriere bei der Deutschen Bundespost schon ganz andere zur Strecke gebracht. Wer kein ordentliches Namensschild am Briefkasten angebracht hatte, der konnte lange auf seine Post warten! Ha!

Schnurstracks lief der Rentner in seinen Wandersandalen, die er sich extra für diesen Urlaub zugelegt hatte, zu seinem Hotel zurück. Die Riemen quetschten die kleinen Zehen ab, aber im Vergleich mit den nadelspitzen Stichen in seinem Hinterkopf spürte er das Drücken kaum. Und wenn er fußballgroße Blasen bekäme, er würde sich trotzdem sofort im Büro beschweren, dass die Wände wackelten. Er hatte schließlich das Rundum-sorglos-Paket gebucht. „Und frei von Sorgen kann diesen blutigen Montagmorgen wohl niemand nennen!", schimpfte er vor sich hin.

Von alldem nichts ahnend griff Urlauberin Joselina Pichler aus der österreichischen Wildschönau währenddessen gut gelaunt zu einer Flasche mit einer orangeroten Flüssigkeit. Während sie den Aperol Spritz mixte – wenig Mineralwasser, viel Prosecco und einen ordentlichen Schuss Aperol – schaute ihr Gatte Leopold über die Schulter. „Aperol, jetzt schon?"

Sie zwinkerte ihm zu. Sie hatten schließlich Urlaub: „Geh hear auf! Ein Aperölchen geht immer! Owa." Beide lachten.

Mit zwei randvollen Gläsern betraten die Pichlers den großzügig geschnittenen Balkon ihres Appartements. Es lag in der zweiten Etage des Hotels. Der Siebziger-Jahre-Block wirkte zwar von außen nicht sehr einladend, doch die Aussicht war grandios. Da hatte der Katalog nicht gelogen. Sie ließ sich ächzend in einen der bequemen Hochlehner sinken und genoss die Szenerie.

An den frisch gestutzten Rasen schlossen sich Deich und Meer an. Es ging ein angenehm frischer Wind, der dafür sorgte, dass sich die Gräser am Strand leicht bogen. Eine Möwe flog vorbei. Am Horizont machte sie einen dieser großen Pötte aus. Sie rückte ihre Brille zurecht. Ja, das könnte tatsächlich die Fähre von Kiel nach Oslo sein. Ein perfekter Augenblick, den sie feiern mussten.

Leopold hielt ihr sein Glas hin: „Prösterchen!" Sie stießen an, aber das Klirren ging in einem ohrenbetäubenden Lärm unter. Joselina traute ihren Ohren nicht. Sie hievte sich hoch und beugte sich über die Brüstung. Der Krach kam von einer Stelle direkt unter ihrem Balkon. Sie stellte sich auf die Zehenspitzen und lehnte sich etwas vor.

Joselina erkannte einen Baggerfahrer, der mit einer Art Presslufthammer die asphaltierte Zuwegung zum Haus aufmeißelte. „Gschissana", rief sie hinunter. Es passierte selten, dass Joselina Schimpfwörter verwendete. Aber wenn, dann hatte das seinen Grund!

Empört stellte sie ihr Glas etwas zu heftig auf dem Balkontisch ab, sodass ihr Getränk überschwappte. So schnell gab sie nicht auf. Wieder beugte sich die Österreicherin über das Geländer. „Du Baamoff, hör auf!", keifte sie. Normalerweise nannte sie ihre Mitmenschen auch nicht Baumaffen, aber Joselina war jetzt wirklich verärgert. Es kam ihr vor, als bebte der Balkonboden unter ihren nackten Füßen. Der Aperol im Glas schlug erste Wellen.

„So wos Gschissenes! Leopold, tu was!" Doch ihre bessere Hälfte gaffte nur. Eine Weile beobachteten sie gemeinsam, wie der Bagger den Boden aufriss. Bis es Joselina reichte: Wütend feuerte sie einen ihrer Schlappen hinunter. Mit dem einzigen Effekt, dass ihr brauner Filzschuh unter einer Ladung Schutt begraben wurde. Der Baggerfahrer, von der Außenwelt durch gelbe Ohrschützer isoliert, setzte sein Werk unerschüttert fort.

Im Servicebüro war der Bagger nicht so deutlich zu hören. Es war eher ein unterschwelliges Brummen, das sich mit dem gluckernden Geräusch des Wassers im Hafenbecken vermengte. Oscar war gerade zurückgekommen und brühte sich eine Tasse Tee auf. Kamillentee, um genau zu sein, denn es war zwar bullenheiß draußen, aber sein Magen war leicht in Aufruhr geraten. Das hatte mit Tatjanas Geheule zu tun, nachdem er sie endlich gefunden und mit den Vorwürfen des Gastes konfrontiert hatte. Sie hatte ihm von ihrer bevorstehenden Hochzeit erzählt und ihn angefleht, ein Auge zuzudrücken. Aber es war eben nicht seine Aufgabe, Fünfe gerade sein zu lassen. Das hatte er ihr deutlich gemacht. Sehr deutlich. Sie befand sich noch im Schwimmbad des Hotels. Aber es war nicht davon auszugehen, dass sie putzte.

Jemand schlug die Tür auf. „Wer ist hier für Beschwerden zuständig?", bellte der Mann in der roten Windjacke, ohne zu grüßen.

Oscar zuckte innerlich zusammen, sagte aber tapfer: „Guten Morgen der Herr, das bin ich, Oscar Messer." Ihm war eigentlich schon in diesem Augenblick klar, dass er nicht nur einen Beschwerdeträger vor sich hatte, sondern einen echten Strategen. Das meinte er am aggressiven Farbton der Windjacke zu erkennen. Strategen konnten besonders viel Ärger machen, deshalb war ein umsichtiges Vorgehen wichtig. „Was kann ich für Sie tun? Falls etwas mit Ihrem Appartement nicht stimmt, seien Sie unbesorgt. Das Thema Zimmerservice habe ich bereits auf der Agenda!" Er sagte „Agenda", weil das geschäftsmäßig klang.

Der Mann in Rot stützte sich schwer mit beiden Fäusten auf Oscars Tisch. „Sie müssen mal diese wahnsinnigen Kiter stoppen!", brachte er wütend hervor. Der Gast drehte sich um die eigene Achse: „Haben Sie das da hinten gesehen? Ich blute!"

Oscar zog automatisch die Schublade seines Rollcontainers auf und griff nach dem Erste-Hilfe-Kasten. „Sie wollen sich hoffentlich nicht über alle Kiter beschweren?", fragte er. Er hoffte, dass sein Lächeln an dieser Stelle professionell wirkte. Er hatte es oft im Spiegel geprobt.

„Natürlich nicht über alle", sagte die Windjacke gereizt. „Nur über den, der mir diese Furche gezogen hat! Ich habe hier eine Beschreibung! Und das will ich Ihnen mal sagen: Der Abschnitt am Wasser ist nur zum An- und Ablegen in langsamer Geschwindigkeit zu nutzen. Das steht doch auf den Schildern. Warum achtet da keiner drauf?"

Oscar antwortete klugerweise nicht.

„Dieser Besitzer der Surfschule muss auch zur Rechenschaft gezogen werden! Ich will mich hier schließlich erholen. Oder fänden Sie es erholsam, wenn ein Irrer aus der Luft kommt und versucht, sich Ihren Skalp zu holen?"

Oscar nickte zustimmend, um dann schnell den Kopf zu schütteln. „Nein, natürlich nicht! Das würde niemand als angenehm empfinden."

„Na also!" Zufriedenheit spiegelte sich im Blick des Strategen. „Dann forschen Sie nach einem Kerl mit blonder Igelfrisur und bringen ihn zur Strecke!"

„Wir kümmern uns um Ihr Problem!" Oscar stand jetzt auf und drückte dem Beschwerdeführer fest eine Kompresse aus dem Erste-Hilfe-Kasten an den Kopf. Er drückte etwas heftiger als nötig, aber nur, um sicher zu gehen, dass er die Blutung stillte.

Der Gast schrie auf. „Sind Sie verrückt geworden?" Er wich zurück. „Das tut doch weh!" Der Verletzte flüchtete zur Tür: „Wie wollen Sie sich denn kümmern? Sie haben sich überhaupt nichts notiert! Sie haben nicht mal nach meinem Namen gefragt!"

Oscar seufzte wieder. Es war diesmal das Seufzen von jemandem, der wusste, er würde kaum hinterherkommen mit der Problembeseitigung. Darauf hatte ihn niemand vorbereitet. Trotzdem zog er ein Beschwerdeformular aus dem Ablagekorb: „Wie ist denn Ihr Name? Darf ich auch Ihre Zimmernummer erfahren?" Oscar füllte alle Felder aus und unterschrieb schließlich mit seinem eigenen Namen. Damit würde die Angelegenheit ihren Gang gehen. Ganz formal.

Als der Rentner mit dem lädierten Hinterkopf draußen war, sah Oscar eine Weile zum Fenster hinaus. Den Jachthafen nahm er gar nicht wahr. Er dachte vielmehr daran, sein persönliches Beschwerde-Ranking zu überarbeiten. Irgendwann würde er damit vor den Bossen glänzen.

Ein schmutziges Bad lag bis zum heutigen Tag unangefochten auf Platz eins, dicht gefolgt von klammen Kissen und fleckiger Bettwäsche. Krabbeltiere unterm Bett gehörten ebenfalls zu den größeren Ärgernissen, die es im Hotelblock gegeben hatte. Logisch, sonst bräuchte es den Beschwerdemanager nicht.

Oscar überlegte, an welche Stelle er den Kitesurfer setzen sollte und wo er einen mit Igelfrisur finden würde. In diesem Moment flog die Tür auf und eine Frau stürmte herein. Sie trug einen großen Sonnenhut mit rosafarbener Schleife und brachte ein Duftgemisch aus Rosenwasser und Alkohol ins mittlerweile ziemlich aufgeheizte Büro – sowie den Prospekt des Hotels. Sie hatte ihn aufgerollt, als wolle sie damit Fliegen totschlagen. Sie erinnerte mit ihrer pergamentartigen Haut an ein Riesengürteltier, selbst ihre roséfarbenen Nägel hatten Ähnlichkeit mit den Krallen einer solchen Kreatur.

„Heast. Wissen Sie, was ich heute als Erstes gesehen habe, als ich vom Balkon geschaut habe?" Das letzte Wort unterstrich sie mit einem Schlag des Prospekts auf seinen Tisch. „Jedenfalls nicht das, was dieser Prospekt zeigt!" Drei Hiebe mit dem Prospekt, Oscar zählte still mit.

Er verzog keine Miene und ahnte, was auf ihn zukam: jede Menge Ärger. Die Arbeiten für die Verlegung der neuen Glasfaserkabel hatten begonnen, er hatte es wegen der zahlreichen Beschwerden nur am Rande wahrgenommen, und eine Baustelle vor dem Fenster mochten die wenigsten Feriengäste.

„Es ist so laut, dass ich meinen Mann anschreien muss! Dieser Fetznschädel mit seinem Bagger soll absalutieren! Sagen Sie ihm das!" Sie brüllte, als befänden sie sich direkt neben der Baustelle.

„Natürlich, gnädige Frau", entgegnete Oscar, weil es sich bezahlt machen konnte, die Gäste in ihrem Heimatdialekt anzusprechen. Dabei dachte er, dass er bei dem Andrang würde aufpassen müssen, nicht den Überblick zu verlieren.

Die Frau musterte ihn durchdringend und schnitt daraufhin eine wilde Grimasse: „Gnädige Frau!", äffte sie ihn nach. „Was soll mir das helfen? Dieses Hotel heißt ,Aussicht' und genau darum haben wir es gebucht! Und was sehe ich? Schiffe? Nein! Nur eine Grintsau! Schöne Aussichten!" Sie schnaufte und fuhr in einer Lautstärke fort, die jeden Bagger übertönt hätte: „Der Arbeiter soll verschwinden! Und zwar dalli! Verstanden?"

Oscar nickte ernst: „Wir kümmern uns!" Zeitlich würde es eng werden, das war ihm klar. Doch Lärm gehörte zu den Top-Zehn-Beschwerdegründen. Oscar entschied sich, den Baggerfahrer vordringlich zu behandeln. Ein guter Beschwerdemanager setzt Prioritäten.

Als die Frau fort war, trank Oscar den letzten Schluck seines inzwischen lauwarmen Kamillentees und sah dabei zur Digitaluhr auf der Fensterbank: Er wollte sich zum Feierabend mit Eva auf ein Dithmarscher bei „Backfisch-Uwe" am Bodden treffen. Er eilte los, um vorher noch den Fall des Baggerfahrers abzuwickeln.

„Wie guckst du denn aus der Wäsche?", begrüßte ihn Eva später am Abend. Er sah gleich, dass sie schmollte. Seine Freundin mochte es nicht, wenn er sie warten ließ. Eva hatte sich in eins dieser neumodischen Sofas aus Holzpaletten vor Uwes Bistro gesetzt, die fülligen Beine übereinandergeschlagen, in der Hand hielt sie eine Bierflasche.

„Beschwerdemanagement…", stöhnte er geschäftsmäßig und reckte den Finger, um bei der Kellnerin seine Bestellung aufzugeben.

„Was war es denn diesmal?" Ihre Stimme hatte diesen quäkenden Ton, wie immer, wenn sie zu viel getrunken hatte. Sie vertrug nicht viel. „Du hast doch feste Bürozeiten. Daran sollen sich die Leute gefälligst halten, wenn sie sich schon über alles mokieren müssen."

Oscar streichelte ihre Hand. Er spürte die weiche Haut seiner Freundin, sein Blick schweifte über die grasbewachsenen Dünen. Eine schmale Landzunge verlief nördlich vor dem Hafenbecken. Jachten, Dünen und das offene Meer bildeten zusammen das perfekte Ostsee-Panorama. Dazu gehörten ein Kinderstrand und natürlich der Kitesurfstrand, an den er gerade nicht denken wollte. Er hatte schon genug zu tun, als dass er sich jetzt noch um die Sportler kümmern konnte. Selbst, wenn er sich ranhielt: Seine Probleme ließen sich nur Stück für Stück beseitigen. „Du weißt ja, bei uns ist der Kunde König", erklärte er und blickte Eva aus seinen braunen Augen sanft an.

Als Antwort ließ Eva ein schnippisches „Pff" hören.

Oscar musterte seine blauäugige Freundin. Sie hatte wegen eines Schilddrüsenproblems leicht hervorstehende Augen. Eva konnte wirklich froh sein, dass sie beim Zahnarzt und nicht in der Tourismusbranche arbeitete. Sie hatte keine Ahnung, was da hinter den Kulissen abging. „Im Herbst wird es ruhiger", besänftigte er sie, denn im Besänftigen war er gut. Zudem liebte er Eva und ihre zarten Hände.

Ihre Augen wirkten schon von dem einen Bier glasig, aber endlich lächelte sie. „Dann machen wir den Segeltörn nach Dänemark! Du hast es versprochen!"

Oscar nickte und küsste ihre vollen Lippen. Der Kuss tat weh, weil er im Überschwang gegen ihre Schneidezähne stieß. „Versprochen", murmelte er zwischen zwei Küssen.

Eva bekam Hunger und er organisierte ihnen je ein Matjesbrötchen. Später gingen sie Hand in Hand auf der Strandpromenade entlang. Sie ließen sich auf einen der Steinblöcke am Hundestrand nieder. Während sie beobachteten, wie ein Labrador einen Stock aus dem Wasser holte, wärmte die Abendsonne ihre Gesichter. Sie tauschten weitere Küsse. Als sie zu Hause waren, flackerten bereits die Laternen an der Promenade müde vor sich hin. „Ich muss morgen früh hoch", verabschiedete sich Eva.

Das erinnerte ihn an seine Pflichten, an Schlafen war nicht zu denken. In der Tourismusbranche gab es keinen pünktlichen Feierabend, darauf jedenfalls hatte man ihn in der Zentrale beim Einstellungsgespräch hingewiesen.

„Tue Gutes und rede nicht darüber." Oscar wartete, bis es dunkel war und die Lichter in den Hotelzimmern samt und sonders erloschen waren, dann schlich er sich zum Schwimmbad.

Das Bad gammelte seit Jahren vor sich hin. Bald würde es abgerissen werden. Die Bauzäune standen bereits. Oscar öffnete das Schloss am Zaun und schlich durch den mit Graffiti beschmierten Eingang der einstigen Schwimmhalle. Die Tür selbst hatten Vandalen aus den Angeln gerissen.

Eine Scherbe knackte unter seiner Schuhsohle. Himmel! Er holte sich hier noch einen Herzkasper! Einen Augenblick lauschte er seinen eigenen Atemzügen. Ich muss mich beruhigen, dachte er. Dann drang er in die Finsternis des verlassenen Gebäudes vor.

Je näher er der Herrenumkleide kam, desto stärker nahm er den Gestank wahr. Eine Mischung aus Chlor, Schimmel und noch etwas anderem: Angstschweiß. Das, dachte er, taugte für keinen Ostsee-Prospekt.

„Sauberkeit hat ihren Preis." Oscar ließ die Knöchel knacken. Dann zog er der verschnürten Tatjana eins mit der Brechstange über, schleifte sie an den Füßen in die große Halle – und warf sie in das 2,80 Meter tiefe Schwimmbecken.

Ein dumpfer Rums war zu hören, als ihr Körper auf die im Mondschein schimmernden Kacheln prallte. Das Geräusch passte nicht. Irgendwie fehlte das Platschen des Wassers.

„Hör nicht auf, wenn du müde bist, hör auf, wenn du fertig bist." Was nun kam, war eine Sauerei und anstrengende Arbeit dazu. Immerhin konnte er das Blut gut wegspritzen, nachdem er Tatjana in handliche 30-Liter-Plastikbeutel verpackt hatte, die sonst für Abfalleimer in den Hotelzimmern benutzt wurden.

Oscar griff nach dem Schlauch und trieb mit dem Wasserstrahl eine letzte Blutlache Richtung Abguss. Im Rücken spürte er die Augen des Baggerfahrers. Dieser lehnte zusammengesunken am Topf eines ramponierten Gummibaums. Wahrscheinlich hatte der Bademeister ihn dort vergessen. Den Gummibaum, nicht den Baggerfahrer.

Ein Auge des Mannes war von dem Schlag mit der Brechstange zugeschwollen. Der Arbeiter war ein ziemlicher Kaventsmann, mindestens neunzig Kilo schwer, und es war ein hartes Stück Arbeit gewesen, ihn schachmatt zu setzen. Aber Stück für Stück bekam Oscar auch dieses Problem klein.

Er war kein so übler Beschwerdemanager.

Müde, aber zufrieden sank Oscar anschließend ins Bett. Er dachte nicht mehr an blutige Mülltüten. Er versuchte sich vorzustellen, wie Evas Küsse schmeckten, als er wegdämmerte.

„Haben Sie gedacht, Sie könnten meine Beschwerde aussitzen? Da sag ich nur: falsch gedacht! Der Kerl ist eben wieder so tief über mich hinweggeflogen!" Horst Wieczorek stand vor Oscars Schreibtisch und machte eine entsprechende Geste mit Daumen- und Zeigefinger, kaum nachdem er das Büro am nächsten Morgen aufgesperrt hatte.

Oscar erschrak, sein Hals schnürte sich zu: Er hatte den Kitesurfer vergessen!

Nicht so der aufgebrachte Rentner in seinem Büro: „Ich sage Ihnen, was Sie jetzt machen: Sie rufen Ihren Chef an und geben mir den Hörer!"

Oscar hörte zu, wie Horst Wieczorek mit der Zentrale sprach: „Ihr Mitarbeiter ist unfähig und faul! Aber das kennt man ja!"

Oscar versuchte nicht, den geifernden Touristen in seinem Büro zu beruhigen. Denn er sah es auf seinem Schreibtisch schwarz auf weiß und zwar unter Punkt fünf: „Der Gast hat immer recht." Er hätte wissen müssen, dass ein böses Ende folgen und sich irgendwann ein Gast auch über ihn beschweren würde.

Er wusste, was er nun zu tun hatte. Oscar seufzte lauter als zuvor, denn er würde sich sofort darum kümmern, das Problem aus der Welt zu schaffen: sich selbst.

Er würde sich für den Abtransport im Fischerboot bereit machen, gleich jetzt, im alten Schwimmbad. Das Verpacken würde der humorlose Fischer diesmal selbst übernehmen müssen. Der konnte auch mal was tun für sein Geld.

Möglichst emotionslos versuchte Oscar, dem nahen Ende seiner Probleme entgegenzusehen. Nur ein Gedanke setzte sich fest: Bombenentschärfer? Fensterputzer? Stuntmen? Niemand lebte gefährlicher als Berufstätige in der Tourismusbranche! Wäre er bloß wie der Alte am Hafen Fischer geworden. Lieber zum Lachen unter Deck gehen, als sich selbst in Stücke zu zerlegen.

Pidder Lyng und der Schlaf des Todes

Cord Buch

Die *Pidder Lyng* liegt im Fährhafen von Dagebüll und tanzt im Wellenschlag. Das Gelb-Rot-Blau Nordfrieslands flattert im ewigen Wind über der Fähre. Die Fahrzeuge sind vom Schiff gerollt und der Triebwagen der Norddeutschen Eisenbahngesellschaft mit angehängtem Personenwaggon hat den Bahnhof Dagebüll Mole verlassen. Ruhe ist eingekehrt auf dem Hafengelände an diesem herbstlichen Abend mitten im Sommer. Die *Pidder Lyng* hat ihre letzte Fahrt hinter sich gebracht und schläft auf den Wellen schaukelnd, während das Reinigungspersonal sie fit macht für den nächsten Tag. In aller Frühe wird es wieder hinaus auf die Nordsee gehen.

Beeke Hansen ist für die Toilettenreinigung verantwortlich. Die erste Kabine hat sie gesäubert und wendet sich der nächsten zu. Die Tür will sich nicht öffnen lassen. Sie ruckelt vergeblich an ihr. Schläft an diesem ungemütlichen Ort ein betrunkener Passagier seinen Rausch aus? Sie kramt ihren Vierkantschlüssel hervor und öffnet vorsichtig, fast zaghaft, die Tür. Und erstarrt. Ein stiller Moment schiebt sich vor ihren Entsetzensschrei. Über dem Toilettenbecken liegt verkrümmt ein Mann. Wie hypnotisiert betrachtet Beeke Hansen ihn. Auf den Boden ist Blut getropft, geflossen, viel Blut. Der Mann schläft den Schlaf des Todes.

Erst nach einer gefühlten Ewigkeit gelingt es ihr, den Blick von dem Schrecknis zu lösen. Was soll sie tun? Klar, jemandem Bescheid sagen. Aber wem? Der Polizei? Die sitzt weit weg in Niebüll. Nein, der Kapitän wird der Richtige sein. Sie läuft aufgeregt die Treppe hoch Richtung Brücke und findet dort den über das Bordprotokoll gebeugten Kapitän.

„Ein Toter!"

„Was?" Der Kapitän hebt den Kopf und schaut verständnislos. Er hat schon viel auf seinem Schiff erlebt, aber noch nie gab es einen Toten an Bord.

„Auf der Toilette. Alles voll Blut. Bestimmt wurde der umgebracht."

„Beeke, beruhige dich."

„Es sah so schrecklich aus." Beeke Hansen kann nicht an sich halten, Tränen beginnen zu fließen.

„Die Polizei wird das klären", verspricht der Kapitän und wählt die 110.

Das Revier in Niebüll alarmiert Hauptkommissar Clasen, der an diesem Abend für den Bereitschaftsdienst eingeteilt ist und zu Hause mit einem langjährigen Freund Schach spielt. „Dagebüll und Mord?" Er schüttelt ungläubig den Kopf, vertröstet seinen Freund auf eine Fortsetzung des Spiels und setzt sich in seinen altersschwachen Polo.

Eine gute halbe Stunde braucht Clasen über die Landstraße nach Dagebüll, bevor er durch das Flutschutztor im Deich auf das Hafengelände fährt. Sofort peitscht ihm der Wind aus West entgegen. Er spürt ihn schon vor dem Aussteigen im Innern seines Autos. Er ist auf sich allein gestellt. Der Bereitschaftsdienst in Niebüll besteht immer nur aus einer Person und die Spurensicherung wird erst später da sein. Sie kommt aus Husum und muss knapp fünfzig Kilometer zurücklegen.

„Moin." Der Kapitän empfängt Clasen an der Rampe.

„Moin", grummelt Clasen. „Wo?"

„Komm mit."

Clasen folgt dem Kapitän und stapft über das leere Autodeck, der Stahlboden tönt unter ihren Schritten. Über den Passagieraufgang erreichen sie die Toiletten.

„Da drin." Der Kapitän zeigt auf die Herrentoilette. Der Kommissar betritt die Kabine und betrachtet schweigend den Toten. Er muss erstochen worden sein. In den Taschen des Ermordeten findet er einen Ausweis auf den Namen Heinz Wittgen.

„Tja", in Gedanken spricht er zu dem Toten, das hilft ihm: „Die *Pidder Lyng* hat für heute ihre letzte Fahrt hinter sich, schläft nun schaukelnd auf den Wellen und läuft morgen früh wieder aus, aber du hast deine letzte Fahrt hinter dir, schläfst für immer, schläfst den Schlaf des Todes, aus dem niemand jemals aufwachen wird."

Clasen schaut sich um, überlegt. Der Täter hat sich ausgekannt, muss öfter mit der Fähre gefahren sein. Er wusste, dass sich die Toilettentüren nicht nur von innen verschließen lassen. Er hat sie von außen verschlossen, nach dem Mord. Muss eingeplant haben, dass jeder nachfolgende Toilettenbesucher glaubte, eine besetzte Kabine vor sich zu haben. So wurde der Tote nicht schon während der Fahrt gefunden und der Täter hatte genug Zeit, sich auf das Festland abzusetzen.

Mit seinem Smartphone schießt der Kommissar Fotos von dem Ermordeten. Zum Schluss eins, das nur sein Gesicht zeigt. Nicht das Blut, nicht den Tatort, sondern nur das Gesicht. Er will es den Mitgliedern der Besatzung zeigen, die noch an Bord sind. Vielleicht erinnert sich jemand an den Mann.

Clasen begibt sich ein Deck höher. Jetzt kann er das Meer wieder sehen und auch die Möwen, deren Geschrei nicht bis zu den Toiletten im Innern der Fähre dringt. Ebenso werden Heinz Wittgens Todesschreie ein Deck höher nicht zu hören gewesen sein. Clasen zeigt dem erstbesten Kellner, der ihm über den Weg läuft, das Foto.

„Der ist öfter mit uns gefahren", bekommt er zur Antwort. „Aber muss vom Festland sein. Von Amrum auf jeden Fall nicht."

„Wieso?", hakt Clasen nach.

„Dann würde ich ihn kennen."

„Fuhr er mit jemanden zusammen?"

„Heute nicht. Aber sonst ist er oft mit einer Frau zusammengefahren. So einer schlanken Blondine in chic. Aber heute nicht, wie gesagt. Hat allein am Fenster gesessen und Kartoffelsalat mit Bockwurst gegessen."

Clasen glaubt dem Kellner. Der Tote ist also einer vom Festland, ist Stammgast auf Amrum, oft zusammen mit einer blonden Frau.

Die Kollegen der KTU kommen an Deck der *Pidder Lyng*. Clasen begrüßt sie und wechselt einige Worte mit ihnen. Dann machen sie sich auf die Spurensuche, während er mit dem Kapitän spricht und danach nach Niebüll zurückfährt.

Der tote Heinz Wittgen wird nachts in einem Leichenwagen zur Obduktion nach Kiel gebracht werden und dort auf seine allerletzte Fahrt warten. Die nicht über das Meer gehen wird, sondern auf den Friedhof.

Schon kurz nach Sonnenaufgang sitzt Clasen im Büro und stellt Informationen über Heinz Wittgen zusammen. Der ist Immobilienmakler, oder besser, er war es. Clasen wittert ein Motiv. Neunzig Prozent der Morde geschehen allein aus einem von zwei Gründen, erklärt er immer wieder seiner neuen Kollegin Lena Blau: Geld oder Eifersucht. In diesem Fall tippt Clasen auf Geld, rein intuitiv.

Hat Heinz Wittgen bei seinen Immobiliengeschäften irgendeinen Insulaner übers Ohr gehauen? Manchmal gibt es solcherart Gerüchte. In der Regel kennen die Amrumer den Wert ihrer Häuser und wissen, was reiche Festländer für ein Friesenhaus mit Reetdach bereit sind zu zahlen. Clasen erinnert sich an Spaziergänge von Nebel aus zum Watt, vorbei an zum Verkauf stehenden Häusern. Wie er über die Preise gestaunt hat und sich fragte, was er wohl mit so viel Geld anfangen würde. Wenn er es hätte. Bestimmt kein Haus kaufen. Hat sich ein Amrumer Hausverkäufer von Heinz Wittgen betrogen gefühlt und sich gerächt? Clasen weiß, die Antwort auf die Frage wird er nur auf der Insel finden können.

Er recherchiert den letzten verkaufswilligen Hausbesitzer auf Amrum, mit dem der Tote zu tun hatte, und fährt wieder nach Dagebüll. Gerne würde er seine Kollegin mitnehmen, die nicht *von hier* ist, wie Clasen das nennt, damit sie ein bisschen mehr von der Gegend zu sehen bekommt. Bei der Fahrt über das Watt hätte er ihr viel über Land, Leute und Meer erzählen können. Aber leider hat sie der Revierleiter mit einer anderen Aufgabe betreut. Dann eben nächstes Mal.

Die frühe Fähre hat längst abgelegt, aber er schafft noch die um halb zehn. Die nächste wird erst um die Mittagszeit fahren. Zu spät, denn dann will er schon weiter sein mit seinen Ermittlungen, will am Strand von Wittdün sitzen, auch wenn das Wetter wenig sommerlich ist. Er will auf das Meer schauen und Räucherfisch mit Brötchen essen.

Es ist die *Pidder Lyng*, wieder einmal, von der er über das bleiblaue Meer blickt, während ihr Dieselmotor sie zielstrebig über den Nordseeteich stampfen lässt. *Heut bin ich über Rungholt gefahren*, gehen ihm die Zeilen von Liliencrons Gedicht durch den Kopf. Wie so oft bei einer Fahrt über das Wattenmeer.

Er verkneift es sich, auf die Toilette zu gehen. Aber er bestellt etwas zu essen, wie immer auf der Fähre, wie auf jeder Überfahrt. Kartoffelsalat mit Bockwurst. Wie Heinz Wittgen. Es dauert nicht lange und ein unfreundlicher Kellner stellt einen Teller vor ihm auf den Tisch. Die Portion ist nicht gerade üppig und der Kartoffelsalat schmeckt, als komme er frisch aus einem Plastikeimer. Es ist wie immer und er fühlt sich heimisch.

Während des Essens lässt Clasen seinen Blick durch das Bordrestaurant schweifen und bleibt an den Verkaufsauslagen hängen: rot-weiß bemalte Leuchttürme verschiedener Größen. Seehunde als Plüschtiere. Maritimer Kitsch. Warum bloß füllt die Reederei ihr Bordrestaurant damit? Er hat noch nie einen Touristen diese Produkte kaufen sehen. Selbst die Kinder quengeln nicht, dass sie dringend eine Stoffrobbe brauchen, sondern stehen lieber mit ihren Eltern auf dem Achterdeck und füttern Möwen. Dass gut sichtbare Schilder dies verbieten, interessiert die nicht. Touristen scheinen nie lesen zu können, denkt Clasen. Egal, wo in dieser Welt sie auftauchen.

Plötzlich wird das Stampfen der Schiffsmotoren leiser, bekommt einen anderen Rhythmus und eine andere Frequenz. Clasen weiß, der Kapitän der *Pidder Lyng* nimmt Fahrt weg. Die Touristen auf dem Deck beobachten fasziniert, wie er die Fähre an den Anleger manövriert, wo sie festmacht und die Bugklappe hochgefahren wird. Clasen reiht sich ein in die Schlange der Fußgänger, die als erste das Schiff verlassen dürfen. Wer unbedingt ein Auto auf der Insel braucht, muss eben warten. Sicher musste Wittgen immer warten, denkt Clasen.

Auf dem kurzen Weg zur Bushaltestelle genießt er den starken Wind aus West. Wenige Minuten später kommt der Bus, der in einiger Entfernung auf die Ankunft der Fähre gewartet hat. Schnell füllt er sich mit Touristen und deren Gepäck. Gut zehn Minuten dauert die Fahrt bis Nebel Westerheide. Den Rest geht er zu Fuß über den *Strunwai* Richtung Nordsee. In etwa zweihundert Metern biegt er in einen gewöhnlichen Sandweg ein, der durch den Wald führt. Fasane schreien und ein einzelner Specht hackt seinen Schnabel in den Stamm einer Kiefer. Vom Meer ist nichts zu hören, nichts zu sehen.

In einem der Häuser mit vorgelagertem Garten, der mit Strandkörben gespickt ist, wohnt Breckwoldt. Er hat Heinz

Wittgen als letzter einen Auftrag zum Hausverkauf erteilt. Clasen klingelt an der Tür, obwohl diese sicherlich nicht abgeschlossen ist. Das ist hier in den Uthlanden einfach nicht üblich. Trotz Touristen.

Nach einer Weile öffnet Breckwoldt, schaut distanziert den Fremden an und murmelt „Moin". Clasen stellt sich vor und wird hineingebeten. Er beginnt ohne Umschweife, seine Fragen zu stellen.

„Nee, das vergiss man", antwortet Breckwoldt, „das war keiner von hier. Einen Makler auf der Fähre ermorden, welch eine dumme Idee."

„Na ja, immerhin hat jemand die Idee gehabt und umgesetzt. Herr Wittgen ist tot."

„Weißt du, wenn ich mich an dem hätte rächen wollen, was ich getan hätte?"

„Nee. Was denn?"

„Ich hätte den zu einer Wattwanderung eingeladen."

„Was, bei dem Schietwetter gestern?"

„Ja, von der Odde nach Föhr."

„Und dann?"

„Wäre irgendwann die Flut gekommen. Ich weiß ja, wie ich da raus komm'. Aber ein Fremder? Der Wittgen wäre zu Fischfutter geworden und nie wieder aus dem Meer aufgetaucht. Oder er wäre wie ein toter Schweinswal an irgendeinen Strand angespült worden. Weshalb auf der Fähre umbringen? Nee, das war niemand von Amrum. So dumm ist hier keiner."

„Na denn", sagt Clasen. Und Breckwoldt, der meint, dass er nun alles gesagt hat, was zu sagen ist, fügt ein „Tschüss" hinzu. Er muss ja nicht gleich ewig mit dem Polizisten vom Festland reden. Genau da liegt Niebüll nun mal, auch wenn es zu Nordfriesland gehört, während Amrum wie ein Schiff vom Meer umgeben ist. Ein Riesenunterschied.

Breckwoldt muss auch nicht mehr sagen, Clasen hat ihn verstanden. Der Mörder kommt nicht von der Insel. Er hat begriffen, dass es unnötig ist, weitere Kunden des Toten zu befragen. Clasen fährt mit dem nächsten Bus zurück, steigt zwei Stationen vor dem Fähranleger in Wittdün aus. Er kauft sich Räucherfisch, drei verschiedene Sorten, und zwei Brötchen dazu. Nach wenigen Schritten ist er am Strand und setzt sich. Er braucht das Meer und dessen Geruch. Sonst fühlt er sich unwohl.

Nachdenklich schweift sein Blick über das Watt, das vom ablaufenden Wasser freigelegt ist. Wenn Geld nicht das Motiv für den Mord an Heinz Wittgen war, dann eben Eifersucht. So ist es immer, eines von beiden. Er beschließt, am nächsten Tag nach Glückstadt zu fahren. Dort wohnte Wittgen und dort hatte er sein Büro. Beim Revierleiter wird er anmelden, dass Lena Blau ihn begleitet.

Gegen zehn am nächsten Morgen kommen er und seine Kollegin endlich los. Landstraße, Autobahn, Landstraße. Lena Blau schweigt und hält ihren Blick auf die dahinhuschende Landschaft gerichtet. Zeit für Clasen, die Gedanken schweifen zu lassen. Wenn er Zeit hätte, richtig Zeit, würde er von Dagebüll nach Glückstadt segeln. Stattdessen pustet er Kohlendioxid in die Luft. Irgendetwas stimmt nicht mit seinem Leben.

Es ist Mittag, als sie in dem ehemals dänischen Städtchen an der Elbe ankommen. Am Marktplatz entdeckt er einige verlockende Restaurants und bekommt Hunger. „Nehmen wir das?", fragt er seine Kollegin und zeigt auf ein kleines Haus mit altem Fachwerk, von dem man einen schönen Blick auf die schiefe, weiß getünchte Kirche hat. Lena Blau nickt. Beide bestellen Matjes. Was auch sonst, sie sind schließlich in Glückstadt.

Gesättigt machen sie sich auf den Weg zum alten Hafen. Auf halber Strecke liegt das Büro von Heinz Wittgen. Eine blonde Frau öffnet die Tür. Sie stellt sich als Frau Berg und Sekretärin von Wittgen vor. Nach der Beschreibung des Kellners auf der Fähre muss es sich um die Frau handeln, die Wittgen öfters nach Amrum begleitet hat. Sie fragt freundlich nach ihren Immobilienwünschen. Schweigend blickt Clasen die Frau an. Sein Bauch meldet sich. Der Matjes mit Hausfrauensoße will schwimmen. Bevor er den Gedanken zu Ende denken kann, kommt ihm eine Frage in den Sinn.

„Hatten Sie etwas mit Ihrem Chef? Ich meine so beziehungsmäßig?"

Die blonde Frau schaut ihn an. Ihre geschminkten Augen blicken traurig.

„Ja", sagt sie nach einer Weile, „wir waren zusammen. Nicht nur das, wir wollten heiraten."

„Aber war Herr Wittgen nicht verheiratet?", wirft Lena Blau ein.

„Doch, ja. Aber er wollte sich scheiden lassen."

„Und Sie?"

„Ja, ich auch."

Clasen schweigt nachdenklich, wartet, bis die Frau von sich aus weiterredet.

„Das war nicht wegen seinem Geld. Ehrlich. Es war Liebe."

Clasen glaubt ihr, so wie er Breckwoldt geglaubt hat. Ihre Augen sagen die Wahrheit. Sie kann nicht die Mörderin sein. Trotzdem fragt er nach ihrem Alibi, telefoniert danach und erfährt, dass es hieb- und stichfest ist. Clasen und Lena Blau verabschieden sich.

„Da wir schon den weiten Weg von Niebüll hierher gefahren sind, sollten wir alle befragen, die möglicherweise etwas mit dem Mord zu tun haben."

„Sehe ich auch so", stimmt Lena Blau zu. „Unschuldige aussortieren und Verdächtige identifizieren."

Sie begeben sich zu Wittgens Adresse, um mit seiner Frau zu reden.

„Wie die wohl zu den Scheidungsabsichten ihres Mannes steht?", rätselt Clasens Kollegin. „Also ein Motiv hat die allemal."

Wittgens Frau ist nicht zu Hause. Zumindest öffnet niemand die Tür.

„Schade", sagt Clasen. „Sie bleibt auf unserer Liste. Und wir schauen uns jetzt an, wie die Sekretärin so wohnt. Vielleicht können wir mit ihrem Mann reden. Der hat schließlich auch ein astreines Motiv."

Die Wege in Glückstadt sind kurz. In der Stadt wohnen nicht viel mehr Menschen als in Niebüll. Das gesuchte Wohnhaus ist unauffällig, die Fenster sind dekoriert. Blumenkübel zieren den Eingang. Clasen klingelt. Und hofft, dass jemand zu Hause ist. Aber es passiert nichts, nur eine Möwe lacht hämisch. Manfred Berg ist nicht zu Hause. Muss er ja auch nicht. Etliche Nachbarn sind es auch nicht. Im zweiten Stock öffnet eine etwa achtzigjährige Frau das Fenster.

„Herr Berg ist weggefahren. Und seine Frau ist ja ausgezogen. Darum gieße ich seine Blumen. Ach was, eigentlich sind es nur zwei, eine Fuchsie und eine Geranie. Ich habe ja einen grünen Daumen. Das sagt man mir nach, seit meiner Jugend."

„Und wissen Sie zufällig, wohin Herr Berg fahren wollte?"

„Gar nicht zufällig, er hat es mir gesagt. Wir leben in einer guten Nachbarschaft. Da vertraut man sich."

„Und wohin?" Lena Blau möchte es gerne etwas konkreter.

„Amrum."

„Und wo da?"

„Das hat er mir nicht gesagt. Und wenn, könnte ich mit den Ortsnamen dort nichts anfangen. Ich war ja noch nie da. Aber als Kind, da bin ich mal nach Föhr verschickt worden.

Lange her. Also …" Clasen unterbricht die Frau, bedankt und verabschiedet sich. „Und von Föhr erzählen Sie uns ein anderes Mal, ja?", verspricht Lena Blau, was sie sicher nie einlösen wird.

„Herr Berg ist kein schlechter Mensch", ruft die Frau den beiden Beamten nach, als sie zum Auto zurückkehren.

„Dann zurück nach Amrum. Du fährst." Clasen reicht den Autoschlüssel seiner Kollegin.

„Die Insel ist groß. Berg kann dort überall sein. Wie sollen wir ihn finden?" Lena Blau ist nicht begeistert.

„Tourismuszentrale? Gästeregister? Mal was von gehört?"

Sie verlassen Glückstadt und steuern die A23 an. Um sie herum plattes Land. Gute halbe Stunde, dann endet die Autobahn bei Heide. Läuft aus in eine Bundesstraße, je Richtung nur eine Spur. Das Land noch flacher als bisher, noch platter. Die Bäume geneigt, schief. In Windrichtung. Wie immer. Clasen ist an die Ortsnamen unterwegs gewöhnt, für seine Kollegin wie auch für viele Touristen klingen sie eigenartig: Sönnebüll, Bordelum, Reußenköge, Schlüttsiel. Ein Büll weiter: Dagebüll.

Sie haben Glück: Sie schaffen die letzte Fähre, die sie wieder durchs Watt und über die Nordsee bringt. Ansonsten same procedure: Kartoffelsalat, Würstchen und Friesentee im Bordrestaurant. Nur dass sie dieses Mal auch ein Fahrzeug auf dem Autodeck stehen haben. Zwei Stunden später legen sie in Wittdün an. Sie finden schnell eine Unterkunft für die Nacht.

Gleich am nächsten Morgen begeben sich Clasen und Lena Blau ohne Umwege zur Tourismuszentrale. Eine hilfsbereite junge Frau muss nicht lange suchen, ihr Computer hat unverzüglich eine Antwort parat: Manfred Berg hat eine Ferienwohnung in Norddorf gemietet. Die Adresse gibt sie anstandslos heraus.

Mit Clasens altem Polo sind sie schnell in Norddorf und an der angegebenen Adresse. Clasen klopft an die Tür der Ferienwohnung. Keine Reaktion. Niemand da.

„Wenigstens haben wir frische Seeluft geschnuppert. Kommt selten genug vor bei unseren Arbeitszeiten", konstatiert Lena Blau.

„Wirf doch nicht gleich die Flinte ins Korn. Oder die Angel ins Watt. Wir sind in Norddorf. Norddorf wie Dorf. Groß ist das nicht hier."

Clasen ruft im Revier in Niebüll an und lässt sich ein Foto von Manfred Berg auf sein Smartphone schicken. Lena Blau öffnet auf ihrem Handy eine Karte von Norddorf, die Restaurants und Cafés in der Nähe anzeigt.

„Hundertfünfzig Meter geradeaus, dann linke Seite", gibt sie das erste Ziel bekannt. „Das Café heißt irgendwas mit Öömrang, was immer das bedeuten soll."

Clasen lacht. „Das heißt Amrum. Auf Friesisch."

Möglicherweise hat das Friesische im Namen Berg abgehalten: Erst in der vierten Lokalität, die sie ansteuern, werden sie fündig.

„Da, in der Ecke am Fenster, da sitzt er", sagt Clasen. Er fragt eine Kellnerin, wie lange sich der Mann schon im Café befinde.

„Wohl 'ne Stunde", bekommt er knapp zur Antwort. „Vernichtet Pharisäer. Schon den dritten."

„Pharisäer?", wirft Lena Blau ein.

„Kaffee mit Rum. Und einer Sahnehaube obendrauf, damit man den Alkohol nicht riecht."

„Herr Berg? Manfred Berg?", spricht Clasen den Mann an.

„Wie bitte?", lallt er. Seine Stimme klingt, als wäre er mindestens beim fünften Pharisäer. Clasen fragt sich, ob der Zusammenhang zwischen der Anzahl der Pharisäer und einer gestörten Artikulation bei Fremden stärker ausgeprägt ist als bei Nordfriesen. Er und seine Kollegin ziehen zwei Stühle heran und setzen sich zu dem alkoholisierten Mann.

„Ihre Frau hatte ein Verhältnis mit dem Immobilienmakler Heinz Wittgen. Sie wollte sich von Ihnen scheiden lassen. Haben Sie ihn deshalb auf der Fähre *Pidder Lyng* auf der Überfahrt ermordet?"

„Watt denn?", lallt Manfred Berg.

Clasen ist klar, dass er den Mann nicht befragen darf und vor allem mit dessen Antworten rechtlich so nicht viel anfangen kann. Aber er will jetzt wissen, ob der Mann der Mörder ist. Es braucht ja niemand erfahren, wie viel Alkohol Wittgen zum Zeitpunkt seines Geständnisses im Blut hatte. Und da es bis Niebüll dauert, geht Claasen davon aus, dass Wittgen wieder nüchtern ist, wenn sie dort ankommen. Notfalls stellt er ihn auf der Fähre zwei Stunden in den Fahrtwind.

Fahrig beantwortet Manfred Berg Clasens Fragen. Er scheint mit seinen Gedanken ganz woanders zu sein. Eine Idee für ein Alibi hat er nicht.

„Das ist ja nun man schlecht", sagt Clasen und schweigt.

Plötzlich platzt es aus dem Mann der Sekretärin raus, erstaunlich klar. „Dieser Wittgen war ein Schwein. Nicht nur mit seinen Geschäften. Er bekam einfach alles, alles, was er wollte. Und nun auch noch meine Frau. Das konnte ich nicht ertragen, das ging gar nicht. Überhaupt nicht."

„Und dann?", fragt Clasen.

Sein Gegenüber holt tief Luft, überlegt einen Moment und legt los, als sei er froh, endlich reden zu können. „Vor Jahren, auf Amrum, ja, ich habe mal hier gewohnt, da musste ich mein Haus verkaufen. War vollkommen pleite. Und der Wittgen hat es einem seiner Freunde vermittelt. Heute weiß ich, vollkommen unter Wert. Dafür hat er dann von dem noch ordentlich was bar auf die Kralle bekommen. Bestimmt. Und ich, ich muss jetzt in Glückstadt wohnen. Elbe statt Nordsee!

Können Sie sich das vorstellen? Ich?"

„Haben Sie Heinz Wittgen erstochen?"

„Ja. Nun kann der nie wieder mit meiner Frau nach Amrum fahren. Und heiraten kann er sie auch nicht mehr."

Clasen weiß, nicht nur Heinz Wittgen fährt nie mehr über die Nordsee, auch für den Noch-Ehemann der Sekretärin wird dies die letzte Fahrt auf die Insel gewesen sein. Zumindest für eine lange Zeit. Der Kommissar atmet tief durch. Er hat den Täter, er hat ein Geständnis. Jeder Mord ist wie ein Aufschrei, doch in fast allen Fällen ist die Lösung am Ende unspektakulär. Clasen bleibt für seine private Statistik nur noch die Frage, ob Geld oder Eifersucht das entscheidende Motiv war.

„Weil er Sie beim Hausverkauf betrogen hat?"

„Ja, auch, äh, nein, nicht deshalb. Ich wollte dem Wittgen nicht alles überlassen. Nicht auch noch meine Frau. Der konnte doch nicht immer alles bekommen, was er wollte! Irgendwann musste doch mal Schluss sein!"

„Tja, nun ist Schluss", sinniert Clasen und überlegt eine Weile, bevor er weiterspricht. „Bis die nächste Fähre Richtung Festland geht, haben wir noch zwei Stunden Zeit. Und da Sie noch heute Abend in den Knast wandern: Haben Sie einen Wunsch, was Sie in der Zeit machen wollen?"

„Noch einen Pharisäer", sagt Berg, „und dann in die Dünen. Nirgendwo geht die Sonne so schön unter wie in den Dünen. Ich meine, wenn man dort steht. Oder sitzt. Und der Sonne zuschaut, die natürlich nicht in den Dünen untergeht, sondern im Meer. Es ist dann, als wäre alles vorbei. Und trotzdem auch so, als ob es immer weitergeht, immer wieder anfängt. Neu anfängt. Wie Ebbe und Flut. Wie das Meer … Verstehen Sie mich?"

Fische versenkt

Leo Hansen

Wiebke Lindberg verbrachte auch im November viel Zeit auf ihrer Motorjacht *Moby*, für die sie vor zwei Jahren einen Liegeplatz im Neustädter Sportboothafen ergattert hatte. Sie fuhr nicht nur gerne die Ostseeküste rauf und runter, sondern sie liebte es ebenso, sich den sanften Schaukelbewegungen ihrer Jacht hinzugeben, wenn sie im Hafen lag. Dann brauchte sie einfach nur die Augen zu schließen und nach wenigen Sekunden träumte sie sich in eine andere Zeit.

Sie lag dann auf dem Bauch ihrer Mutter, die auf ihrem Schaukelstuhl in der warmen Küche ihres Elternhauses saß und sie entweder in den Schlaf wiegte oder tröstete. Dabei sang sie immer dasselbe Lied auf Schwedisch. „Du varg, du varg kom inte hit, ungen min får du aldrig." Das Wolfslied von Astrid Lindgren: „Du Wolf, du Wolf kommst nicht hierher. Mein Kind bekommst du nie mehr."

Für ihre Mutter stand der Wolf für Kampfeslust und Furchtlosigkeit und sie versuchte, Wiebke in diesem Sinne zu erziehen. Auch jetzt noch. Ihre Mutter war zwar längst tot, aber sie erschien Wiebke immer dann, wenn die mit sich haderte. Beim Frühstück, im Auto, abends auf dem Sofa. Meistens stritten sie und waren unterschiedlicher Meinung. Aber ihre Mutter hatte immer das letzte Wort und das war in der Regel ein Ratschlag. Unangenehm wurden diese Begegnungen, wenn andere Menschen in der Nähe waren. So wie im Büro. Die Leute dachten dann, sie rede mit sich selbst.

Wiebke lächelte und lauschte weiterhin dem Kinderlied. Plötzlich wurde aus dem sanften Wiegen ihrer Jacht ein heftiges Schaukeln. Wiebke schlug die Augen auf. Jemand musste auf den Bug gesprungen sein. Sie schaute auf die Uhr. Er sollte doch erst in einer Stunde kommen. Genervt verließ sie die Koje, fuhr sich durch die Haare und nahm die drei Stufen zum Cockpit. In dem Moment betrat ein junger Mann mit schwarzen Locken das Heck. Sie öffnete die Schiebetür.

„Sind Sie Wolters?"

„Persönlich!"

„Können Sie sich ausweisen?", fragte Wiebke schroff.

Der junge Mann griff in seine Hosentasche, holte einen Presseausweis heraus und hielt in Wiebke vor die Nase.

„Und wieso kommen Sie jetzt schon?"

„Wir haben viel zu bereden." Wolters grinste. „Ich sagte doch am Telefon, dass ich Neuigkeiten habe und in vier Tagen ist der Jahrestag."

„Vom Albatros-Unglück, ich weiß."

„Unglück", lachte Wolters hämisch. „Das glauben Sie doch selbst nicht."

„Nun fangen Sie nicht mit den ganzen alten Verschwörungstheorien an, Sie wollten…"

„Das hat der Justizminister auch gesagt." Wolters grinste. „Von dem soll ich übrigens schön grüßen. Als gewissenhafter Journalist habe ich mich natürlich auch an ihn gewandt und ihn mit meinen Recherchen konfrontiert."

„Und?", fragte Wiebke nun verunsichert.

„Er hat sich alles angehört und dann gesagt, ich solle mich an Sie wenden. Sie hätten damals die Untersuchung geleitet."

„Na dann." Wiebke bat ihn ins Cockpit. Sie setzten sich an den Tisch und Wolters holte ein Aufnahmegerät aus seiner Tasche.

„Hier wird nichts aufgenommen."

„Darf ich denn mitschreiben?"

„Nein. Dieses Treffen ist inoffiziell, klar?"

Wolters nickte und packte das Aufnahmegerät wieder in seine Tasche. „Ich weiß, dass der damalige Generalstaatsanwalt und heutige Justizminister Ihnen vor zwei Jahren, als Sie noch Staatsanwältin waren, angeordnet hat, die Untersuchung wegen fahrlässiger Tötung und unterlassener Hilfeleistung nach dem Untergang der ‚Albatros‘ einzustellen. Trotz vieler Ungereimtheiten.“

„Was Sie nicht sagen“, erwiderte Wiebke ungehalten.

„Ich kann es nur nicht beweisen“, sagte Wolters mit verblüffender Offenheit.

„Ihr Pech.“

„Sie aber könnten gegen ihn aussagen.“

„Warum sollte ich mich selbst belasten?“

„Es war nicht Ihre eigene Entscheidung. Er hat Sie erpresst. Wahrscheinlich hat er mit Ihrem Karriereende gedroht.“

Wiebke lachte auf. „Sie haben eine blühende Fantasie.“

„Und entspringt es auch meiner Fantasie, dass er jetzt als Justizminister verhindern will, dass Sie Generalstaatsanwältin werden?“

Eine halbe Stunde später verließ Wiebke Lindberg panisch das Boot und stürmte vom Steg auf den „Unteren Jungfernstieg“, der direkt an der Wasserkante entlangführte. Sie blieb stehen, holte tief Luft und ging am Steg des Seenotrettungsboots „Henrich Wuppesahl“ vorbei Richtung Ostseestrand. Sie musste den Kopf frei bekommen und der aufkommende Wind würde ihr dabei helfen. Warum war dieser Journalist auch so penetrant geworden und hatte auf seiner Idee beharrt. Er hatte sie bedrängt, ihr gedroht und war ihr körperlich zu nahe gekommen. Aber einer Wölfin kommt man nicht zu nahe und so hatte sie ihn von sich weggeschubst. Er war gestolpert, rückwärts die drei Stufen zur Kajüte hinuntergefallen, mit dem Kopf gegen die Küchenzeile geknallt und mit einer blutenden Wunde liegen geblieben. All das ging Wiebke durch den Kopf, als sie zum Strandbad lief. Dort betrat sie die Seebrücke, die aufs Meer hinaus führte.

An der Plattform am Ende der Brücke angekommen, lehnte sie sich an das Geländer und blickte auf das Meer. Das Plätschern der Wellen beruhigte sie ein wenig. Sie war sich sicher, dass Peter Wolters tot war. Sie hatte seinen Puls kontrolliert. Nichts. „Was soll ich jetzt machen?", murmelte Wiebke Lindberg und blickte nachdenklich aufs Wasser. Dass der der in Aussicht gestellte Karrieresprung in Gefahr war, hatte sie nicht erst von Wolters gehört. Mit einem Toten an Bord würden die Chancen gegen null gehen. Aber sie war an der Reihe und würde kämpfen. Der Tote musste verschwinden. Und da gab es nur einen, der ihr helfen konnte. Ihr Ex-Mann. Eigentlich wollte sie ihn nie wieder um einen Gefallen bitten. Schließlich verkehrte er in Kreisen, die einer Oberstaatsanwältin nicht zuträglich waren. Glücklicherweise hatte sie sich von ihm scheiden lassen, bevor er wegen eines Bauskandals ins Visier der Justiz geraten war. Und daran war sie nicht ganz unschuldig. Aber er verfügte eben über viele Kontakte, sowohl in die Unterwelt als auch nach oben. Was sich ja bekanntermaßen nicht widersprach.

Sie griff zum Handy und rief ihn an. Als sie das Gespräch beendete, lief gerade das neue Schiff der Küstenwache Neustadt aus, mit Bordkanone und Hubschrauber-Landedeck. Sie blickte ihm eine Weile hinter, bevor sie sich auf den Rückweg machte. Ihre Gedanken kreisten um den Albatros-Fall. Sie hatte befürchtet, dass er ihr noch einmal Ärger bereiten würde.

Beim Rundhafen spürte sie plötzlich, dass ihr jemand folgte. Sie schaute über ihre linke Schulter, konnte jedoch niemanden entdecken.

„Ich bin an deiner rechten Seite."

Wiebke schrak zusammen und traute ihrer Wahrnehmung nicht: Rüdiger Körbel, der Fischer, der vor fast genau zwei Jahren beim Untergang seines Kutters in der Ostsee ertrunken war. „Was machst du denn hier?", fragte sie baff.

‚Ich wollte deinen ängstlichen Gesichtsausdruck sehen.'

„Warum sollte ich Angst haben?"

‚Stimmt, du hast ja mächtige Freunde. Aber bist du dir sicher, dass sie auch diesmal zu dir halten, wenn die Wahrheit ans Licht kommt?'

„Welche Wahrheit? Du konntest doch damals den Hals nicht voll genug bekommen und hast zu viel Fisch an Bord deiner Albatros geholt." Wiebke trat wütend einen Stein weg. „Und dann ist sie gekentert."

‚Ja, ja, rede dir das nur oft genug ein, dann glaubst du es irgendwann selbst. Das hast du schon immer gemacht. Eine Wiebke Lindberg macht schließlich keine Fehler.'

„Niemand hat Fehler gemacht. Das Bundesoberseeamt in Hamburg hat bestätigt, dass eine Überladung des Schiffs der Grund für das Kentern der Albatros war."

‚Andere Gutachter sind zu einem völlig anderen Schluss gekommen. Aber das interessierte ja niemanden. Auch dich nicht. Du bist ja eine Wölfin und gehst für deine Karriere über Leichen. Damals Staatsanwältin, wenig später Oberstaatsanwältin und jetzt bald Generalstaatsanwältin. Alle Achtung, da lohnt es sich schon zu lügen und zu vertuschen.'

„Ach, halt den Mund. Was sollte ich denn machen?"

‚Rückgrat zeigen, Wiebke Lindberg. Übrigens: Dafür ist es nie zu spät.'

Wiebke wollte Körbel grade kräftig die Meinung geigen, da war er auch schon wieder abgetaucht. Warum muss der mir auch noch erscheinen, fragte sie sich. Ihre Mutter, das war noch in Ordnung, aber doch nicht Körbel. Inzwischen war sie wieder am Steg C angekommen. Sie wollte gerade den Code am Eingang eingeben, als sie feststellte, dass das Tor offen stand.

„Hast du in der Hektik vergessen, es zu schließen?", fragte eine ihr bestens bekannte Stimme süffisant.

„Wahrscheinlich. Schön, dass du da bist." Wiebke wunderte sich, dass ihr dieser Satz über die Lippen kam. Gemeinsam ging sie mit Hans Sippel, ihrem Ex, zu ihrer Jacht. Sie sprangen auf den Bug, hangelten sich an der Reling entlang zum Heck und standen vor einer offenen Schiebetür.

„Diese Tür habe ich definitiv verschlossen", sagte Wiebke, bevor ihr Ex eine blöde Bemerkung machen konnte. Sie betrat vorsichtig das Cockpit, ging bis zu den Stufen, die zur Kajüte herunterführten, und erstarrte.

„Scheiße", rief sie. „Der Journalist ist verschwunden."

„Wenigstens hat er ein paar Blutstropfen zurückgelassen." Hans Sippel stieg die Stufen hinunter und betrachtete das Blut. „Ist noch frisch."

„Das bedeutet?"

„Lange kann er noch nicht weg sein."

Sie setzten sich an den Tisch. Wiebke schenkte sich und Sippel einen Whiskey ein. „Ich war mir sicher, dass er tot ist." Dann trank sie den Whiskey auf ex.

„Wie wäre er dir lieber? Tot oder lebendig?"

„Lebendig natürlich. So kann er mir noch helfen."

„Inwiefern?"

Wiebke erzählte ihrem Ex von Wolters' Vorschlag, gegen den Justizminister auszusagen und sich als Opfer darzustellen. Hans Sippel nippte an seinem Whiskey. „Und?"

„Du hast doch bestimmt gegen alle wichtigen Menschen etwas in der Hinterhand, damit du in Ruhe deinen vielen nicht ganz legalen Geschäften nachgehen kannst." Wiebke schaute ihren Ex fragend an, bekam aber keine Antwort. „Ist zufällig der Justizminister darunter?"

Sippel erhob sich. „Danke für den Whiskey. Ich melde mich." Er wandte sich zum Gehen, drehte sich in der Tür aber noch einmal zu ihr um. „Und keep cool." Wiebke schaute ihm kopfschüttelnd hinterher und schenkte sich einen weiteren Whiskey ein. „Sehr witzig", murmelte sie.

‚Trink nicht so viel, Kind.'

„Jetzt du auch noch", fluchte Wiebke in Richtung ihrer Mutter.

‚Ein bisschen mehr Respekt kann ich wohl erwarten.'

„Entschuldige. Ich bin gerade im Stress."

‚Zunächst musst du auf jeden Fall alle Spuren beseitigen. Blut, Fingerabdrücke und Ähnliches. Dann wartest du ab. Nicht aus der Deckung kommen.'

„Keep cool, ich weiß."

‚Du hast ihn selber angerufen.'

„Vielleicht ist Wolters schwer verletzt, liegt irgendwo im Gebüsch und ist dort gestorben."

‚Ich glaube kaum, dass ein Schwerverletzter von diesem Boot heruntergekommen wäre. Und selbst wenn er tot wäre. Es war ein Unglück, eigentlich sogar Notwehr. Man greift…'

„…keine Wölfin an. Ich weiß." Wiebke trank ihren Whiskey aus. „Ich habe mich damals bei der Untersuchung des Albatros-Untergangs doch nur dem politischen Druck gebeugt, um…"

‚…deine Beförderung zur Oberstaatsanwältin nicht zu gefährden.'

„Ich habe mein Berufsethos mit Füßen getreten."

‚Eine späte Einsicht, mein Kind. Doch dir blieb keine Wahl. Eine Wölfin ist nicht nur kampfeslustig, sondern auch intelligent. Du hättest dir mächtige Menschen zum Feind gemacht und der Fischer wäre durch moralisches Handeln auch nicht wieder lebendig geworden. Die Wahrheit ist manchmal kompliziert.'

„Aber sie würde vermutlich das Ende meiner Karriere bedeuten, oder?"

‚Vielleicht, vielleicht auch nicht. Es haben auch andere die Augen verschlossen und Beweise negiert. Menschen, die in weit höheren Positionen als du waren und heute immer noch ihren Job ausüben.'

Die nächsten Tage verbrachte Wiebke hauptsächlich in ihrem Haus an der Steilküste in Sierksdorf. Auf ihrer Jacht hielt sie es seit Wolters' Besuch nicht mehr aus und auch die Anwesenheit in ihrem Büro in Lübeck reduzierte sie auf ein Minimum. Sie konnte sich einfach nicht konzentrieren, ihre Gedanken kreisten um Peter Wolters. Warum meldete er sich nicht? War er doch tot? Oder hatte er kalte Füße bekommen? Letzteres konnte sie sich nicht vorstellen, zu selbstbewusst war sein Auftreten gewesen.

Sie schaute aus dem Fenster raus zum Meer, wo die Dämmerung an Land ging. Die Außenbeleuchtung war angegangen, der November hatte kurze Tage. Sie ging ins Bad und ließ heißes Wasser in die Wanne einlaufen. Vielleicht würde sie ein „Cleopatra"-Cremebad entspannen. Als sie gerade in die Wanne steigen wollte, ploppte eine Nachricht auf ihrem Handy auf: „Schau in deinen Briefkasten. Sofort." Sie zog den Bademantel über, lief zum Briefkasten und entnahm ihm einen großen Umschlag. Noch auf dem Weg zurück zum Badezimmer öffnete sie ihn. Er enthielt drei Fotos und einen Brief.

Sie setzte sich auf den Wannenrand und starrte auf das erste Foto. Es zeigte den auf ihrer Jacht am Boden liegenden Wolters. Das zweite war eine Großaufnahme von Wolters' Kopf mit der klaffenden, blutigen Wunde. Das dritte war ein Weitwinkel-Foto. Es bildete das halbe Cockpit ab, im Zentrum die Treppe, wo Wolters gelegen hatte. „Scheiße, Scheiße, Scheiße", murmelte Wiebke. Dann las sie den Brief. Er war kurz:

„Dumm gelaufen, Wiebke. Trotz Ihres K.-O.-Schlags sollten wir uns erneut treffen. Ich denke, die Fotos sind Grund genug, dass Sie einem Treffen zustimmen, um unser weiteres Vorgehen abzusprechen. Ich gehe davon aus, dass Sie neue Informationen mitbringen. Und ebenso 100.000 € Schmerzensgeld in kleinen Scheinen. Treffpunkt Mittwochnacht, 2:00 Uhr. Auf dem Campingplatz am Strandimbiss."

Es folgten eine genaue Beschreibung, die sie zu einem Wohnwagen führen sollte sowie eine Anordnung, wie sie sich zu verhalten hatte. Wiebke ließ Fotos und Brief auf den Fußboden fallen, der Bademantel folgte. Dann glitt sie langsam in die Wanne und ergab sich dem Duft des „Cleopatra"-Bades.

‚Du weißt, was es mit diesem Termin auf sich hat?'

Genervt hörte Wiebke ihre Mutter vom Wannenrand. „Selbst im Bad lässt du mich nicht in Ruhe. In dieser Nacht vor zwei Jahren und genau zu dieser Uhrzeit sind die Albatros gekentert und Körbel ertrunken. 6,3 Seemeilen vom Leuchtturm Staberhuk auf Fehmarn und 8,49 Seemeilen von Großenbrode entfernt."

‚Das Badewasser ist viel zu heiß, Wiebke. Das schadet deiner Haut.'

„Ich habe gerade andere Probleme."

‚Deshalb bin ich hier.'

„Und was schlägst du vor?"

‚Du hast mir nie erzählt, was damals wirklich geschehen ist.'

„Wie auch. Ich durfte doch offiziell nicht weiter nachforschen."

‚Anweisungen von oben haben dich noch nie abgehalten, den Dingen auf den Grund zu gehen.'

„Es gab einige Ungereimtheiten. Körbel war ein erfahrener Fischer und Seemann."

‚Auch die machen Fehler.'

„Aber dass er sein Schiff überlädt, ist eine absurde Annahme. Und selbst wenn, hätte er es gemerkt und Maßnahmen ergriffen, zum Beispiel einen Notruf abgesetzt, sich einen Rettungsanzug angezogen. Doch nichts dergleichen ist geschehen."

‚Und das bedeutet?'

„Es gab immer wieder Gerüchte, dass zur Zeit des Untergangs…"

‚…um zwei Uhr nachts.'

„Genau… dass zu diesem Zeitpunkt ein dänisches Kriegsschiff in der Nähe war. Also habe ich bei der Marine nachgefragt, aber die haben das verneint."

‚Dann hast du deine Schuldigkeit getan. Und selbst wenn so ein Schiff in der Nähe der Albatros gewesen wäre, hätten die ja wohl kaum einen Fischkutter versenkt.'

„Damals lief ein großes NATO-Manöver in der Ostsee. Und vielleicht haben die geheime Operationen durchgeführt. Das würde und kann die Marine natürlich niemals zugeben."

‚Was soll denn das gewesen sein?'

„Keine Ahnung. Jedenfalls habe ich nach meiner Anfrage einen Anschiss vom Generalstaatsanwalt bekommen mit dem dezenten Hinweis, ich solle meine Karriere nicht durch weitere Nachforschungen gefährden. Bootsunfälle würden in der Ostsee schließlich häufiger geschehen. Daraufhin habe ich die Ermittlungen gegen Unbekannt wegen fahrlässiger Tötung und unterlassener Hilfeleistung eingestellt."

‚Bisschen voreilig, meinst du nicht?'

„Meine Karriere war mir wichtiger."

‚Was meinst du, wie das Treffen im Wohnwagen ablaufen wird?'

„Der Journalist bekommt sein Geld und Informationen, die ich hoffentlich von Hans…"

‚Sieh an, du bist weiterhin in Kontakt mit deinem Ex.'

„Nerv mich nicht. Er sammelt kompromittierende Infos über alle möglichen Leuten…“

‚…die denen schaden könnten.'

„Und mir vielleicht nützlich sind. Wenn ich die Wolters gebe, lässt er mich hoffentlich in Ruhe und ich muss nicht gegen den Justizminister…“

‚…deinen damaligen Chef.'

"…aussagen. Dass du mich auch nicht ausreden lassen kannst.“

‚Du hoffst, er schafft dir ein Problem vom Hals.'

„Ich kann die Infos schlecht selber veröffentlichen.“

‚Wäre nicht sehr glaubwürdig. Aber mit dem Journalisten hast du ein neues Problem.'

„Das weiß ich auch.“

‚Dann musst du es lösen.'

Wiebke nickte vor sich hin. „Zwei Tage bleiben mir noch.“

Am nächsten Tag saß Wiebke wieder mit ihrem Ex zusammen am Tisch im Cockpit der *Moby*. „Ich hoffe nicht, dass das jetzt wieder zur Regel wird“, sagte sie ironisch. Sippel kümmerte das nicht und holte eine Aktenmappe aus seiner Tasche. „Wolters hat sich also gemeldet und erpresst dich. Dass dich dieser Albatros-Fall noch mal beschäftigen wird, hätte ich nicht vermutet.“

„Hast du seinerzeit nicht angedeutet, dass du Infos über den Fall hättest?“

„Habe ich das?“ Sippel lächelte hintergründig. „Heute habe ich auf jeden Fall etwas für dich.“ Wiebke stand auf, holte zwei Gläser und eine Flasche Whiskey. „Ich hoffe, wir können auf die Infos anstoßen.“

„Denke schon. Ich konnte den Kerl noch nie leiden. Er hat mir als Generalstaatsanwalt Ärger gemacht und ist auch in seinem neuen Job nicht mein Freund geworden.“

„Da haben wir etwas gemeinsam.“

„Insofern war es mir eine Freude, die gewünschten Informationen über unseren Justizminister zu beschaffen."

„Rache ist süß."

„Er hat dir damals vorgegeben, wie du im Fall des gesunkenen Fischerboots zu ermitteln hast. Richtig?"

Wiebke nickte. „Nicht nur das, er hat mir auch mit meinem Karriereende gedroht."

„Nur kannst du das nicht beweisen."

„Und jetzt will er mich trotzdem fallen lassen."

„Mit Hilfe dieses Gesprächsmitschnitts kannst du die Drohung beweisen und deine Beförderung zur Generalstaatsanwältin möglicherweise durchsetzen", sagte Wiebkes Ex und legte mit einer generösen Bewegung ein Diktiergerät auf den Tisch. „Schalte es ein."

Wiebke drückte auf „play" und konnte kaum glauben, was sie da hörte. „Du musst einen sehr guten Kontakt bei der Generalstaatsanwaltschaft gehabt haben."

„Wieso gehabt haben?" Sippels Antwort klang vieldeutig. „Ich denke, diese Aufnahme entlastet dich, du widersprichst ihm ja recht deutlich."

„Warum hast du sie mir nie gegeben?"

„Warum sollte ich?"

„Du glaubst immer noch, dass es meine Informationen waren, die deinen Bauskandal ausgelöst haben?" Wiebke schaute ihren Ex-Mann durchdringend an.

„Für deine Karriere war dir jeder Schachzug recht", sagte Sippel leise. Dann entnahm er dem Diktiergerät eine Mini-SD-Karte und gab sie Wiebke. „Für mich ist die Aufnahme übrigens auch ganz nützlich", fügte er süffisant hinzu.

„Weil du ihn damit in der Hand hattest und hast. Kein Wunder, dass du nie angeklagt wurdest."

Sippel lächelte vielsagend und räusperte sich. „Du wolltest Informationen, die belegen, dass dein damaliger Chef die

Schuld an den Vertuschungen zur Albatros hat und dir droh-
te, damit du die Ermittlungen einstellst. Jetzt hast du sie."

„Warum jetzt?"

„Alles hat seine Zeit." Er hob das Whiskeyglas. „Das gilt
auch für dich. Skål!"

„Danke. Und skål!"

Sippel trank den Whiskey aus und verließ die Jacht.

Es war spät, als Wiebke Lindberg durch die dunkle Nacht
am Strand entlangging. Neustadt schlief und nur ein leichtes
Wellenrauschen war zu hören. Sie passierte Jimmys Tapas
Bar. Sie blickte auf die Uhr. Es war 1:25 Uhr. Sie war zu früh
und so setzte sie sich auf eine Bank am Bohlenweg. Die Ostsee
sah so friedlich aus, aber sie wusste, dass es ein gefährliches
Gewässer sein konnte.

‚Und, konnte dein Verflossener dir helfen?'

Sie schrak zusammen, als sie Körbels Stimme neben sich
vernahm. „Willst du mir jetzt häufiger auflauern?"

‚Das liegt an dir. Wenn du deine Schuld begleichst, dann
werde ich nicht mehr auftauchen.'

„Großartiges Wortspiel. Das ist ja immerhin noch meine
Entscheidung."

‚Wunschdenken, reines Wunschdenken, meine Liebe.
Deine Mutter…'

„Halte meine Mutter da raus", zischte Wiebke aufge-
bracht.

‚Nun beruhige dich mal. Sie war es doch, die dir die Flau-
sen von einer starken Wölfin in den Kopf gesetzt hat. Damit
hat sie dich schon oft in Bedrängnis gebracht. Du weißt, dass
mein Kutter nicht wegen Überladung gekentert ist, sondern
dass Fremdeinwirkung im Spiel war. Vielleicht weißt du
nicht genau, was es war, aber du hast auch nicht versucht, es
herauszubekommen.'

„Woher willst du das wissen?"

‚Weil du nur an dich denkst und ziemlich einsam bist.'

„Ich hatte ja wohl genug Bekanntschaften in letzter Zeit."

‚Die drei One-Night-Stands kann man wohl nicht als Bekanntschaften bezeichnen.'

„Ja okay, alles Idioten, gut im Bett, aber nichts im Kopf."

‚Und wieder sind die anderen Schuld. Gib mir und meiner Familie die Ehre zurück. Kämpfe auch mal für andere.'

Wütend ballte Wiebke ihre Hände zu Fäusten.

‚Deine Nerven liegen blank. Das kann ich gut verstehen. Du hast zwar Informationen, die dich in Bezug auf den Untergang der Albatros entlasten und Wolters' Vermutungen bestätigen, aber deine persönlichen Probleme wirst du damit nicht lösen.'

Wiebke sprang wutentbrannt auf, um sich Körbel vorzunehmen. Aber plötzlich wurde ihr bewusst, dass sie die Holzbank mit ihren Fäusten bearbeitete. Erschöpft atmete sie tief ein und aus. Es wurde Zeit. Sie musste zum Wohnwagen.

Mit festem Schritt ging sie an der Strandpizzeria vorbei. Nach zwanzig Metern begann der Campingplatz, der seit Anfang Oktober geschlossen war. Die Wohnwagen der Dauercamper waren winterfest gemacht und in der Dunkelheit hatte die Szenerie etwas Gespenstisches an sich. Bald tauchte die Infotafel Nummer 11 auf. Sie betrat den kleinen Pfad, der gegenüber der Tafel auf den Campingplatz führte. Nach circa hundert Metern bog sie rechts ab und lief direkt auf einen Wohnwagen zu. An der Tür klebte ein kleiner fluoreszierender Stern. Sie war richtig. Mit einem mulmigen Gefühl öffnete sie die Tür und betrat mit dem Handy in der Hand den Wohnwagen.

„Hallo, ist hier jemand?" Wiebke schaltete die Taschenlampe ihres Handys ein und sah Wolters links von sich auf einer Bank in der Essnische sitzen. Sein Oberkörper lehnte an der Rückenlehne und sein Kopf war zur Seite geneigt. „Wolters, was soll der Scheiß?" Sie ging näher heran. Dann sah sie die Wunde an seiner Brust.

„Spielst du schon wieder toter Mann?", schrie sie ihn an. Ihre Knie wurden weich, sie ließ ihr Handy fallen und musste sich am Tisch abstützen. Plötzlich hörte sie ein Geräusch hinter sich. Eine Notbeleuchtung ging an. Wiebke drehte sich um, die Schiebetür zum Schlafbereich wurde aufgeschoben. Sie konnte nicht glauben, wen sie dort zu sehen bekam.

„Tja, Wiebke Lindberg, Sie sind einfach kein Gewinnertyp, dafür fehlt Ihnen das entsprechende Gen." Da er eine Pistole auf sie richtete, hatte die Aussage des Justizministers eine gewisse Plausibilität.

„Haben Sie ihn umgebracht?" fragte Wiebke entsetzt.

„Ich will die Informationen, dann endet das hier vielleicht glimpflich."

„Welche Informationen?"

„Keine Spielchen." Ihr Widersacher kam näher auf sie zu und mit ihm die Pistole. „Ich meine es ernst."

„Es reicht." Eine energische Stimme unterbrach die einseitige Unterhaltung. Der Justizminister schaute überrascht zur Seite. In dem Moment erwachte die Wölfin in Wiebke. Sie sprang auf den Minister zu und schlug ihm die Pistole aus der Hand.

„Alle Achtung, Wiebke." Hans Sippel stand in der Wohnwagentür. Auch er hatte eine Pistole in der Hand und bedeutete dem Minister, in die Schlafecke zu gehen. „Wäre aber nicht nötig gewesen."

„Sehr witzig, Hans Sippel, die Pistole war auf mich gerichtet." Wiebke bückte sich und hob sie auf.

„Gib sie mir mal." Sippel warf einen Blick auf die Pistole. „Dachte ich mir. War nicht entsichert."

„Er hat Wolters erschossen."

„Das war sein privater Personenschützer, der jetzt mausetot hinterm Wohnwagen liegt."

„Hast du ihn erledigt?"

„Ich gehe zu solchen Treffen nie alleine."

„Und wieso bist du hier?"

Hans Sippel griff in seine Manteltasche, holte zwei Fotos heraus und gab sie Wiebke.

„Bisschen jung für seine Frau."

Ihr Ex nickte. „Das ist Jette Ohlsen, Tochter eines Mitglieds des Regionalrates der Region Seeland. Hat er bei einem Treffen in Roskilde flachgelegt."

„Ist sie volljährig?"

„Nein. Gib ihm die Fotos." Sippel wandte sich an den Justizminister. „Fürs Familienalbum."

„Das werden Sie bereuen, Sippel", zischte der Justizminister.

„Sie können Ihren Komplizen und Wolters bis zum Start des Campingplatzbetriebes im Frühjahr hier liegen oder vorher entsorgen lassen. Das ist Ihre Entscheidung. Und bevor ich es vergesse: Die nächste Generalstaatsanwältin heißt Wiebke Lindberg. Und jetzt hauen Sie ab. Ich melde mich zu gegebener Zeit."

Eine Stunde später saß Wiebke Lindberg auf ihrer *Moby*. Vor sich eine Flasche Whiskey und Wolters' Handy mit den Erpresserfotos.

,Diese Selbstlosigkeit passt nicht zu deinem Ex.' Schon wieder ihre Mutter.

„Vor dir bin ich wohl nirgends sicher."

,Bei deinem momentanen Lebenswandel ist das auch kein Wunder.'

„Er konnte mich ja schlecht umbringen lassen."

,Weil ihm der Treffpunkt auf dem Campingplatz nicht geheuer war und er sich Sorgen um dich gemacht hat und den Wohnwagen deshalb ein paar Stunden vorher gecheckt hat?'

„Genau, und dabei hat er Wolters' Leiche entdeckt."

‚Seit wann bist du so naiv?'

„Hätte er mir nicht helfen sollen?"

‚Das ist die falsche Frage. Richtig wäre zu fragen, warum er dich trotzdem zum Treffpunkt hat gehen lassen.'

Wiebke schenkte sich einen Whiskey ein, nippte am Glas und blickte nachdenklich auf Wolters Handy.

„Das nützt dir auch nichts.' Die Stimme ihrer Mutter rannte sich in ihrem Kopf fest. ‚Von den kompromittierenden Fotos hat er natürlich Kopien gemacht. Er hat nicht nur den Justizminister in der Hand, sondern auch dich: die zukünftige Generalstaatsanwältin.'

Die Abenteuer des Susewindt auf Sylt

Sabine Weiß

Für Andreas, der nie den Glauben
an Susewindt verloren hat

16. Mai 1644. Krachend durchschlug die Kanonenkugel den
Besanmast. Susewindt rannte zur Reling, so schnell es das
Gewimmel an Deck und der starke Seegang zuließen. Er wollte sich dort festklammern und vor den durch die Luft schie-
ßenden Holzsplittern schützen. Aus dem Augenwinkel sah er,
wie der obere Teil des Mastes ins Wanken geriet. Dem Himmel sei Dank, hatte er sich die richtige Seite des Schiffs ausgesucht, sonst wäre er gleich Matsch. Segel und Taue rissen,
peitschten unkontrolliert herum. Als der Mast mit einem
Donnern auf Deck und See aufschlug, wurde Susewindt in die
Luft geschleudert und konnte sich gerade noch am Holz festklammern. Die Schreie und ein kräftiges Platschen ließen ihn
jedoch ahnen, dass andere nicht so glücklich gewesen waren.

Gewaltig tauchte das Schiff in die See ein. Eine über die
Planken spülende Welle riss ihn fast mit. Fauchende Musketen
und Säbel hinter ihm, laute Schritte. Susewindt sprang auf,
fuhr herum, seinen Degen zückend. Überall Rauch von Kano-
nenkugeln und Pistolenschüssen. Neben ihm konnte sich
Unkrut mit Müh und Not eines dänischen Söldners erwehren.
Sein vierschrötiger Freund, unter dessen breitkrempigem Hut
sein zottiges Haar hervorschaute, hatte jedoch bereits eine tiefe
Fleischwunde am Arm davongetragen.

Dass ausgerechnet sein nagelneues geschlitztes Wams
beschädigt worden war, schien ihn in Rage zu versetzen. Suse-

202

windt krabbelte auf allen Vieren über den Boden, um Unkrut zu Hilfe zu kommen. Hinter dem Angreifer rollte er sich zu einer Kugel zusammen, spürte gleich darauf einen Tritt und dann schlug der feindliche Söldner auch schon auf ihn nieder. Als Susewindt die Hände vom Kopf nahm, hatte Unkrut diesem bereits den Garaus gemacht. Hinter ihm zog ihr Gefährte Greifzu einem schwer Verletzten das Messer über die Kehle und zerrte ihm den Geldbeutel vom Hals.

Greifzu war ein hässlicher Vogel, unrasiert und mit schartigem Gebiss, und seine Seele war ebenso finster; aber er war ein erfahrener Kämpfer. Sogleich stürzten sich Unkrut und Greifzu in den nächsten Zweikampf. Susewindt hingegen sprang auf die Reling und tänzelte auf dem schmalen Grat zur Takelage, um einen höheren Ausguck zu erreichen. Noch immer war der Seegang so stark, dass er sich an den Seilen festklammern musste. Seit Stunden tobte die Seeschlacht im Lister Tief schon und die Lage wurde immer unübersichtlicher. Die Gezeitenenge zwischen den Inseln Rømø und Sylt war voller Schiffe, Treibgut, Schiffbrüchiger und Leichen.

Von Anfang an waren sie im Nachteil gewesen. Susewindt stand im schwedisch-dänischen Krieg im Dienste des niederländischen Waffenfabrikanten und Kaufmanns De Geer. Eigentlich hätte man erwarten sollen, dass sie bestens ausgestattet wären, doch ihre zweiundzwanzig Handelsschiffe waren nur behelfsmäßig mit Kanonen bestückt. Die Besatzung war kaum kampferfahren und auf den zehn sie begleitenden Transportern sah es noch ärger aus.

Die niederländische Flotte hatte sich mit den verbündeten schwedischen Schiffen vereinen wollen, doch der dänisch-norwegische König Christian IV. hatte sie mit seiner hochmodernen Kriegsflotte kurz hinter Sylt abgefangen. Denn sie waren im Lister Tief vor Anker gegangen, um tausend Musketiere des schwedischen Feldmarschalls Torstensson aufzunehmen. Und nun hingen sie hier fest, in diesem tiefen Seegatt mit seinen gewaltigen Gezeitenströmungen, und wurden überrannt. Während die Kugeln aus dänischen 36-Pfündern ihre Decks durchschlugen, prallte ihre eigene Munition an den Eichenplanken der dänischen Schiffe ab.

Susewindt sah sich um. Auf allen Decks tobten die Kämpfe, denn offenbar war es die Strategie ihres Gegners, die Schiffe zu schonen und nur die Besatzungen zu vernichten. Auch auf ihr Schiff, das sich mit dem zerstörten Mast kaum noch navigieren ließ, segelte eine weitere feindliche Galeone zu, voll besetzt mit waffenstarrenden Söldnern. Auf der anderen Seite drohten die weiß-grünen Dünen von List, wo bereits Fässer und weiteres Schwemmgut angespült worden war. Wenn sie auf Grund liefen, könnten sie nicht mehr fliehen, sondern säßen in der Falle. Panik überkam ihn. Schon seit einigen Jahren schlug er sich als Söldner durch, doch sein Leben war ihm lieb, was ihm auch seinen nicht sehr schmeichelhaften Kampfnamen eingebracht hatte: Schnell wie der Wind machte er sich davon, ehe es ihm an den Kragen ging. Was sollte er also jetzt tun?

In diesem Augenblick pfiff eine Kanonenkugel an ihm vorbei und zerschlug Teile der Takelage. Geistesgegenwärtig sprang Susewindt auf die Planken und stürmte auf einen Angreifer zu, der die Radschlosspistole wegsteckte und ebenfalls den Degen zog. Ein Schlag gab den anderen, nur mühsam hielt Susewindt stand. Neben ihm rang Unkrut mit seinem Gegner. Dann ein gewaltiger Stoß. Es riss Susewindt von den Füßen, der Degen flog ihm aus der Hand. Das feindliche Kriegsschiff musste sie gerammt haben. Sein Feind warf sich auf ihn und wollte ihm die Klinge ins Herz stoßen. Susewindt kniff die Augen zusammen und stammelte ein Stoßgebet. Doch statt in die Brust fuhr die Klinge an Lederkoller und Halsberge vorbei in den Oberarm. Stechender Schmerz ließ ihn aufheulen. Unkrut hatte Susewindts Gegner durchbohrt, so dass dieser sein Ziel halb verfehlt hatte. Doch jetzt wurde Unkrut selbst hinterrücks von gleich zwei Gegnern angegriffen.

„Obacht!", schrie Susewindt. Unkrut duckte sich, die Gegner stolperten halb über ihn. Ein Schuss. Eine Blutblume platzte an Unkruts Bein auf, malte auf seine Pluderhose ein rotes Muster. Greifzu kam ihm zu Hilfe und brachte die Angreifer zur Strecke. Gleichzeitig vielstimmiges Kriegsgeschrei. Die nächste Enter-Welle rollte auf sie zu. Sie waren verloren! Susewindt sah sich angsterfüllt um. Neben ihnen im Meer schaukelte ein Fass. Er stürzte zu Unkrut, obgleich ihm die Schmerzen beinahe die Sinne nahmen. „Wir müssen fliehen! Sie werden uns abmurksen!"

„Auf ... Fahnenflucht ... steht ebenfalls ... der Tod", presste Unkrut hervor.

„Das ist unsere einzige Chance, überhaupt zu überleben – glaub es mir!" Susewindt packte seinen Freund und schleppte ihn zur Reling. Schwerfällig kletterten sie empor, während das aufbrandende Kriegsgeschrei, Schüsse und klirrendes Metall den drohenden Tod ankündigten. Mit dem Mut der Verzweiflung ließen sie sich in die eiskalte Nordsee fallen.

Mit letzter Kraft schleppten sie sich an Land. Die Strömung hatte sie an einen unendlich scheinenden Strand gespült. Der Sand war mit Leichen und Treibgut übersät. Strandräuber fledderten die Leichen und schleppten alles weg, was von Wert war. Möwen kreisten über den Toten, rissen Fleisch aus ihren Wunden. Unkrut und Susewindt hatten sich bibbernd an das Fass geklammert, auch Greifzu war ihnen gefolgt.

Stück für Stück hatten sie vollgesogene Kleidungsstücke verloren, hatten einige ihrer Waffen und Teile ihrer Schutzausrüstung loslassen müssen, weil diese sie in die Tiefe gezogen hatten. Nur Hemd, geschlitzte Hosen und einen Dolch trug er noch. Mit seinem verletzten Arm konnte Susewindt kaum auf die Beine kommen, doch um Unkrut stand es schlechter. Sein Hosenbein und der Ärmel waren tiefrot, sein restlicher Körper blass – der Blutverlust musste erheblich sein. Susewindt zog seinen Gürtel aus den Laschen und band das Bein des Freundes ab. Dann wickelte er notdürftig einen Streifen von dessen Hemd um die Wunde. Sie mussten unbedingt einen geschützten Ort finden, um ihre Verletzungen zu versorgen. Neben ihnen verteidigte sich Greifzu gegen einen Strandräuber, stach diesen nieder und nahm ihm seine Beute ab.

„Wir müssen abhauen! Niemand darf sehen, dass wir geflohen sind!" Susewindt zog einem Ertrunkenen die Stiefel aus, nahm ihm den Gürtel samt Pistole und Pulverflasche ab, und was er sonst noch so brauchen konnte. Mit seinem gesunden Arm umfasste er Unkrut und humpelte mit ihm durch die Dünen. Greifzu kam ihnen nach und fasste mit an; auch er war verletzt. In weiter Ferne entdeckte Susewindt einige Häuser. „Dort müssen wir uns verstecken und unsere Wunden versorgen", entschied er. Wegen ihrer Verletzungen mussten sie immer wieder pausieren, sodass es bereits dämmerte, als sie sich dem ersten Haus näherten. Sie versteckten sich hinter Büschen, um es auszukundschaften.

Es war ein langgezogenes weißgetünchtes Reetdachhaus mit spitzem Giebel in der Mitte. Auf einer eingezäunten Wiese tummelten sich Schafe, Hühner und Ziegen. Ein Knecht führte gerade ein Pferd durch ein Tor in der Schmalseite des Hauses. Zwei Frauen – eine jüngere, eine ältere – saßen auf einer Bank am Haus und putzten Gemüse. Ein etwa acht Jahre alter Junge hockte vor einem Kaninchenstall und fütterte die Tiere.

„Wir haben es gut getroffen, dünkt mir", meinte Greifzu und wies grinsend auf das ausgeblichene Gebilde neben der

Haustür. „Ein Walkiefer. Das Haus gehört einem Walfänger. Das bedeutet, die Frauen sind allein zu Haus'. Ich erledige den Knecht und das Kind und schnappe mir die Jüngere." Schon zückte er seinen Dolch und wollte lossprinten.

„Warte!", zischte Susewindt. „Wir müssen geschickter vorgehen! Vielleicht brauchen wir Hilfe." Er wies auf Unkrut, der das Bewusstsein verloren hatte.

„Der ist doch ohnehin hinüber", sagte Greifzu abschätzig.

„Ich gebe ihn nicht auf. Genauso, wie ich dich nicht aufgeben würde." Das stimmte zwar nicht ganz, denn Unkrut war sein Freund, Greifzu hingegen ein skrupelloser Söldner, der lediglich ihre Gesellschaft gesucht hatte und in guten Zeiten durchaus unterhaltsam sein konnte.

In der oberen Türhälfte – der untere Flügel war geschlossen – tauchte ein weiteres Frauengesicht auf. Sie sagte etwas. Der Junge lief zu dem Pferch und begann, die Schafe zu füttern.

„Los jetzt! Sonst verschwinden alle im Haus! Außerdem kann es sein, dass wir nicht die einzigen sind, die hier unterschlüpfen wollen!"

Susewindt überlegte rasend, obgleich auch ihm die Schmerzen zu schaffen machten. Es stimmte schon, sie mussten handeln, wenn sie Unkruts Leben retten wollten. „Du nimmst das Kind als Geisel. Sag ihnen, wir werden ihm nichts tun, solange sie uns versorgen und nicht verpfeifen." Greifzu knurrte.

„Du weißt, dass ich immer einen guten Riecher habe, was Strategien angeht." Wenig begeistert nickte Greifzu und stratzte los. Susewindt schob sich mühevoll die Pistole in die Hand des verletzten Armes.

Als Greifzu das nun brüllende Kind gepackt hatte, folgte Susewindt mit Unkrut. Das Geschrei ließ erst nach, als Greifzu dem Jungen die Klinge an die Kehle drückte. Susewindt war erschöpft, konnte sich selbst kaum auf den Beinen halten, geschweige denn seinen Freund tragen. Trotzdem eilte er sich. Auf Greifzu war kein Verlass.

Der Knecht war aus dem Stall geeilt und bedrohte Greifzu mit einem Spaten. Erschrocken schreiend stürzten die Frauen hinzu. Die mittelalte schob sich vor die beiden anderen. Selbstbewusst wirkte sie, beinahe ruhig, was Susewindt verwunderte. Sie trug ordentlich hochgestecktes Haar und ein schlichtes, aber feines Kleid und Ohrringe. Es musste sich bei ihr um die Gattin des Walfängers handeln. Die jüngere Frau musste ihre Tochter sein, die ältere die Magd. „Lasst meinen Sohn los! Lasst Carl gehen, sage ich!"

„Das werden wir nicht tun!" Greifzu drückte fester und ein schmaler Blutstropfen lief den Hals des Jungen hinunter.

Nun sah man doch den Schrecken in dem Gesicht der Frau. „Gehört ihr zu der Kriegsflotte? Seid ihr desertiert?"

„Das geht dich gar nichts an, Weib! Rede nicht so viel, sonst hat das letzte Stündlein deines Kindes geschlagen."

„Was wollt ihr?" Ein Beben in der Stimme.

Susewindt trat vor. Alles wäre einfacher, wenn die Frauen und der Knecht kooperierten. „Wir benötigen einen Unterschlupf für ein paar Tage. Müssen unsere Wunden versorgen und uns ausruhen. Wenn Ihr uns helft, werden wir dieses Haus wieder verlassen, ohne dass jemandem ein Leid geschieht. Aber solltet Ihr uns angreifen oder verraten, dann wird es nicht nur Euer Sohn mit dem Leben bezahlen. Wir sind Söldner, und Ihr wisst vermutlich, was das heißt: rauben, vergewaltigen und morden ist unser Geschäft."

Die Frau schlug die Hand vor den Mund, ein erstickter Laut entrang sich ihrer Kehle. Doch dann nickte sie ruckartig. „Folgt mir." Sie gab den Frauen ein Zeichen, dass sie verschwinden sollten.

„Alle bleiben zusammen! Ich will alle sehen!", befahl Susewindt und hob die Pistole.

Die Frau ging voraus in den Stall. „Wir werden die Gesindekammer freimachen." Sie folgten ihnen. Doch dann überholte Greifzu, den Jungen noch immer fest im Griff, und marschierte durch eine Diele und eine Küche, auf deren Herd etwas schmackhaft Duftendes köchelte, bis in die gute Stube. Feinste Delfter Fliesen, ziselierte gepolsterte Möbel und ein Kachelofen machten diese gemütlich.

„Hier werden wir uns einquartieren", entschied Greifzu und sah sich begierig in dem Raum um, aus dem der Reichtum der Bewohner sprach.

„Ihr werdet doch den Damen nicht ihren Wohnraum und ihre Betten nehmen? Unsere Alkoven befinden sich neben diesem Pesel. Habt ihr denn gar keine Ehre, kein Herz?", fragte die Frau.

„Ich nicht", meinte Greifzu kalt.

„Wir nehmen die Gesindekammer. Bringt uns heißes Wasser, saubere Laken und etwas zu essen, Weib. Aber schnell!", befahl Susewindt. Greifzu wollte protestieren, doch Susewindt schnitt ihm leise das Wort ab. „Hier im Pesel oder wie das heißt, gibt es keine weiteren Türen; wir sitzen in der Falle." Greifzu nickte grimmig.

Wenig später hatten sie sich in der Gesindekammer ihr Lager eingerichtet. Unkrut wurde auf Stroh gebettet. Von nebenan drangen die Geräusche und Gerüche des Viehs. Greifzu hatte den Jungen an einen Stuhl gefesselt. Der war strohblond, mit Sommersprossen und einem trotzigen Blick. „Wenn mein Vater davon erfährt, bringt er euch um! Vater ist ein berühmter Walfänger!", stieß er hasserfüllt hervor. Greifzu versetzte ihm eine Ohrfeige, die Lippe des Jungen platzte auf und er schrie.

Sofort stürzte seine Mutter herein, frische Laken auf dem Arm. „Tut Carl nichts, ich bitte euch! Er weiß nicht, was er sagt." Sie hockte sich neben das Kind und redete auf ihn ein.

„Potzblitz, seid ihr taub?! Ich will alle sehen!", befahl Susewindt erneut und schnitt mit dem Messer Unkruts Hosenbein ab. Die Wunde hatte den Notverband durchblutet. Immerhin stöhnte sein Freund, er lebte also noch. „Helft mir, die Wunden zu reinigen! Der Knecht versorgt Greifzus Verletzung, die anderen beiden schaffen eine Mahlzeit und etwas zu trinken heran!"

Es war klar, dass diese Aufteilung Greifzu nicht gefiel, denn er musterte begehrlich die junge Frau, die im Türrahmen aufgetaucht war. Susewindt wusste, dass er die Oberhand behalten musste, wenn er nicht wollte, dass die Situation aus dem Ruder lief. „Habt Ihr Schnaps, zur Linderung der Qualen?" Die Magd brachte Aquavit.

„Wie ist Euer Name?", fragte Susewindt die Walfängergattin.

„Meta Andressen. Das sind meine Kinder Carl und Edda, die Magd Anna und der Knecht Uwe."

„Wo ist Euer Gatte?"

„Für einen niederländischen Walfänger zwischen Grönland und Spitzbergen unterwegs." Susewindt sah zu, wie Meta Andressen sich geschickt daran machte, Unkruts Wunden zu reinigen, die Kugel aus dem Bein herauszupulen und die Verletzungen zu verbinden. In der Zwischenzeit war auch Greifzu versorgt worden. Auf dem Holztisch standen neben Kerzen Schalen mit Eintopf, dazu ein Brett mit Käse und geräuchertem Fisch sowie ein Krug und Gläser. Sie hätten es wirklich schlechter treffen können. „Wenn Ihr kooperiert, wird niemandem was geschehen", sagte er leise zu Frau Andressen.

„Versprecht Ihr das?"

Susewindt nickte.

Ein Schrei weckte ihn etwas später. Sie hatten abwechselnd Wache gehalten. Jetzt war Greifzu nicht zu sehen. Dafür fiel Licht durch das kleine Fenster. Der Junge war im Sitzen eingenickt. Zu Susewindts Erleichterung war etwas Farbe auf Unkruts Wangen zurückgekehrt. Erregte Stimmen. Susewindt schob sich hoch und kam auf die Füße. Im benachbarten Flur hielt Frau Andressen ihre Tochter im Arm. Zitronenfarbenes Sonnenlicht floss durch die offene Tür auf den Boden. Drohend standen Magd und Knecht vor Greifzu.

„Ihr hattet versprochen, dass niemandem etwas geschehen wird! Aber jetzt hat dieser Kerl hier versucht, meiner Tochter Gewalt anzutun", schrie Meta Andressen.

Greifzu grinste. „Nicht doch. Ich wollte nur ein bisschen Spaß haben."

„Wir hatten doch etwas abgemacht!", fauchte Susewindt ihn an.

„Du hast mir gar nichts zu sagen!"

Eine weitere Stimme ging dazwischen, ehe Susewindt etwas entgegnen konnte. „Ich spüre meine Arme und Beine nicht mehr!"

„Ist mein Sohn etwa immer noch an den Stuhl gefesselt?! Was seid ihr nur für Unmenschen!" Die Bewohner des Hauses stürmten in die Gesindekammer.

Carl war blass und verheult. „Lasst mich ihn losbinden. Carl muss sich die Beine vertreten. Ich bleibe dafür bei euch", bot Meta Andressen an. Susewindt nickte.

Sie erneuerten alle Verbände und bekamen ein Frühstück. Unkruts Wunde sah besser aus, und während sie die Wundränder reinigten, gewann er kurzzeitig das Bewusstsein zurück. Susewindt stritt mit Greifzu über das weitere Vorgehen.

„Wir ermorden den Knecht, vergewaltigen die Weiber, plündern das Haus und verschwinden, sage ich!", beharrte Greifzu.

„In unserem Zustand?! Wir müssen erst einmal wieder halbwegs gesund werden! Und Unkrut …"

„Der ist ohnehin so gut wie tot!"

„Das glaubst auch nur du! Unkraut vergeht nicht! Wir bleiben bei unserem Plan, basta."

Susewindt ließ Greifzu stehen. Lange würde er ihn nicht mehr unter Kontrolle behalten können.

Später dann entschied Susewindt, dass sie sich vors Haus setzen und die Sonne genießen sollten. Von der Bank aus hätten sie die Bewohner im Blick und diese könnten ihren üblichen Tätigkeiten nachgehen. Das Grundstück war hübsch eingehegt und bepflanzt. Es gab Obstbäume und einen Gemüsegarten. Vogelschwärme stoben im Heidekraut auf, Möwen kreisten am Himmel. In der Ferne wölbten sich sanft die Dünen und zwischen den Senken glitzerte das Meer. In der Ferne tönten vereinzelte Schüsse.

„Die Schlacht im Lister Tief scheint noch immer nicht vorbei zu sein", sagte Meta Andressen, die aus der Not eine Tugend gemacht hatte und zwischen Greifzu und Susewindt saß und stickte. Ihre scheinbare Gelassenheit nötigte Susewindt Respekt ab. „Noch könntet ihr zurück. Vermutlich würde niemand merken, dass ihr desertiert seid."

Diese Überlegung war gar nicht so dumm, das musste Susewindt zugeben. Ein Ruf unterbrach seinen Gedankengang. „Meister Jensen kommt!" Der Junge schien aufgeregt.

Jetzt entdeckte Susewindt den Reiter ebenfalls auf einem entfernten Dünenkamm. „Wer ist das?", fragte er alarmiert.

„Ein Konkurrent meines Gatten. Mein Mann hat sich von ihm Geld geliehen und es ihm zurückgezahlt, doch er behauptet, es sei immer noch eine hohe Summe offen. Ich habe aber nichts mehr. Jetzt will er uns Haus und Hof pfänden lassen."

Hektisch überlegte Susewindt. Wenn Meister Jensen sie verriet und der Geldverleiher den Sylter Rat oder gar den Landvogt benachrichtigte, dann war es um sie geschehen. Susewindt packte die Tochter am Arm und zog Edda an sich, eine Hand um ihre Kehle geschnürt. Das Mädchen röchelte. Geistesgegenwärtig hatte Greifzu seinen Dolch gezogen. „Soll ich ihn angreifen? Ihn fertig machen?", fragte er angriffslustig.

„Nein. Das könnte zu viel Aufsehen nach sich ziehen." Susewind sah Meta Andressen fest in die Augen, während er mit seiner Geisel zurückwich. „Verratet uns, und Eure Tochter ist tot."

*

Über dem knisternden Feuer brieten Makrelen, während sich die Sonne orangerot hinter dem Dünengürtel ins Meer senkte. Eine schmale Rauchsäule stieg in den klaren Himmel auf und wurde von Böen zerstreut. Unkrut drehte den Spieß über dem Feuer. Greifzu war losmarschiert, um die Lage auszukundschaften. Eine Woche hausten sie bereits bei Familie Andressen. Susewindt war es in diesen Tagen vorgekommen, als würde er auf einer Rasierklinge balancieren. Immer eine Geisel in Reichweite, immer eine Waffe in der Hand, immer feindliche Stimmung, immer die Sorge, dass Greifzu außer Kontrolle geraten könnte. Immerhin war seine eigene Wunde gut verheilt und Unkrut war wieder gut beieinander, wenn er auch humpelte.

„Ich könnte mich an dieses Fleckchen Erde gewöhnen", sagte Susewindt.

„Aber wovon willst du leben in dieser Einöde? Möweneier-Sammeln, Schafzucht oder Austernfischerei wie die Lister? Walfang?" Sein Freund schüttelte brummig den Kopf. „Hier ist doch nichts. Außer dem guten Schutzhafen auf der Ostseite natürlich."

„Auch wieder wahr. Außerdem haben wir unser Finanzpolster noch nicht zusammen, um uns ein neues Leben aufzubauen." Söldnerdienste wurden gut bezahlt, dazu kam noch die Beute.

213

„Und vielleicht gelingt uns das auch nicht mehr. Vielleicht werden wir schon als Deserteure gejagt. Werden hingerichtet. Oder bekommen nirgendwo einen Posten mehr, nicht einmal in fernen Ländern. Fahnenflucht spricht sich auch bei anderen Heeren herum", sagte Unkrut düster.

Sie schwiegen, bis Greifzu zurückkehrte. Nervös lief er auf und ab. „Unsere Flotte liegt tatsächlich noch im Lister Tief. Die Geschwader König Christians konnten unseren Schiffen nicht folgen, weil sie mehr Tiefgang haben. Unsere Leute sitzen zwischen Inseln und Festland wie in einer Mausefalle", berichtete Greifzu.

Die Magd brachte Brot und Gemüse und gemeinsam aßen sie vor dem Haus, wie es sich seit einigen Tagen eingebürgert hatte. Am weitesten weg saß Edda, die Tochter des Hauses, abgeschirmt durch ihre Mutter.

„Es gibt nur eine Möglichkeit, an den blockierenden Schiffen vorbei aus dem Lister Tief zu gelangen. In einem Sturm könnten sich die wendigeren Schiffe an dem Geschwader vorbeischlängeln", sagte Meta Andressen. Nachdenklich legte sie den Kopf in den Nacken und prüfte den Himmel. „Was meinst du, Anna?"

„Wenn man meinen Knochen glauben darf, dann kommt ein Sturm auf. Morgen oder übermorgen wird es richtig ungemütlich", sagte die Alte und rieb sich die Knie.

Frau Andressen nickte. „Das sehe ich auch so. Ihr könntet ein Ruderboot von uns bekommen. Uwe kann euch unauffällig zu eurem Schiff hinüberschippern."

„Ihr wollt uns ja nur loswerden", meinte Greifzu verächtlich.

Susewindt sah Unkrut abwägend an. „Gleichzeitig ist der Plan gar nicht mal schlecht."

Einige Stunden später wartete Susewindt, bis alle schliefen, holte leise ein Pferd aus dem Stall und ritt davon. Er musste noch etwas erledigen.

Tatsächlich frischte der Wind auf, peitschte ihm Flugsand entgegen und riss ihm beinahe den Hut vom Kopf. Als er zurückkehrte, sah er schon von weitem die Menschen, die in der Morgendämmerung erregt vor dem Kapitänshaus herumliefen. Auf dem Boden kniete jemand, die Hände erhoben. Und dazwischen lag eine Gestalt. Sofort wusste er, dass jemand gestorben war. Die Frage war nur wer.

Meta Andressen hielt ihre Kinder im Arm. Knecht und Magd standen bei ihr. „Da kommt ja der letzte Sauhund", rief Knecht Uwe gegen den Wind an und hielt drohend ein blutbeschmiertes Schwert hoch. In der anderen Hand hatte er eine ihrer Pistolen. Ob sie geladen war? Zündkraut war zumindest nicht zu sehen. Dennoch hatten sich die Machtverhältnisse dramatisch gewandelt. Wer kniete mit dem Rücken zu ihm? Wer lag dort auf dem Boden in seinem Blut?

Susewindt saß in sicherer Entfernung ab und holte das Papier aus seinem Hemd. „Ich habe hier etwas für Euch. Zum Dank für Eure Hilfe, ehe wir abreisen, Frau Andressen", sagte er gefasst, als würde kein Toter zwischen ihnen liegen. Er versuchte, im Zwielicht die Kleidung zu erkennen. Das war doch Unkruts Wams … Trauer schnürte seine Brust ein.

„Was ist das?", wollte Meta Andressen ebenso kühl wissen.

„Die Quittung, auf der steht, dass alle Eure Schulden beglichen sind, von der Hand Eures Widersachers unterschrieben. Nicht ganz freiwillig, wie ich zugeben muss." Susewindt hatte Meister Jensen beinahe einen Finger abschneiden müssen, ehe dieser eingeknickt war. „Ich gebe Euch das Papier, wenn Ihr uns gehen lasst. Und zwar alle." Vielleicht gab es ja noch Hoffnung. Unkraut vergeht nicht …

„Einer ist tot." Hass war aus Frau Andressens Worten herauszuhören.

Der Kniende drehte den Oberkörper, die Hände noch immer erhoben. „Greifzu hat mich bestohlen und dann versucht, die Tochter zu schänden", sagte Unkrut. „Ich konnte ihn nicht aufhalten. Aber der Knecht kam ihr zu Hilfe. Hat Greifzu direkt ins Herz gestochen."

Dieser Dummkopf! Zu viel Gier war nie gut, dachte Susewindt. „Begrabt ihn in den Dünen. Euer Knecht kann uns, wie wir es besprochen haben, zu unserer Flotte zurückbringen. Ihr werdet uns nie wiedersehen, das verspreche ich, Frau Andressen."

Im Schutze der Nacht gelang es ihnen, zu ihrem Schiff zurückzurudern. Die Besatzung hatte offenbar den zerschossenen Mast komplett abgesägt und die restliche Takelage repariert. Sie warfen einen Enterhaken an einem Seil über die Reling und kletterten an Deck, während der Knecht sich auf den Rückweg machte. Hoffentlich ertappte sie niemand. Doch sofort waren sie von Wachen umstellt. Waffenstarrende Gestalten im fahlen Mondlicht.

„Erkennt ihr uns denn nicht?! Wir sind's, Unkrut und Susewindt. Wir kommen von einem der anderen Schiffe und haben eine Nachricht für den Vizeadmiral!" Seine Ausrede wurde beinahe vom tosenden Wind weggetragen. Kaum konnte Susewindt das schwere Schwanken des Schiffs ausgleichen. Nun erkannte man sie auch.

„Es heißt, ihr habt mit Greifzu Fahnenflucht begangen!", rief ein Matrose.

„Was mit Greifzu ist, wissen wir nicht. Wir aber haben einen Plan, wie wir alle aus dieser Falle entkommen können!" Einer der Matrosen rannte los, um Vizeadmiral Gerritson zu holen.

Die Söldner standen stramm, als der Kommandeur das Deck betrat. Susewindt salutierte. Dies war die einzige Chance, ihre Leben zu retten, das wusste er. Sie brauchten nur mehr Sturm.

Klimakurs auf Nordnordwest

Manfred Ertel

Draußen vor dem Fenster treibt eine Insel vorbei. Wellen klatschen gegen die Bordwand, Gischt spritzt an die Scheiben. Tropfen rinnen in langen Bahnen das Fensterglas runter. Die Küste dahinter verschwimmt wie auf einem schlechten Gemälde. Oder hinter Schlieren einer verschmierten Brille. Nur dunkle Schemen einer fernen Hügellandschaft zeichnen sich als vage Konturen gegen den verhangenen Himmel ab. Vielleicht ist es Dunst. Oder Dämmerung. Oder beides. Er ist sich nicht sicher.

Sie halten Kurs. Nordnordwest. Immer hart am Wind. Der wird stärker. Seemeile für Seemeile. Der Wellengang auch. Immer schwerere Brecher peitschen gegen die Fenster der unteren Decks. Die Verschnaufpausen, die sich die tosende See zwischendurch gönnt, werden kürzer. Auf der äußersten Spitze einer Landzunge kommt ein Leuchtturm vorbeigesegelt. Der nicht leuchtet. Keine Lichtsignale, die mit den Wellen tanzen. Kann das sein? Einige der Passagiere stört das alles nicht. Sie drängen raus, immer eine Hand an der schwankenden Reling. Trotzdem Fotos machen. Bei diesen Lichtverhältnissen? Und Wasser auf der Linse. Warum sagt niemand was?

„Die Shetlands", sagt eine Stimme neben ihm. Er wendet den Blick. „Sicher?" Sie nickt. „Muss so sein. Nicht mehr weit, dann sind wir in Tórshavn." Sie sucht schwankend Halt. Greift nach seinem Arm. Er kennt sie nicht. Nicht einmal ihren Namen. Ist aber okay. Sie ist sicherheitshalber drinnen geblieben. So wie er. Besser is'. „Danke", sie lockert ihren Griff. „Ich hasse diese Schaukelei." Sie stützt sich schwer auf einen Stuhl. Der ist vorsichtshalber festgeschraubt. „Das braucht doch kein Mensch." Ein paar Meter weiter hat jemand Kotztüten auf Tische verteilt.

Er schaut sie an. Versteht sie nicht so richtig. Niemand war schließlich gezwungen gewesen, an Bord zu gehen. Nordatlantik im Spätherbst, das ist nichts für Leichtmatrosen. Sein Blick wandert an ihr entlang von unten nach oben. Und bleibt irgendwo knapp unterhalb des Halses hängen. Ihm gefällt, was er sieht. Er ruft sich innerlich sofort zur Ordnung. So was ging früher mal. Jetzt passen solche Blicke nicht mehr in die Zeit. Er konzentriert sich auf das Vordeck. Irgendwas ist dort anders. Neben den Ankerwinden. Es arbeitet in ihm. Vor der Bugspitze. An der irgendein Bäumchen klemmt. Ist das schon ein Weihnachtsbaum? So früh? „Was ist da los?", sagt er.

Sie kapiert nicht. „Wo?", fragt sie. Kann ihm nicht folgen. Ihr Blick irrt umher. „An der Tanne da draußen an der Spitze? Keine Ahnung."

Er reagiert nicht. Versucht sich zu konzentrieren. Die Eindrücke zu sortieren. Seine Erinnerung wiederzubeleben. Jetzt hat er's. Einer fehlt. Oder eine. So genau kann er das nicht sagen. Es waren fünf, da ist er sich jetzt aber sicher. Mindestens zwei junge Frauen waren dabei. Vielleicht auch drei. Das war auf die Entfernung vom Panoramadeck schwer auszumachen gewesen. Sie hatten sich zwischen allerlei Schiffsgeschirr auf dem Vordeck festgeklebt, direkt neben einem riesigen Ersatz-Anker. Die Kapuzen ihrer grünen Wetterjacken tief im Gesicht. „Verlorene Generation" oder so ähnlich stand in großen Buchstaben auf den Rücken. Das ist nicht neu. Aktionen dieser Art sind an der Tagesordnung. Die Zeitungen und Nachrichten sind voll davon. Nur an Bord eines Schiffes, das hat es bislang noch nicht gegeben.

Warum jetzt, warum ausgerechnet hier? Vor dem Ablegen in dem kleinen dänischen Hafen hoch im Norden war doch eigentlich alles noch alles ganz in Ordnung gewesen. Fast jedenfalls. Vor allem gemessen an seinen Erfahrungen aus der Großstadt. Als die Fähre auslaufen wollte, hatten sich ein paar junge Leute plötzlich an die Gangway gekettet. Na und? So etwas kennt man inzwischen. Kein Grund zu großer Aufregung. Wie aus dem Nichts standen sie auf der Pier und hockten sich auf die Gangway. Packten das Geländer. Ketten dran. Oder Handschellen. Oder beides. Aus Protest gegen die Klimapolitik. Die ihre Lebensgrundlagen zerstört. Ihre Zukunft. Ihre Träume. Ihre Visionen.

Überleben tun aktuell nur ihre Ängste. Dagegen kämpfen sie mit Protest und Provokation. Ein Passagierschiff, das mit Schweröl fährt, kommt da gerade recht. Auch, wenn es eine Fähre ist und für die Logistik im Nordmeer ohne Alternative. Interessiert jetzt aber nicht. Und was war die Aktion am dänischen Hafenanleger schon gegen die auf den Hamburger Elbbrücken oder auf den Flugfeldern irgendwelcher Airports? Wo Tausende Autofahrer feststeckten oder massenhaft Touristen betroffen sind? Und alle Medien darauf anspringen?

Ein paar Crew-Mitglieder hatten sich kurzerhand mit Bolzenschneidern bewaffnet und die jungen Aktivisten nach wenigen Minuten wortlos vom Kai getragen. Eine Handvoll gelangweilter Polizisten schaute tatenlos aus der Distanz zu. Zu großartigen Störungen war es nicht gekommen. Nicht einmal die örtliche Presse hatte es rechtzeitig geschafft. Der einzige Fotograf würde ein gutes Geschäft mit seinen Bildern machen.

Die großen Fisch-Laster waren sowieso von all dem unbeeinträchtigt über die Heckklappen auf die Fähre gerollt. Sie sollen frischen Kabeljau und anderes Meeresgetier aus Island abholen. Das ist ihr Job. Alles andere interessiert sie eh nicht. Für die Trucker ist der Weg das Ziel. Bloß nicht ablenken. Sie hatten zugesehen, dass sie an die Bar kamen. Wollen es sich ein paar Tage gutgehen lassen. Bevor der übliche Trott sie wieder einholt. Das allein zählt. Und Bier ist dafür die Währung.

Zu den wenigen Passagieren, die ausgerechnet zwischen den Jahreszeiten aus welchen Gründen auch immer diese Überfahrt gebucht haben, gehört eine etwas größere Reisegruppe. Ein Krimifestival an Bord hat die zu dem Törn animiert. Mordsgeschichten mitten auf dem Atlantik, bei Sturmböen und Wellengang, Seenot immer vor Augen. Das muss man schon mögen.

Eine Handvoll junger Leute, die brav ihre Tickets vorzeigten und sich an den Protestlern vorbeigedrängt hatten, waren nicht groß aufgefallen. Außer dem einen oder anderen Bücherwurm. „Gehören die zu uns?", hatte ihn jedenfalls eine Autorin gefragt, die er flüchtig aus Hamburg kannte. Ihr Spürsinn stand auf Achtung.

Er hatte genickt. „Was wollen die sonst zu dieser Jahreszeit auf den Inseln?" Jetzt, wo wetterbedingt nun wirklich keine Saison mehr hier oben war.

„Irgendwelche Umweltschützer", hatte eine andere Teilnehmerin gesagt. Sie hatte mitgehört und sich ungefragt in das Gespräch gemischt. Sie gehörten ja irgendwie zusammen. Als Gruppe. „Aber die machen ihr eigenes Ding, stören ja niemanden."

Er war sich da nicht so sicher gewesen. An Land die Aktivisten, an Bord die Umweltschützer? Er glaubte nicht an Zufälle. Hatte aber nichts gesagt. Würde sich ja zeigen. Dass er dann tatsächlich recht bekam, machte ihn nur wenig zufrieden. Nun hatte der Klimaprotest also auch die Schifffahrt erreicht. Und störte. Hier und jetzt. Und wie. Bei allem Verständnis für ihr Anliegen. Die Erkenntnis wandert aus seinem Bauch zum Kopf. Und fängt an zu nerven.

Er nimmt die Gruppe wieder ins Visier und versucht sich zu konzentrieren. Die beiden jungen Männer kann er identifizieren. Eine vage Erinnerung hilft. Also eine junge Frau? Muss wohl so sein. „Eine fehlt", sagt er. Und zeigt mit dem Finger raus.

„Wie, fehlt?" Sie versteht nicht. Sie hat sich neben ihn ans Fenster gestellt und versucht seinem Blick zu folgen. Bei der ganzen Schaukelei. „Von denen da draußen? Was ist mit ihnen?"

„Es waren fünf", sagt er. Sie macht große Augen. Mein Gott, denkt er. Das kann doch nicht so schwer zu kapieren sein. „Als die sich festgeklebt haben, waren es fünf." Sie reagiert nicht. Er schaut noch einmal raus, als suche er dort nach Bestätigung. „Bis eben. Als die zwei Typen von der Crew kamen." Er blickt erneut nach vorn. Raus aufs Deck. Zählt noch einmal nach. Nur vier. Sehen aus wie junge Studenten. Könnten seine Kinder sein. „Eine fehlt."

„Festgeklebt?" Sie schnallt immer noch nichts. „Warum machen die das? Und geht das überhaupt? Bei all dem Wasser." Er verdreht die Augen. Sie war im Hafen doch dabei gewesen. Konnte es gar nicht übersehen haben. Die jungen Demonstranten, die Protestplakate mit den Parolen neben ihnen auf dem Kai. „Mir stinkt's!" stand auf einem. „Stoppt die Kreuzfahrtstinker" auf einem anderen und „Kreuzfahrt nimmt uns die Luft zum Atmen". Mussten an Land bleiben. Hoffentlich recyclebar.

Klar, sie haben eine Krimi-Kreuzfahrt gebucht. Obwohl es eigentlich nur eine Fährüberfahrt ist. Aber alles inklusive. Immerhin. Eingeschlossen ein paar Lesungen und Vorträge halbwegs bekannter Krimi-Autoren. Oder Autor*innen. So heißt das ja wohl inzwischen auf Neudeutsch. Ablegen in die Welt des Verbrechens. Wenn der Krimi zum Alltag wird. Eine gute Woche lang. Aber kümmert sie deshalb alles andere überhaupt nicht? Brauchen sie solchen Anstoß von außen? Und sind sie als Ziel des Protests überhaupt richtig?

Die Luxusliner der Kreuzfahrtindustrie machen weniger als ein Prozent der Schiffe aus, die auf den Weltmeeren unterwegs sind. Die Statistik hat er gerade erst gelesen. Genau genommen sind es sogar nur etwa 0,5 Prozent. Aber wer will das als Argument schon hören? Sich auf feinsinnige Differenzierungen einlassen. Wenn das Klima gerade kippt. Und die riesigen Pötte mit laufenden Maschinen in den Häfen liegen und weiter ihre Abgase in die Luft jagen. Anwohner können den Diesel manchmal auf der Zunge schmecken. Als Symbol für Klimaproteste eignen sie sich bestens. Aber was hat das mit ihrer Fähre zu tun?

Ihr Schiff war kaum aus der schmalen Hafeneinfahrt raus gewesen, als sich die jungen Leute auf dem Vordeck niedergelassen hatten. Das Warnschild „Staff only" war keine wirkliche Hürde gewesen. Sie klebten ihre Hände an dem kalten Deck fest. Wie genau das funktioniert, davon hat er keine Ahnung. Bei all dem Wasser, das über die Reling geht. Und wie man die irgendwann wieder losbekommen soll, davon erst recht nicht.

Die Crew kümmerte es irgendwie nicht. Zumindest nicht, solang die Fähre noch unter Land war. Hatten offenbar genug mit anderem zu tun. Die fünf saßen da und jeder konnte sie sehen. Einige der Passagiere sprachen sogar kurz mit ihnen. Signalisierten Zustimmung. Oder zumindest Verständnis. Damit war ihr Protest sogar irgendwie nachhaltig. So nennt man das wohl. Als die dänische Küste von Nordjütland kaum noch zu erkennen war, schlug die Stimmung um wie das Wetter. Ein paar Mann von der Besatzung waren es. Nennt man die eigentlich immer noch Matrosen? Seine Gedanken verlieren sich.

Sie zerrten und zogen an den jungen Leuten. Nicht gerade behutsam. Als einer der Aktivisten gegen die rücksichtslose Behandlung protestierte, bekam er mit Wucht ein Knie in den

Rücken. Ein Fuß des Täters stand dabei fest auf seiner Hand. Auch eine Antwort.

Dann fummelten die von der Crew mit irgendwelchen Lösungsmitteln an den Händen der Störer rum. Half aber offenbar nicht. Die Stimmung kippte. Einer der Aktivisten schrie vor Schmerz. Die Matrosen wurden immer saurer. Wie sehr genau, konnte er nicht feststellen. Sie fluchten in ihrer Heimatsprache. Danach ließen sie die Störer erstmal in Ruhe. Und einfach sitzen. Da waren es noch fünf. Als wenn die sich schon irgendwann selbst losmachen würden. Was für eine Naivität.

„Sind Sie sicher, dass jemand fehlt? Wie kann das sein?" Jetzt hat sie es. Ist in der Realität angekommen. „Wenn die doch festgeklebt sind und nicht einmal die Crew sie losbekommt?" Sie schaut ihn skeptisch von der Seite an. Er zuckt mit den Schultern. Versucht sich auf das Wesentliche zu konzentrieren. Fakten, Fakten, Fakten, ermahnt er sich. Wozu ist er Journalist? Sehen, was ist. Das Leitmotiv seines Arbeitgebers fällt ihm ein. Leicht abgewandelt. Warum gerade jetzt?

Konnte das wirklich sein, dass eine fehlte? Wegen einer Klebe-Aktion? Ein Motiv sah doch eigentlich anders aus. Und Motiv wofür? Er kommt ins Überlegen. Ihre Methoden waren vielleicht falsch. Aber der Protest war irgendwie auch nachvollziehbar. Der Regenwald am Amazonas wird gerodet. Die Gletscher an den Polen schmelzen. Der Meeresspiegel steigt, während Seen auf allen Kontinenten trockenfallen. Auf Grönland kann plötzlich Landwirtschaft betrieben werden. Wo soll das alles enden? Die Sorgen der Jungen sind berechtigt. Ihre Zukunft steht auf dem Spiel. Er selbst muss dazu oft stundenlange Debatten mit seinen Enkeln führen.

Er nimmt seine Windjacke vom Stuhl und geht raus aufs Vordeck. „Wo ist die fünfte?", sagt er zu den jungen Leuten. Er muss fast brüllen gegen das tobende Meer. „Was geht dich das an, alter Mann?" Eine junge Frau schreit ihm frech ins Gesicht. „Jetzt interessierst du dich für uns. Und unsere Zukunft? Und die zigtausender Geflüchteter? Klimaflüchtlinge. Interessiert dich das auch? Du alter weißer Mann!" Keine Argumente. Nur noch Wut. Sie schleudert ihm die Anklage förmlich vor die Brust. Wartet gar nicht auf eine Antwort. Wie soll die auch aussehen?

„Ich will doch nur helfen", sagt er. Die junge Frau lacht. Die anderen drehen ihm den Rücken zu. „Ich verstehe euch. Und unterstütze euch, wo ich nur kann." Jetzt lachen alle. Aber der Sound erreicht nicht die Augen. Ihre Blicke sprechen Bände. „Is' schon klar. Und warum ertrinken dann tausende Klimaflüchtlinge auf den Meeren? Weil du und deine Freunde sie und ihre Nöte verstehen. Und aktiv unterstützen? Verstehe." Die junge Frau wendet den Blick ab. Das Gespräch ist beendet, bevor es überhaupt eins war.

„Natürlich. Ich weiß um eure Sorgen. Das sind auch meine. Unsere. Ich bin auch ein Grüner. Die tun, was sie können." Politik findet nun mal in kleinen Schritten statt, denkt er. Und braucht Zeit. Erst recht, wenn man eigentlich den politischen Gegner mit im Boot hat. Notgedrungen, weil man ihn braucht. Für Mehrheiten. So funktioniert nun mal Politik. Ausgesucht hatte sich das bestimmt niemand von ihnen. Aber wer will das schon hören?

Der Klimagipfel war natürlich ein Flop gewesen. Wieder mal. China, Russland und ein paar andere hatten sich ausgeklinkt. Von den Ölförderländern gar nicht zu reden. Als wenn der Klimawandel eine Erfindung des Westens wäre. Andere sangen das Hohelied auf die Atomenergie. Alte Leier, nur neu verpackt. Als wenn es Fukushima nie gegeben hätte. Und all die anderen Störfälle. Aber die Regierung tat, was sie konnte. „Wir tun, was wir können", sagt er. Dass es dazu internationale Unterstützung braucht und die gerade schwindet, sagt er lieber nicht. Ist ja logisch. „Dann ist ja gut", sagt sie. Der Spott ist unüberhörbar. Sie lässt ihn im Wind stehen. Und in der Gischt, die über Bord weht. Über ihnen schweben ein paar Möwen. Spielerisch. Sie trotzen dem Wetter. So leicht kann Freiheit sein. Wenn man eine Möwe ist.

„Eine fehlt. Irgendwas ist doch passiert." Er lässt nicht locker. Überlegt, ob er nicht zurückgehen soll und sich auf dem Oberdeck in Sicherheit bringen. „Ich bin mir sicher." Letzter Versuch. Will jetzt gehen. Sie ist ihm von drinnen gefolgt und steht ihm frierend im Weg. Ihre Wollweste eng um den Körper geschlungen. „Weg? Wie denn, einfach so? Bist du sicher?", fragt sie bibbernd. Die Wolle hält Wind und Wasser nicht stand. Meine Güte, ist ihre Leitung lang, denkt er. „Sie waren zu fünft. Jetzt nicht mehr." Was ist daran so schwer zu verstehen?

Passagier 23. Warum fällt ihm das gerade jetzt ein? Dieses blöde Synonym für Menschen, die an Bord von Kreuzfahrtschiffen verschwinden. Spurlos. Angeblich. Den Haien zum Fraß? Vorfälle, über die niemand gern redet. Die Reedereien schon mal gar nicht. Schadet nur dem Geschäft. Egal, ob Selbstmord oder nicht. Für einen Freitod sind Kreuzfahrtschiffe immer wieder eine großartige Bühne. Konnte das hier auch der Fall sein? Auf einer Krimi-Kreuzfahrt? Nummer 24? Keine Zeit für Scherze! Er schaut sich um. Spurensuche mal anders. Ohne Ergebnis.

„Es waren fünf." Ich wiederhole mich, denkt er. „Vorhin standen hier ein paar Typen und haben versucht, eine vom Boden zu zerren. Jetzt ist die weg". Er weiß selbst nicht, an wen sich seine Feststellung richtet. Aber es muss raus. Irgendwie. Irgendwohin. Auch wenn es sich unwirklich anhört. Das weiß er selbst.

Die junge Klima-Aktivistin schaltet jetzt doch noch mal auf Empfang. „Was habt ihr mit Lena gemacht. Wo ist sie?"

Sie hockt jetzt auf den Knien. Mehr geht nicht. Die rechte Hand klebt auf dem Deck. Kein Trotz mehr und auch keine Wut. Auch nicht bei ihren Gefährten. Ausgeknipst. Nur noch Angst, die aus ihren Gesichtern spricht. Aber die Bestätigung: Eine ist weg.

„Es reicht wohl nicht, dass ihr uns die Zukunft nehmt." Einer ihrer Kumpane meldet sich zu Wort. Das erste Mal. „Wachstum, immer nur Wachstum. Aber wofür? Kommerz, Wohlstand, Luxus. Der Preis ist unsere Gesundheit. Durch Umweltverschmutzung. Und Ressourcenvergeudung. Und wofür das alles? Für eure Welt! Nicht unsere." Es ist eine einzige Anklage. Hört sich aber nicht mehr so an. Eher wie Resignation. „Ihr nehmt uns unsere Träume. Und jetzt auch noch Lena?" Tränen machen sich auf die Reise. Nicht auch noch das.

Hinter dem riesigen Anker, der neben den Trossen an Deck vertäut ist, liegt etwas. Aus den Augenwinkeln nimmt er es wahr. Eher zufällig. Es stört das Bild. Passt irgendwie nicht dahin. Er geht rüber und findet einen Rucksack. *Fjällräven*, warum überrascht ihn das nicht? Daneben liegt ein Schuh. Eine Art Sneaker, aber knöchelhoch. Vom zweiten keine Spur. Er zeigt den Fund den jungen Leuten. „Der Rucksack gehört Lena", sagt ihre Freundin. „Den gibt sie nie aus der Hand." Ihre Angst verweht im Seewind.

Er kippt den Inhalt auf den nassen Boden. Ihr Pass, eine Geldbörse, ein Handy, neuestes Modell. Ein Halstuch. Ist das ein gutes Zeichen? Weil sie nur mal eben auf dem Klo ist? Aber sie war doch angeklebt. Alles nur ein Fake? Müssen sie sich jetzt richtig Sorgen machen? Mann über Bord? Beziehungsweise Frau. Auf jeden Fall muss der Kapitän informiert werden. Ein Suchmanöver fahren. Bald ist das letzte Licht weg. Dann geht nichts mehr. Einer der jungen Männer schluchzt laut. Was soll er machen? So war das sicher nicht geplant.

„Ich informier' jetzt den Kapitän, irgendwas müssen wir tun." Warum hat der sich nicht längst schon sehen lassen? Er dreht sich um und macht sich auf den Weg zur Brücke. Auf einem Schiff verschwindet man nicht so einfach, das passiert nur in Romanen, denkt er. Oder in Klima-Thrillern. Aber doch nicht hier.

Ins Grübeln versunken steigt er die Treppe hoch Richtung Brücke. Als er die Tür aufstößt, strauchelt er über die hohe Schwelle. Der wuchtige Schlag aus dem Nichts saust deshalb knapp an seinem Kopf vorbei. Er spürt noch den Luftzug am Ohr, bevor der Hieb krachend irgendwo zwischen Nacken und Schulter landet. Irgendein fester Gegenstand. Glücklicherweise leicht abgepolstert, denkt er noch. Als sich aus dem Dunkel im toten Winkel hinter der Tür ein Schatten löst und in drei großen Sätzen den Niedergang zum Mannschaftsdeck runterspringt. Immer mehrere Stufen auf einmal.

Ein dumpfer Schmerz zieht von seinem Nacken hoch und klopft am Hinterkopf an. Er tastet kurz mit der Hand nach einer Wunde. Kein Blut, Glück gehabt. Nur der linke Arm hängt etwas leblos herab. Egal, er versucht, so schnell es sein Körper erlaubt, die Treppe runter hinterherzukommen. Ist aber nicht fix genug. Er sieht gerade noch zwei Beine in weißen Turnschuhen über die Kante einer zufallenden feuerfesten Stahltür verschwinden. Beine in Männerhosen. „Hey", ruft er. „Halt! Stehen bleiben." Die Antwort ist ein lautes „Klong" der Tür. Klappe zu.

Er rüttelt mit seinem noch tüchtigen Arm an der Eisentür. Sie bewegt sich nicht. Genauso wenig wie die überdimensionalen Hebel zum Öffnen und Verschließen. „Zutritt verboten!" Wie Hohn springt ihm die Warnung ins Gesicht. Gilt die für jeden? Oder war der Flüchtende einer von der Crew? Und wenn ja, warum hatte er es auf ihn abgesehen? Ausgerechnet. Dunkel befällt ihn eine Erinnerung. Draußen bei den

227

jungen Leuten hatte er sich plötzlich beobachtet gefühlt. Hinter einem der Fenster war ihm ein Schatten aufgefallen. Vielleicht hätte er dem mehr Aufmerksamkeit schenken sollen. Er glaubte doch sonst nicht an Zufälle.

Er hastet den Gang runter ans andere Ende. Ignoriert den Schmerz, der inzwischen seine Schläfen erreicht hat und dort den Takt hämmert. Hundert Meter können ganz schön lang sein. Eigentlich eine No-go-Area für Passagiere. Steht überall groß drangeschrieben. Was soll's. Keine Zeit für schlechtes Gewissen. Die Stahltür hier ist nur angelehnt. Der Gang dahinter ist schmal. Türen rechts und links. Offenbar die Kajüten der Besatzung. Aber kein Mensch zu sehen. Und auch kein Laut zu hören. Einfach mal klopfen? Er scannt den Flur, als könnte er Wände durchdringen. Da, in einer Ecke unter einem Defibrillator mit einem Seenot-Kit lugt hinter einem Papierkorb ein knöchelhoher Sportschuh hervor. Offenbar von einer Frau. Das Gegenstück zu dem vom Vordeck! Auf den ersten Blick zu erkennen. Auch wenn er total zerknautscht ist. Das Schuhpaar ist wiedervereint. Fehlt nur noch die Besitzerin.

Er kniet sich in die Ecke. An der Wand sind winzige blassrote Flecken zu sehen. Strahlen mit letzter Kraft. Sehen wie Blutspritzer aus, die nur flüchtig weggewischt wurden. In großer Eile oder etwas unachtsam. Knapp über der Fußleiste. Ein dunkler Fleck auf dem Flurteppich davor passt ins Bild. Kann er wirklich sicher sein? Was, wenn es vielleicht nur Tomaten- oder Kirschsaft ist? Vom Tablett gefallen und auf dem Boden zerschellt. Leidet er bereits unter Verfolgungswahn? Liest oder sieht er zu viele Krimis? Aber seine Schmerzen lügen nicht. Er muss sich zusammenreißen.

Er ist allein auf dem Gang. Keine Spur von dem Flüchtenden. Hundert Meter reine Unschuld. Bis auf den Schuh. Er muss Hilfe holen. Auch für sich. Könnte ja was Ernstes sein.

Gebrochen oder gerissen. Zwischen Hals und Schulter pocht es dumpf. Der Rhythmus ist ein anderer als hinter den Schläfen. Als er sich gerade in Bewegung setzt, hört er ein Stöhnen. Und Winseln. Sehr leise, aber deutlich. Wo kommt das her? Er horcht an den Türen, kann aber die Quelle nicht ausmachen. Das Geräusch ist so schnell wieder weg, wie es kam. Soll er einfach klopfen? Aber wo? An jeder Tür? Und dann? Ahnungslose Crew-Mitglieder womöglich aus dem Schlaf reißen oder zumindest aus ihrer verdienten Pause? Wegen eines Krimis, von dem jede echte Spur fehlt?

Dann ist es wieder da. Etwas lauter vielleicht. Irgendein „Aaah" oder „Oooh" hinterher. Wer will das genau sagen? Ein kurzer Schrei. Bilder aus einem anderen Film formen sich in seinem Kopf. Danach ist Sendepause. Kein Ton mehr. Er wartet, doch das war's. Was auch immer.

Es hilft nichts. Er muss zum Käpt'n. Oder zum Bordarzt. Am besten in der Reihenfolge. Er klettert die Treppen rauf zurück zur Brücke. Kein Zugang für Unbefugte. Irgendwie verfolgt ihn das. Will denn niemand die Wahrheit wissen? Er kümmert sich nicht um die Warnungen. Eine schwere Holztür, dann noch drei Meter: der Eingang zum Herz des Schiffes. Zum Heiligtum. Sicherheitstür. Einfach reingehen ist nicht. Nur von innen zu öffnen. Er klopft zaghaft. Ein zweites Mal. Diesmal energischer. Er hört Schritte. Hinter einem kleinen Türspion sieht er Licht.

Ein Händeklatschen durchbricht die Stille. Sven Lundberg schreckt aus seinen Gedanken auf. Er sitzt im Salon. Wellen klatschen gegen die Fenster, Gischt rinnt in langen Schlieren die Scheiben runter. Um ihn herum hocken Männer und Frauen, niemand sagt ein Wort. Stifte kratzen über Papier, Tasten von Laptops klicken. Wie immer, wenn er sich kurz vor Redaktionsschluss auf einen Text konzentriert, ist er wie im Tunnel. Hinter seiner Stirn spult der Film ab, muss nur noch niedergeschrieben werden. Gedanken und Visionen reihen sich zu Worten. Bitte nicht stören!

Erneutes Händeklatschen. Widerspruch ist zwecklos. „So, liebe Autoren", sagt eine Anleiterin. „Das war's mit dem Schreibkurs für heute. Auf der Rückfahrt geht's mit dem Workshop weiter." Am Ende des Tunnels ist Licht. Er klappt den Laptop zu, zieht den Stecker. Sein Blick aufs Vordeck geht ins Leere. Alles sauber. Die Motoren der Fähre brüllen im Rückwärtsgang. Kämpfen gegen die schweren Wogen. Ein Ruck geht durchs Schiff, als es endlich anlegt.

Aus dem Fenster sieht Lundberg ein paar alte rot getünchte Holzhäuser auf moosbewachsenen Schieferfelsen, die steil ins Meer fallen. Der Wind hat sich hinter den Felsen zur Ruhe gelegt, ein laues Lüftchen spielt im Hafen eine trügerische Melodie. Die Abendsonne verabschiedet sich in stolzem Rotorange in ihrem Rücken. Aufmerksam beäugt von einem malerischen Leuchtturm auf dem historischen Festungsbau schräg gegenüber der Hafeneinfahrt.

Das Schiff steht. Seine Tischnachbarn packen die Tablets ein und ihre Zettel zusammen. Ein paar junge Leute in grünen Regenjacken drängen lärmend am Salon vorbei zur Gangway. Abiturienten oder Erstsemester, tippt er. „Raus an Land und nehmt euren Müll mit, schont die Umwelt," hört er ihre Dozentin sagen. Halb auf Deutsch, halb auf Dänisch. „Und schaut euch den Hafen mit seinen historischen Bauten an, klein, aber fein. Dafür sind die Biere hier groß."

Die Teenager lachen und schubsen. Ein paar Letzte hocken noch zeitvergessen in der Cafeteria nebenan, finden kein Ende mit ihren Gesprächen. Scheinen spannend zu sein. „Los jetzt", ruft die Lehrerin, „für wilde Geschichten ist auch später noch Zeit, bleibt nicht auf euren Stühlen kleben."

Die Seenotretter fahren raus, wenn andere reinkommen und Schutz im Hafen suchen, rund um die Uhr, bei jedem Wetter, auf Nord- und Ostsee.

Die Zuständigkeit für den Such- und Rettungsdienst im Seenotfall (Search and Rescue SAR) ist der DGzRS als hoheitliche Aufgabe vom Staat verbindlich übertragen worden. Sie nimmt diese Aufgabe unabhängig, eigenverantwortlich und auf privater Basis wahr – finanziert ausschließlich durch Spenden und freiwillige Beiträge, ohne jegliche staatlich-öffentliche Mittel zu beanspruchen. Schirmherr ist der Bundespräsident.

Die allermeisten der rund 1.000 deutschen Seenotretter sind Freiwillige, in rund 60 Rettungseinheiten auf 55 Stationen zwischen Borkum und der Pommerschen Bucht. Sie sind in der Lage, innerhalb nur weniger Minuten die Rettungsboote im Hafen zu besetzen und raus aufs Meer zu fahren. Nur etwa 180 von ihnen auf den größeren und rund um die Uhr besetzten Seenotrettungskreuzern sind bei der DGzRS fest angestellt.

Die Seenotretter gibt es seit fast 160 Jahren, bereits 1865 wurde die DGzRS gegründet. Anfangs waren jeweils acht oder zehn Ruderer in offenen Booten unterwegs, um Schiffbrüchige zu retten. Allein mit ihrer Muskelkraft stellten sie sich der tosenden See entgegen. Heute fahren die Retter auf 20 modernen Seenotrettungskreuzern mit Tochterbooten und rund 40 kleineren, ebenso seetüchtigen Seenotrettungs-booten raus. 2023 haben sie in 1.938 Einsätzen 3.532 Men-schen auf Nord- und Ostsee geholfen. 505 von ihnen wurden aus Seenot gerettet oder aus drohenden Gefahren auf See befreit. Seit Bestehen waren es mehr als 86.800 Gerettete.

Mehr auf **www.seenotretter.de**

Spenden:

Sparkasse Bremen
IBAN: DE36 2905 0101 0001 0720 16
BIC: SBREDE22

Autorinnen/Autoren

Patricia Brandt, Jahrgang 1971, hat nach ihrem Deutsch- und Politikstudium bei der Nordsee-Zeitung volontiert. Seitdem hat sie für zahlreiche Medien wie Focus, dpa und NDR TV gearbeitet und war über 20 Jahre Redakteurin des Weser-Kuriers. Seit Neuestem ist sie Sprecherin der Bremer Bildungsbehörde. Bisher sind von ihr vier humorvolle Cosy-Krimis erschienen: zuletzt „Küstenhuhn" und 2024 „Flunder-Verschwörung". Patricia Brandt lebt mit Mann, zwei Kindern und vielen Tieren in der Nähe von Bremen.

Cord Buch wurde 1954 in Altona geboren. Der Berufsausbildung zum Industriekaufmann folgte ein Studium zum Dipl.-Wirtschaftsingenieur. Er arbeitete in sozialen Projekten, in der Erwachsenenbildung und im Projekt- und Qualitätsmanagement. Seit 1989 veröffentlicht er regelmäßig Lyrik und Prosa in Anthologien, Rundfunk und Literaturzeitschriften. 2014 erschien mit „Mord im Viertel" sein erster Roman im Verlag Edition Oberkassel, aus dem eine Reihe mit bisher vier Titeln entstand.

Carola Christiansen ist in Hamburg geboren. Bevor ihr Hobby zum Beruf wurde, arbeitete sie für eine Fluggesellschaft. Mittlerweile schreibt sie hauptberuflich und hauptsächlich Krimis. Unter dem Motto: Spannung made in Altona entwickelte sie u.a. ihren Hamburger Hauptkommissar Siegfried Adam. Mitte 2024 erscheint ihr Krimi „Mord auf den Färöern – Der Kommissar und die Robbenfrau". Drei Jahre

lang war sie Präsidentin des Autorinnen-Vereins „Mörderische Schwestern".

Bianka Echtermeyer, 1975 geboren, hat in Münster
Geschichte studiert und danach beim deutschen Auslands-
rundfunk „Deutsche Welle" im Rheinland gearbeitet. 2008
zog sie nach Hamburg, um Teil des Redaktionsteams von
„Brigitte Digital" zu werden. Inzwischen ist sie Werbetexterin
und freie Autorin. Hamburg bleibt sie weiterhin treu, was
wohl daran liegt, dass man hier perfekt einen Anker werfen
kann.

Christoph Elbern, hat seit 2017 unter dem Pseudonym Klaas
Kroon sieben Regionalkrimis veröffentlicht und unter seinem
Klarnamen zwei historische Krimis. Im August 2024 erscheint
der nächste Wendland-Krimi. Als Hamburger fühlt sich
Elbern zu Nord- und Ostsee genauso hingezogen wie zur
Lüneburger Heide und zum Wendland. Nur Sylt kann er
nicht leiden.

Manfred Ertel, geboren 1950 in Hamburg, war fast 40 Jahre
lang politischer Korrespondent und investigativer Autor
beim SPIEGEL. Seitdem schreibt er Bücher, am liebsten Krimis. Zuletzt erschienen sein Politthriller „Akte B. – Wenn die
Möwen tiefer fliegen" über das Dickicht deutsch-deutscher
Zeitgeschichte und der True-Crime-Band „Orte des Verbrechens Hamburg". Der leidenschaftliche Hamburger ist Fan
des Fußballtraditionsklubs HSV, für den er auch an der Spitze
des Aufsichtsrates stand.

Kurt Geisler, Jahrgang 1952, ist eingefleischter Schleswig-Holsteiner. Nach dem Studium arbeitete er unter anderem im Schuldienst und im Bildungsministerium. Im März 2023 erschien sein sechster Kriminalroman: „Endstation St. Peter-Ording". Neben anderen Büchern gab er auch Sammlungen mit regionalen Kurz-Krimis heraus wie „Mörderische Kieler Förde" – kuriose Todesfälle vor Sandstränden und Promenaden. Er ist Gründer des Autoren-Netzwerkes „Krimi Kartell".

Leo Hansen, Jahrgang 1954, studierte Pädagogik, Psychologie und Soziologie an der Uni Hamburg. 15 Jahre war er bei den Landesmedienanstalten in Hamburg und Thüringen für den nicht-kommerziellen Rundfunk und das lokale Fernsehen zuständig. Anschließend unterrichtete er am Berufskolleg Medienpädagogik, Psychologie/Pädagogik und Politik. Er veröffentlichte medienpädagogische Fachartikel und schreibt seit 2019 Kriminalromane. Er lebt mit seiner Frau in Hamburg.

Eva und Michael Jensen; sie ist auch unter anderen Pseudonymen tätig und schreibt seit über zwanzig Jahren Romane. Aktuell lässt sie ihre Kommissare an der Schlei ermitteln und arbeitet als Yvonne Winkler an einer Romanbiographie. Er ist nach zwei Krimi-Reihen beim Aufbau-Verlag zurzeit als Arne Jensen mit zwei Spannungsromanen bei Heyne am Start. Das Autorenpaar Jensen lebt mit den Kindern in Hamburg und in der Schlei-Region.

Eric Niemann, geboren 1969 in Lübeck. Nach dem Abitur Studium der Soziologie, Psychologie, Politikwissenschaft und Neueren Deutschen Literatur. Promotion 1999, dann u.a. Hochschullehrer in Hamburg, Nürnberg und Chemnitz. Hörspiele für Maritim, Romantruhe und andere Verlage;

gemeinsam mit Anja Goerz Hörbücher für Audibe ORIGI-NALS („Herma und Jan") und die WaPo Cuxhaven-Reihe bei ULLSTEIN. Theaterstücke, u.a. mit Tatjana Kruse („Bologne-se de Lüx"). Seit einigen Jahren „Jerry Cotton"-Autor.

Alex Roller, geboren 1973, hat sich im glitzernden Sportdress als Rock-'n'-Roll-Leistungssportlerin vor laufender Fernseh-kamera fünf Meter in die Luft wirbeln und kopfüber wieder auffangen lassen. Mit aufgesetztem Helm klettert sie als Bau-ingenieurin über Gerüste und Betondecken. Ihre zahlreichen Kurzkrimis unter dem Motto „Spannung mit Seele" wurden bei verschiedenen Verlagen veröffentlicht. Ihr erster Roman ist in Arbeit. Sie lebt mit ihrer Familie in Hamburg.

Bea Schreiner, geboren 1966 in Bonn, hat Literatur und Medien in Hamburg und Paris studiert. Nach Abstechern in die Fernsehwelt machte sie sich als Lektorin und Autorin selbstständig, veröffentlichte Liebesromane, unterstützte als Dramaturgin das Letterbox-Team der ZDF-Serie „Notruf Hafenkante" und schreibt Kurzgeschichten. 2023 erschien ihr Kriminalroman „Tod auf Mallorca" unter dem Pseudonym Bea De Olivera. Bilder ihrer Fantasie für andere durch Worte sichtbar zu machen ist ihre Leidenschaft.

Michael Thode, geboren 1974 in Heide/Holstein, ist Jurist und Fachjournalist. Sein Berufsleben führte ihn als Journalist in eine Zeitungsredaktion, als Niederlassungsleiter in eine Spedition, als Abteilungsleiter in die Lebensmittelindustrie und als Reserveoffizier der Bundeswehr in mehrere NATO- und EU-Missionen. Er lebt mit Frau und Hund in der Nähe von Hamburg. Dort schreibt er Thriller und Kurzkrimis, für die er mehrfach prämiert wurde.

Sabine Weiß, Jahrgang 1968, arbeitete nach ihrem Germanistik- und Geschichtsstudium als Journalistin. Seit 2007 veröffentlicht sie erfolgreich historische Romane, seit 2016 zusätzlich Sylt-Krimis um Kommissarin Liv Lammers und ihr Team. Mit „Düsteres Watt" gelang 2022 der Sprung auf die Bestsellerliste. Im März erschien ihr achter Sylt-Krimi: „Gefährlicher Sog". Wenn Sabine Weiß nicht auf Recherchereise für ihre Bücher ist, lebt sie mit ihrem Mann und ihrem Sohn bei Hamburg.

Peter Wenig, Jahrgang 1961, arbeitete als Reporter und Ressortleiter unter anderem für das „Hamburger Abendblatt", die „WELT am SONNTAG" sowie die Magazine „GQ" und „Sports". Seine Reportagen wurden mehrfach für den Deutschen Reporterpreis nominiert. 2022 veröffentlichte er zusammen mit Hanns-Stephan Haas „Vergiss den Tod" – ein Kriminalroman über eine vermögende Witwe, die früh an Demenz erkrankt und in die Fänge von falschen Freunden gerät.

Georg Quedens
Orkanfluten
Gegen Inseln, Halligen und Küsten
176 Seiten mit 85 Abbildungen
978-3-8319-0760-1

Das Leben an der Nordseeküste wurde jahrhundertelang von den Naturgewalten des Meeres geprägt. „Trutz, blanke Hans" war das eine Schlagwort und „Wer nicht will deichen, muss weichen" ein anderes. Der erste Ausspruch bezog sich auf einen Deichgrafen, der um 1600 einen Spaten in den gerade vollendeten Deich steckte und sicher war, er würde halten. Doch 1634 brachen die Deiche der Insel Alt-Nordstrand und über 8000 Menschen ertranken. Der zweite Ausspruch bezieht sich auf den Kampf um die Bewahrung der küstennahen Gebiete durch Landgewinnung und Deichbau. Die Bedrohung ist angesichts des steigenden Meeresspiegels aktueller denn je. Lesen Sie von Naturkatastrophen und Zerstörungen, die die Bewohner am Meer noch immer in Angst und Schrecken versetzen, aber auch von spektakulären Strandungen, ausgeklügelten Rettungen und technischen Weiterentwicklungen.

Impressum

Bibliografische Information der Deutschen Nationalbibliothek
Die Deutsche Nationalbibliothek verzeichnet diese Publikation
in der Deutschen Nationalbibliografie;
detaillierte bibliografische Daten sind im Internet über
http://dnb.d-nb.de abrufbar.

ISBN 978-3-8319-0862-2

Titelfoto: Hans Jessel, Westerland/Sylt
Lektorat: Sandra Troglauer, Hamburg
Gestaltung: BrücknerAping Büro für Gestaltung, Bremen
Gesamtherstellung: CPI books GmbH, Leck

www.ellert-richter.de
www.facebook.com/EllertRichterVerlag
www.instagram.com/ellert_richter_verlag